绝对零度

1 飞天

樊落 著

中国纺织出版社有限公司

内 容 提 要

某国际繁华都市在短时间内连续发生了几起高处坠落事件，死者除了身体离奇扭曲外，脸上还都带着诡异的笑容，这究竟是自杀还是谋杀？重案组刑警关琥在酒吧老板张燕铎的协助下，发现几位死者的"死亡造型"跟传说中的敦煌飞天有着惊人的相似，很快他们查到死者都曾参加过网上的某个交友群，并且去过敦煌。在他们死后，网上更有传言说他们并不是自杀或被谋杀，而是像敦煌飞天那样，通过死亡的仪式变成了真正的飞仙。为了查清飞仙背后的真相，关琥协同张燕铎拿着死者生前留下的拼图来到敦煌，发现了尚未被世人开采的石窟，但这里并没有长生不老的飞仙，而是新的谋杀案……

图书在版编目（CIP）数据

绝对零度.1，飞天/樊落著. -- 北京：中国纺织出版社有限公司，2021.1

ISBN 978-7-5180-8012-0

Ⅰ.①绝… Ⅱ.①樊… Ⅲ.①推理小说–中国–当代 Ⅳ.①I247.5

中国版本图书馆 CIP 数据核字（2020）第 200809 号

策划编辑：李满意　胡　明　　责任编辑：张　强
责任校对：王蕙莹　　　　　　　责任印制：王艳丽

中国纺织出版社有限公司出版发行
地址：北京市朝阳区百子湾东里 A407 号楼　邮政编码：100124
销售电话：010－67004422　传真：010－87155801
http://www.c-textilep.com
中国纺织出版社天猫旗舰店
官方微博　http://weibo.com/2119887771
天津千鹤文化传播有限公司印刷　各地新华书店经销
2021 年 1 月第 1 版第 1 次印刷
开本：880×1230　1/32　印张：7.875
字数：181 千字　定价：39.80 元

凡购本书，如有缺页、倒页、脱页，由本社图书营销中心调换

目 录
CONTENTS

第一章 / 002

第二章 / 030

第三章 / 051

第四章 / 068

第五章 / 097

第六章 / 122

第七章 / 140

第八章 / 170

第九章 / 205

第十章 / 229

飞天,即飞仙,飞天图最早多见于墓室壁画中,寓意离世后,其灵魂可借壁画之灵气羽化成仙。

重浊之形,化为轻清之炁;纯阳之体,尽为神通万化。届时体变纯阳,阳神已成,具有神通万化之功能。飞行云中,神化轻举,以为天仙,亦云飞仙。

第一章

晚上八点，坐落在商业大楼负一层的涅槃酒吧跟平时一样冷清，今天是周末，街道上来来往往的情侣不少，却没有人去注意大楼拐角那个不起眼的楼梯，墙壁上几盏灯寂寞地挂在那里，照亮了不甚平缓的阶梯。

沿着阶梯往下，便是涅槃酒吧，内部的空间不算小，但调酒的吧台占了大部分的位置，仿佛比起考虑可容纳客人数量的问题，主人家更在意自己的享受。

除此之外，这里跟大多数酒吧没什么不同，吧台后满墙的酒柜、叫不出名字的舒缓悠扬的爵士乐、暗色调的灯光，唯一让人意外的是调酒师的服饰——双排黑扣的纯白衬衣加长至裤管的白围裙，让他看起来更像是西餐厅的料理师。

"今天生意不错，有三个客人。"

站在调酒师身旁的小魏很夸张地用手指比画了个数字"三"。

顺着他的目光看向在角落里闲聊的两位女性客人以及正中央对着吧台的桌前的女生，调酒师微笑道："工作轻松，不是很好吗？"

对于算时薪工作的工读生小魏来说，钱多客少没麻烦，的确很好，但他也担心长此以往下去，这家才开了没多久的酒吧迟早会关门大吉，到时要想再找份这么舒适的工作，可能就不容易了。

不过他很快就抛开了脑中乱七八糟的想法，专心去关注对面那个女生，女生身材很好，长得也漂亮，从她点的餐点来看，经济情况也不错，让他忍不住想入非非。

"以我敏锐的观察力和丰富的想象力，我判定她是失恋了。"他凑到调酒师身边，小声说，"老板，你要不要趁机去泡她？"

调酒师依旧低头仔细擦拭着酒杯，微笑道："你可以试试。"

小魏不敢，因为理智告诉他女生现在的心情非常糟。

放在面前的菜她一样都没动，香槟只喝了两口就放下了，还不时地看腕表，随着时间的推移，她看表的频率也越来越高，最后忍不住拿起手机，但想了想又放下了，看起来是跟她约好的朋友爽约了。

壁钟时针又转了大半圈，女生像是忍到了极限，点了杯红酒，但很快就站了起来，似乎是要离开。

就在这时，挂在门上的铜铃叮叮当当地响起，有个男人从外面跑了进来。男人进来后先是转头看了一圈，很快就锁定了目标，奔到女生面前，嘿嘿笑道："菲菲，我来了。"

男人的衣着很简单，合体的白底暗格衬衣穿在身上，将他强健的身躯很好地衬托了出来，衬衣扎在低腰的牛仔裤里，腰带正中的品牌LOGO在灯光下泛出银灰色，一头黑而偏硬的短发，看起来有点不修边幅，他的出现将一直低头做事的调酒师的目光成功地吸引了过去。

"哦，老板，原来你是对帅哥感兴趣。"

小魏的吐槽被无视了，调酒师关注着对面的情况，顺便将红酒倒进酒杯里。

"你来了？请问现在几点了？"女生微笑着将腕表亮在男人面前。

"快……九点了，"男人露出心虚的表情，继续打着哈哈道，"你的表没坏掉吧？"

没理会他的插科打诨，女生继续问："我们定的是几点？"

"七点，不过我刚好接到案子……"

"这是第几次爽约？"

"这不算是爽约，最多是迟到，你也知道做我们这行的……"

"这是你第七次爽约，从我跟你交往开始，你就没一次准时出现过，总说忙忙忙，怎么不见你上班迟到，根本就是你不重视我！"

女生越说越激动，把店里另外一对客人的视线也吸引了过来。被大家注视着，男人有些尴尬，手指比在嘴边作出"嘘"的动作，却换来一脚踹，还好他躲得快，女生的高跟鞋堪堪擦过他的裤腿。

"哪有不重视你？你看你提出交往我都答应了，今晚为了你都拒绝了上司的邀请。"

"哈，说得我好像没人要求着和你交往似的，那分手吧，"女生伸手指着男人的脸，叫道，"关琥，今后不要再出现在我面前！"

应该说女人发起火来，气势也是相当大的，被她用手指着，关琥乖乖作出举手投降的动作："是我的错，我道歉还不行，为一点小事就分手，是不是……"

"今天是我的生日。"

关琥心虚地微笑着，又慌忙伸手在口袋里乱翻。冷眼看着他的动作，女生说："不用装了，你根本就不记得。"

"呵呵，你……怎么知道？"

"我是第一天认识你吗，关琥？"

"确切地说，今天是我们认识的第三个月零二十一天。"

"把相识时间记得这么清楚！"小魏在一旁咋舌了，小声劝道，"要不小姐你再给他一次机会好了。"

"他会记得清楚是因为那天他遭遇劫机事件,而不是因为我!"女生气愤地解释完后掉头就走,刚好迎面撞上端着托盘的调酒师,托盘上放着她刚才点的红酒,问:"这酒……"

女生拿起酒杯,转身一把将杯中的酒泼到了关琥的脸上。看着狼狈擦脸的前男友,她微笑道:"这个动作我想做很久了,谢谢你给我这个机会。"

"不谢,这是我的荣幸。"关琥嘟囔着,手忙脚乱地揉眼睛,酒水泼在了眼睛里,疼得他要死,也顾不得拦女友了。女生转头要走,被调酒师拦住,将账单及时递了过来。

"让这个混蛋付!"

关琥无奈地点头:"混蛋付,混蛋付……"

"谁付钱都不是问题,"调酒师微笑道,"我只是想提醒这位小姐,下次用啤酒泼,你知道的,这红酒价格可不菲啊。"

"谢谢提醒,希望下次还有这个机会。"

铜铃声再次响起,女生已经迈出了大门,关琥急忙问:"菲菲……叶菲菲,你是不是真要分手?"

回应他的是重重的关门声,以及高跟鞋急促的嗒嗒声,看来完全没有回旋的余地了,关琥还在揉眼睛,泪水大把大把地流出来,看上去很伤心,但其实他只是眼睛痛。

"现在的女生真是太暴力了。"他在嘴里嘟囔道。

突然间关琥的手被拉住,一块温热的湿毛巾放进了他的手里,看不清是谁,他随口道了声谢,就赶紧把毛巾敷在了眼睛上,待缓过劲来又把脸擦干净,这才发现给自己毛巾的是调酒师。

"您要去追吗?"对方好心地提醒他,"现在去还来得及,难得这么漂亮的女朋友。"

"不去了,只要我改不了爽约的毛病,分手是迟早的事。"关琥自暴自弃地说完,又开始用毛巾擦衬衣上的酒渍,酒水有大半泼在了他的胸前,刚买的高档衬衣上溅满了酒渍,应该是洗不掉了,他郁闷地想。

店里的其他人都还饶有兴趣地观看着这段小插曲,关琥清清嗓子准备找机会赶紧走人,然而当目光掠过叶菲菲点的几盘西餐时,他的肚子开始叫,这才想起从中午开始他就未进餐了。

"她好像都没动?"他问调酒师。

"要我帮您热下吗?"调酒师很体贴地说,"反正账单是您来付。"

是啊,反正要找地方吃饭,不如就地解决吧,关琥在叶菲菲刚才坐的位置坐下来,等热菜的间隙,转头把酒吧打量了一遍。

酒吧算中等大小,由于客人较少,所以没有普通酒吧那种嘈杂感,菜单却很丰富,与其说是酒吧,倒更像是西餐厅。

"老板,再给我来瓶酒,"顿了顿,他追加道,"就刚才泼我的那种。"

调酒师很快将红酒送了上来,不一会儿,热好的菜也端给了他。关琥对饮食不讲究,不知道那是地道的法国菜,跟老板要了筷子,夹着扇贝跟鹅肝大口送进嘴里,又拿起南瓜汤碗咕嘟咕嘟地喝起来。

这般牛嚼牡丹的吃法,小魏在旁边看得都震惊了,直觉断定能跟这样粗俗的男人相处三个月,叶菲菲已经很厉害了;调酒师也无奈地耸耸肩,转身回了吧台。

"老板,你这家酒吧什么时候开的?我每天都经过,居然没发现,"吃着饭,关琥跟调酒师搭讪,"刚才我在外面转悠了半个多小时才找到这里,要是你在门口挂个显眼的指示牌什么的,兴许我还不会迟到这么久。"

"早来半个小时，你就不会被甩了吗？"

关琥被噎住了，看着这位在灯下熟练摆弄着调酒器的男人，很难相信他就是刚才亲切给自己递毛巾的那个人。

男人看上去年纪不大，但温和的气质让他比同龄人多了份稳重，淡棕色微长的直发，鼻梁上架了副轻巧的无框眼镜，身材纤瘦高挑，在灯光照射下，他的皮肤较普通人要白皙很多，给人一种病态的美感，再加上调酒师这份职业，他一定很受女性青睐，前提是大家得知道这里有家酒吧。

"我们在这里开半年多了，"小魏靠在吧台上代为回答，"属于知道的人自然会知道的地方。"

那他的女朋友……哦不，现在应该说是前女友了，是从哪儿知道的？抱着这个好奇心，关琥飞快地将餐点都吃下了肚，又掏出随身携带的香烟。正准备打火，抬头却看到了禁止吸烟的标志，他只好把烟放了回去，端起了酒杯。

好不容易周末比较清闲，他准备今晚好好休息一下，然后叫个出租车回家。

没多久那两位女客人也离开了，店里只剩下他外加老板跟伙计了，品着红酒，聆听悠扬的爵士乐，关琥觉得这里还是挺不错的。

除了不能抽烟外，这家的料理做得很美味，环境也清静，老板也很养眼，最重要的是离他工作的地方很近，以后他可以在回家前顺便来这里消遣一下。

吃饱了饭，又喝完老板免费赠送的一杯威士忌，关琥心满意足地来到吧台前结账，小魏熟练地帮他结算好，说："谢谢，两千零三百元整。"

关琥将刚插在口中的香烟噗地喷到了地上:"多少?"

"两千零三百元整。"

"……你黑店啊?"

大脑回路在当机几秒后重启,关琥首先做的事就是抬头寻找营业执照,一边大叫,"一份中不中洋不洋的菜你要我两千块?还有那杯威士忌,你是不是强买强卖?"

"威士忌是免费赠送的,先生,"吧台另一边,调酒师解释说,"主要是查理曼波尔多红葡萄酒稍微贵一点。"

"那么贵的酒为什么你不在我点单的时候提醒我?"

"是您答应您的女友……不,前女友付钱的,所以就算你不点,钱也是照付的。"

关琥突然有种希望时间倒流的冲动,好让自己收回付钱那句浑话。

"看您一身名牌,应该不会付不起吧?"

见他不说话,调酒师抬起头,笑吟吟地在他身上上下打量,"如果你是刚好身上没带那么多钱,拿东西抵押也是可以的。"

关琥摸摸鼻子,再次肯定自己会陷入这种尴尬处境完全是被叶菲菲陷害的。

"要不……要不扫描付。"

虽然肉疼,但总算微信里还有点小钱,关琥忍痛说道。

谁知调酒师摇头。

"不好意思,本店只接受现金支付。"

"你古代穿来的啊!"

"我突然想起来我还打了个折,要不再加回去……"

调酒师拿起计算器,关琥一把摁住了。

"那要不……就抵押东西好了。"

他慢慢凑到吧台前，在高脚椅上坐下，将随身所带的东西——掏了出来——香烟、打火机、身份证、略旧的钱包，掏到最后一样东西时他犹豫了一下，但还是拿出来亮到了调酒师面前。

"警察。"第一次在市民面前亮警证亮得这么没底气，关琥说，"我就在那边隔了一条街的警局工作。"

"刑警欸！"小魏兴奋地凑过来看他的警证，"你有配枪吗？"

"这位市民，警察只在出任务时才配枪的。"

调酒师没看他的警证，而是拿起他的钱包打开看了看，里面只有几千块外币和几张银行卡，钱包的另一侧折页里夹了张彩照，没等他看清，钱包就被抽了回去，关琥说："就抵押身份证吧，明天我把钱送过来。"

"我比较喜欢现金。"调酒师一伸手，关琥只觉手上一空，钱包已经不见了，没等他再抢，调酒师将柜台下的抽屉打开，把钱包扔了进去。

关琥探身去拿，抽屉关得太快，差点夹到他的手，他趴在吧台上夸张地摇晃着手，叫道："里面有我的信用卡，你不会偷偷用吧？"

"您说笑了，我怎么敢偷用警察的东西？"

"那至少把里面的钱给我。"

一张卡递到了关琥面前，却是他钱包里的借记卡，调酒师说："这个给你，方便你提取现金。"

关琥愣了一下，从对方抢钱包到放进抽屉里的时间很短暂，以他的眼力，竟没看出他是什么时候把卡抽出来的。

见他没反应，调酒师便直接把卡插到了他的衬衣口袋里。关琥回过神，保持继续趴在吧台的姿势跟男人两两相望，然后两边嘴角往上翘,作出个很刻板的笑脸道:"谢谢这位市民的合作,我会尽快把钱送过来的。"

"不急,这不是高利贷,不会算你利息的。"

他不怕算利息,他怕再被坑到。

手机铃声响起,打断了两人的对话,来电显示是他的后辈兼搭档江开。

"关琥你在哪里?"对面传来江开急促的询问,没等关琥回答,就听他接着说,"请速到烟关路三十六号长圆小区第三栋住宅,这里刚发生命案,我正在赶往现场的路上,现场会合。"

"喂……"电话挂断了,关琥收回手机抬起头。

小魏见状很兴奋地问:"是不是要出任务了,是不是要去领配枪?"

关琥没理他,从吧台上跃下来,对调酒师认真地说:"我会尽快把钱还给你的。"

"只是一点小钱,不用着急。"

调酒师的话还没说完,关琥已经晃晃悠悠地跑了出去,走到门口时,他特意看了一下酒吧的营业执照,经营者姓名那一栏写着"张燕铎"三个字。

张燕铎是吗?好,记住了!

铜铃声响起,酒吧门打开又合上了,听着脚步声飞快地远去,小魏问:"警察喝了酒也可以执勤吗?"比起这个来,他想关琥更该担心的是没钱,该怎么去现场。

张燕铎笑了笑没说话,吩咐小魏去整理餐桌,小魏走后,他从抽屉里拿出关琥的钱包,拿出了刚才看到的那张照片。

彩照有些褪色,看上去像是多年前拍的,为了塞进钱包里,四边被特意剪掉了，照片上是两个穿汗衫短裤的孩子，一个趴在另一个的后背上，导致前面那个只能勉强仰起头，后面的孩子则开口大笑，露出没有门牙的嘴。

看着照片，太阳穴两侧突然开始胀痛，老毛病又发作了，张燕铎急忙按住太阳穴来回揉动，另一只手合上钱包，放进了自己的口袋。

关琥出了酒吧，又一口气跑去附近的出租车招停点，被风吹到，他猛地想起了自己口袋里空空如也，别说搭出租车，就连坐电车的钱都没有，转身想再回酒吧要钱，考虑到时间不等人，只好放弃了。

"警察办案，请给予合作。"

他亮出警证站在道中间喊道，在被无视了四五次后，终于有辆出租车在他奋不顾身的拦车行为下不得不停下了。

一上车关琥就将警证特意往司机面前递了递。

"烟关路三十六号长圆小区第三栋住宅，越快越好，车费到付。"

"可以超速吗？"司机大叔有点激动。

"请安全行驶，我不赶时间。"

因为是发生了命案，不是正在发生命案，他的早到与否不会影响到整个案件的进度，为了不被人注意到自己喝过酒，在去往案发现场的途中，关琥将出租车的车窗都打开了，以便散酒气。

出租车在长圆小区附近停下，周遭围了一圈人，透过人群缝隙，隐约可以看到里面穿制服的警察，关琥下车时晃了一下，这让他发现红酒跟威士忌掺着喝是不对的，后劲大得超出了他的想象。

江开已经到了，看到关琥，他走过来，惊讶地问："你怎么坐出租车来？"

"因为我破产了。"关琥给他做了个付钱的手势,"记得要发票。"

"破产还喝酒?"

关琥把头撇开,忽略了搭档的话,在他穿过人群走进现场时,身后传来江开的哀号声,让大家以为又出了第二桩命案,实际上是车费金额吓到他了。关琥无奈地摊摊手,这是没办法的事,谁让长圆小区在这么偏僻的郊外呢。

关琥抬起警戒线,负责收集情报的小警察将他带到现场,几名法医在对死者进行检查,看到关琥,他的上司、正在附近转悠的重案组组长萧白夜点点头,算是打了招呼。

萧白夜比关琥大个几岁,不管是身高长相还是交际方面在警局里都是很出挑的,他唯一的问题是不太适合当警察,在一年前空降到重案组当领队后,关琥曾不止一次地怀疑他到底是走了什么后门才混进来的。

"萧组长说他有点晕血,不太舒服。"江开付了车费回来,一边解释着,一边将手套递给关琥。

"他不需要做事,他只要帮忙给报账就好。"关琥接了手套,来到死尸前,收起了一贯的嬉皮笑脸,先双掌合十对着死者拜了拜,这才蹲下来仔细勘查现场。

死者为女性,目测二十岁出头,身体蜷成一个很奇怪的姿势,呈仰卧状态,她是从租的房间阳台上跳楼身亡的,尚不排除他杀嫌疑。

关琥仰头看了看公寓楼,是一个七层建筑,死者住在第六层,落地时面部朝上,撞击造成颅骨严重损伤,导致当场死亡。楼下是草坪,周围溅出的血液脑浆并不多,死者脸部也没有受伤,表情平静温和,嘴角微微翘起,似乎还带了几分笑意。

在负责刑事案件的这几年里，关琥遇到过不少怪异案例，但死得这么从容的表情他还是第一次见，仿佛死者不是死去，而是沉睡，再结合她的一身装束，甚至可以说她在做一个很甜美的梦。

"自杀就自杀，她为什么要穿汉服？"江开在旁边嘟囔。

关琥对汉服没什么研究，他只知道死者穿的是那种齐胸开襟的裙衫，长发在头顶用装饰的珍珠链子固定，右手反枕在颈后，左手放在头顶之上，胯部向右倾斜，双腿却扭向左边，长裙撩到脚踝上，露出底下的赤足，她的身躯扭曲成一个诡异的弧度，让关琥怀疑她生前有练过瑜伽。

一截纯白的薄纱覆盖在死者的身上，白纱绕过她的身躯被压在身下，边角沾了部分血，轻柔白纱恰到好处地渲染出靡丽的美感，再配着翠绿草坪的背景跟她惨白而又安详的面貌，让人在无形中忘却了死亡带来的惊悚，只觉得这是一件用来欣赏的艺术品。

两边太阳穴开始突突突地跳，虽然关琥现在还不知道这是自杀还是他杀，但能肯定这绝对是个棘手的案件。

照平日的习惯，他掏出手机，从各个角度将现场拍摄下来，包括女人的表情、发式还有不显眼的纱裙衣袂边角，在拍到脚部时，他停了一下。

女人的脚底部位有层厚厚的老茧，跟她其他地方的肌肤格格不入，不过关琥没说什么，又接着连拍数张。拍完现场，关琥又仰头看了看眼前的公寓，对着公寓又拍了几张。

这时，各报社电视台的记者闻讯赶来，挤在警戒线外拼命拍照，闪光灯亮起，关琥不悦地转头，刚好看到有人站在距离人群较远的地方，跟他一样仰头看公寓，随后也举起相机连拍几下，居然是专业的单反相机，注意到关琥的注视，那人在拍完照后立刻混入了人群，关琥只隐约看到那是个很年轻的女人。

"人家也要拼业务啦。"江开在旁边嘟囔。

关琥没说接话，交代江开在现场继续跟进，自己转身去了公寓里面，萧白夜可能也在周围转悠烦了，主动跟他一起走进公寓。

"你喝酒了？"乘电梯时，萧白夜问关琥。

"没想到会临时出任务，"揉着太阳穴，关琥心里对大家良好的嗅觉佩服得五体投地。

六楼死者的房间周围也拉了警戒线，附近的房门打开一条缝，里面的住户探头偷偷往这边看，发现警察出现，立刻关上了门。

死者住的是个很简单的一室一厅小公寓，关琥在进去时留意了一下房门，门锁有被撬开的痕迹，里面的防盗锁链也被夹断了，看来出事时房门是从里面反锁的。

房门另一边是个自由组装的鞋架，关琥上下扫了一遍，上面几乎都是清一色的高档高跟鞋，鞋架一边挂了两把雨伞，也是名牌，看来这家主人很喜欢名牌的东西。

鉴证科的同事们正在里面收集情报，关琥一进门，就感觉到了里面紧张的气氛，假若忽略站在对面的妙龄女子的话。

女生穿了条大红色的连衣裙，裙摆很短，让修长的双腿显露在众人的视线中，一头微卷的长发用发夹随意束在脑后，不施粉黛，反而给人一种很健康的美感，往那里一站，轻易就成了大家目光的焦点。

可是拥有模特身材的她偏偏选择了法医这份工作。刚才没在楼下见到她，关琥还感觉奇怪，没想到她到得比自己早得多。

"美女，你穿成这样会让同事们很难专心做事的。"开着玩笑，关琥戴好手套走过去。

"等我换了衣服再过来，应该是几小时后了，"舒清滟把目光从墙壁上转过来，在关琥身上上下打量了一番，冷静地说，"就像你没办法把喝进去的酒吐出来一样。"

联想到刚看到的血液跟脑浆，关琥感觉很不舒服，后悔不该去挑女法医的刺。

"这里有什么发现吗？"他聪明地换了话题。

"门窗我们都检查过了，基本可以排除入室行凶的可能。"

能进入房间的途径除了大门就只有卧室外窗跟阳台，出事时卧室的窗户也是锁着的，客厅开了空调。关琥看了下空调设定温度，居然是十八度，被冷风吹着，他激灵灵地打了个寒战。不知道死者生前有没有嗑药。

"死者叫陈小萍，舞蹈学院应届生，她的成绩很优秀，最近在办理出国进修的手续。"

听着舒清滟的讲述，关琥跟萧白夜一起朝对面的墙壁看去，上面挂满了陈小萍各种演出的照片，不得不说她很适合古装扮相，跳起舞来更是长袖飘飘，有几个拿着古乐器起舞的造型更让她充满了灵气；书桌上也放了不少获奖证书跟奖杯，电脑还呈开机状态，关琥看了下浏览记录，大多是购物跟交友的普通网站，暂时看不出有什么问题。

"难怪她的脚掌上有不少茧子。"关琥弄清了她脚掌老茧的原因，拿出手机将墙上一些照片拍了下来，就见鉴证人员把在卧室里找到的物品放进证物袋，交给舒清滟。关琥凑过去看，是张看不出是什么图案的打印纸，既像是花形又像是古代某种文字，是在枕头下找到的，纸张因为被压过，所以显得有些褶皱。

在好奇心的促使下，关琥将纸上的图画也拍了下来，舒清滟看了他一眼，不等她说话，关琥率先开口道："美女，请睁只眼闭只眼，回头请你吃饭。"

舒清滟转头看萧白夜，见他跟平时一样呵呵笑着一副老好人的模样，他这个上司最大的优点就是在查案时，可以放给手下人最大的权利。

在大家的默许中，关琥将照片拍好，又走进卧室，里面除了床跟衣柜外还有个很大的化妆镜，衣柜门大开，让里面的各种名牌衣服跟皮包一览无余。关琥自己也用名牌，但基本上是固定的几个牌子，死者这种各类名牌掺杂的买法，给人一种感觉——她并非真喜欢品牌，而只是为了满足自己的虚荣心。

关琥把目光转向化妆镜，镜子两旁的灯还亮着，化妆品随意放置在桌上，像是出事前死者正坐在镜子前，从化妆品的使用情况来看，她是在对镜化妆，而非卸妆。

这么晚了，是要出门吗？那又是出于什么原因，她去了阳台？

思索着，关琥循着陈小萍的足迹来到阳台上，阳台上的指纹采集工作已经结束了，阳台下方放了个折叠式的小凳子，他踩在凳子上趴着栏杆往下看，死者的尸体已经被抬走了，除了还在现场忙碌的警察外，只剩下站在外围的一些记者。

比照陈小萍的身高，他探身往前做了个翻越的动作，又用手机拍了楼下，从阳台高度跟死者坠地的位置来看，比起直接从阳台翻下，她更像是踩着凳子攀上了稍微有些宽度的阳台边缘，在站稳后往前纵身一跃……

在脑海中模仿着死者的动作，关琥撑住阳台正要踩上去，却被伸出来的一只手拦住了，萧白夜紧张地看着他："你在干什么？"

"呵呵，想重演一下当时的情况。"

"那请在不喝酒的时候重演，"舒清滟很不赞同地说，"我不想在周未解剖两具尸体。"

为了不惹恼这位大美女，关琥乖乖放弃了冒险行为，谁知就在他要回房间时，对面闪过一道亮光，他顺着看过去，发现是从对面公寓射来的，那人应该是新手，忘了在偷拍时关掉闪光灯。

"现在的记者真是无所不用其极。"舒清滟吐槽道。

关琥却皱起眉，想起了刚才在楼下对着阳台拍照的女生，不过这个阳台的拉门里面挂了窗帘，以对面的角度，记者其实拍不到什么，最多是当个新闻噱头罢了。

房间里没有新发现，关琥在检查完后，跟萧白夜一起去了隔壁人家询问，那家主妇刚才还在偷窥，但真被警察询问时她就怕了，连连摇手说自己跟陈小萍不熟，最多是在电梯里遇上打个招呼而已。

"我看她穿着打扮都挺时髦的，家里很有钱吗？"关琥故意问。

这句话刺到了主妇的痛处，撇撇嘴，不屑地说："都是男人送的，虽说不该说死人的坏话，但她真的很会钓男人，三天两头换男朋友，年初刚分手一个，没几天就又找了新的，不过前阵子刚分手了，说要专心学业什么的。"

这还说什么都不知道？

关琥跟萧白夜对望一眼，再问："那你知道她男友的联系方式吗？"

"那就不知道了，就远远见过两次。"

关琥又问了一些其他的问题，结果除了被迫听主妇有关羡慕跟嫉妒死者的主观印象外，再没问出特别有价值的消息，之后他跟萧白夜分工合作，去询问其他几家住户，回应也都大同小异，虽然死者在私生活上比较随便，但她坠楼时房间处于密室状态这一点毋庸置疑，如果没有更多的线索的话，警方就会以自杀处理了。

但不知为什么，关琥心里总觉得有点疙瘩，好像什么地方没理清，云里雾里得让人很不舒服。

为了舒缓情绪，关琥独自下了楼，来到公寓的后方，谁知他刚掏出香烟，就看到对面人影一闪，飞快跑进了后面的小区花园里。

发现情况，关琥也顾不得抽烟了，几步赶过去，将那人拦住。

"是你！"看到是在楼下拍阳台的那个女生，关琥一愣。

女生趁机甩开他的手，叫："干吗？"

她中等个头，看上去岁数不大，穿着套头衫加七分裤，显得瘦瘦的，一头短发看起来也很精神，除了胸前挂着的单反相机外，还斜挎了一个大大的帆布包。对付这种泼辣的女生关琥很有心得，笑嘻嘻地说："这话该我问你，你躲在案发地点的公寓后干吗？"

女生不答反问："确定是被杀了？"

关琥没理她，伸出手道："身份证。"

证件递了过来，却是张记者证，而且是华兴大报社的记者，关琥看看证件再看看女生，的确是一个人，看岁数应该是刚工作不久的新人，名字叫谢凌云。

"搞消息是可以的，但不能妨碍警察办案知道吗？"他将记者证还给了谢凌云。

"你是警察？"

被她反问，关琥扑哧笑了："小姐，装傻是没用的，刚才我在阳台检查现场时，你不是正在对面偷拍吗？"

"你有什么证据啊？"

"这就是证据。"关琥把手伸向了她的胸前，谢凌云急忙捂胸，不过关琥的目标是她的单反相机，抓住她颈上的照相机带子按开活扣，照相机便掉了下来,他伸手托住,打开电源检查里面的图片,"下次不要用这种活扣系带了,很容易被小偷盯上的。"

"没人比你更像强盗了!"谢凌云夺不回相机,双手叉腰冲他气呼呼地叫道。

关琥没在意,翻看着照片细加点评:"不过拍得挺有专业水准的,这么短时间内就拍了这么多,呵,看在把我拍得挺帅的分上,我就不跟你计较了。"

"哪个是你?"谢凌云探头来看,关琥把相机面向她递过去,屏幕显示的正是他在阳台检查线索时的影像,从拍摄角度来看,当时偷拍的人就在对面公寓同一层的住房里。

"其实我挺好奇你为什么对阳台那么感兴趣,你是不是发现了什么?"

谢凌云点点头,对关琥做了个靠近的手势,谁知就在关琥靠近时,她一把夺回相机,又顺手抄起帆布包冲他劈头盖脸地打来,边打边大声叫:"抢劫啊,非礼啊,来人啊!"

"喂,住手!我告你袭警……"

要说凭关琥这么个大男人,又是警界武状元出身,如果他真要动手,一个小姑娘的攻击在他看来根本就是花拳绣腿,问题是他没有打女人的习惯,所以只能用手捂头捂脸躲避击打,等他第三次发出警告时,附近有人听到叫声赶过来,谢凌云趁机掉头跑走了。

萧白夜也闻讯赶了过来,及时亮出警证将人们劝走了,转过头,见关琥还在揉着被打痛的脑门直哼哼,他问:"出了什么事?"

"没事,就是今天跟美女们犯冲,几个小时内遭遇了两次暴力事件。"外加被一位美男讹诈事件,倒霉得都让他怀疑自己是否真的是警察。

"你要告她吗？"

关琥抬起头，有时他摸不太准这位上司到底是认真的还是在开玩笑，随口答："可以啊，如果你不怕浪费纳税人的钱的话。"

一番现场勘查后，线索没找到多少，反而莫名其妙被人打，关琥只能自叹晦气。他急着追线索，没时间去问华兴报社新人记者的事，跟同事们回了警局，连夜将情报汇总完毕，熬了一个通宵总算大致有了眉目。陈小萍住在邻市的父母也联络上了，听到女儿出事，他们当夜就赶了过来。

凌晨关琥窝在警局的值班室里睡了一觉，死者父母的接待工作是由搭档负责的，他醒来看过笔录，发现收获不多。死者父母都是普通的公司职员，只有陈小萍一个女儿，虽然很疼爱，但能供给她的生活费有限，所以陈小萍所拥有的各种名牌皮包、时装都是通过其他渠道获得的。

到了中午，现场勘查结果出来了，是证据确凿的密室事件：陈小萍出事当晚，公寓摄像头没有拍到外来者进入的影像，死者坠楼时除了阳台门开着外，其他门窗也处于完全封闭状态，阳台之间的距离有一米五多一点，隔壁住的又是一对母子，攀到对方阳台杀人的可能性太低，楼上房间是空的，经调查也没有非法闯入的迹象，最重要的信息是阳台围栏上有死者的脚印，也就是说当时死者是自己踩在阳台边缘上跳下去的。

"毫无疑问这是自杀案，"江开下论断，"如果我是凶手，会直接从下面掀起她的双腿把她丢下去，让一个大活人站在阳台边上自己往下跳的危险系数太大了。"

比起危险系数，关琥觉得这种操作根本不现实；但要说自杀，一个即将出国、前景一片大好的女生没有理由寻死啊。

"也许有我们没注意到的地方吧，"萧白夜说："再查查细节，看有没有什么漏掉的地方。"

关琥把调查的重点放在了鉴证科上。

他拿着尸检报告来到鉴证科，科员都在吃午饭。舒清滟已经换了普通西装，外面套着白大褂，头发也盘在脑后，她这身打扮比较符合法医的工作形象，但看到她正在喝的红通通一片的番茄鸡蛋汤，再看看对面平躺在解剖台上的尸体，关琥感觉自己成功地失去了食欲。

"所以说这是一起自杀案了？"他拍拍手里的报告书问。

"判断是否是自杀是你们的事，我只是把检查得到的结果如实列出来，"喝着鸡蛋汤，舒清滟说，"死者生前没有发生过性行为，没有喝酒、嗑药，身体健康，也没有跟人搏斗过的任何迹象，出事时房间门窗紧锁，当晚没有跟他人通电话的记录。"

"当时空调温度设定很低，是不是出于什么目的，比如她被谁催眠控制自杀，通过电脑网络什么的？"

"你侦探小说看多了，就我所了解的案例，迄今为止没有过一起以催眠控制对方思维达到犯罪的实例，至于空调设定，暂时我们还没有发现与案件有直接关联。"

关琥本来想说那就是通过某种电磁波控制死者的行为，但看看舒清滟的脸色，他闭上了嘴。

"不过有一点我比较在意。"

舒清滟推开碗，走进里面的鉴证科，关琥一同跟随，死者面部完整，面带微笑，要不是身上盖了白布，会让人以为她只是在沉睡，原本搭在头顶的手臂已经放下了，但由于无法完整平放，有一半耷拉在床外。

"她为什么要笑？"

"这是一点，另外就是从高处坠落，她只有颅骨损伤，其他地方几乎没有因震荡而形成的创伤，这种现象无法用医学来解释。"

"正常情况下内脏跟骨骼也会被影响到？"

"对，不过这些现象也是受环境影响的，也许她坠落的地方刚好缓冲了其他的冲击力。"

这些学术讲解关琥不懂，也没在意，对警察来说，死亡就是死亡，就算死者其他地方一点伤都没有，她还是死了，比起这个，他更搞不懂陈小萍当时的死状。

"她身躯扭曲又是什么造成的？"

舒清漪歪了下头，给他做了个无法解释的表情。

"那你们有没有在她家里发现什么奇怪的物体？"

"看来你无法认可这是起自杀案啊，"舒清漪双手插在白大褂的口袋里，用下巴指指在外面科室边吃饭边盯着电脑的同事，"小柯还在分析那张拼图，他怀疑那是什么密码生成的，到目前我们搜集到的资料显示死者是个很爱玩的人，她上过不少聊天网站，这是她比较常去的几家。"

关琥随舒清漪来到外面，接过她递来的数据分析材料，有些交友网站的内容处于灰色地带，让他忍不住怀疑陈小萍的那些名牌物品是通过类似的交易得到的，他翻了几页，目光在几个字上停了下来："神仙乐陶陶？听起来像是嗑药的。"

"我本来也这样以为，后来发现是有关怎么赚钱的网站。"

听着舒清漪的讲述，关琥大致梳理了一遍，都是一群年轻人在提供自己赚钱的经验，比如帮新开发的商品或饭店作宣传，不仅可以收取佣金，还可以得到免费提供的系列服务，说白了就是"托儿"的性质。

"这工作挺不错的，我想试下这个美容沙龙。"关琥颇感兴趣地指着材料边说边掏出手机，舒清滟会意地转身去开冰箱，给了他充分拍摄的空间。

"我对免费旅游很感兴趣，可惜他们没有提到具体的内容。"小柯在旁边噼里啪啦敲着键盘搭腔。

关琥也看到了这个话题，说话的 ID 叫莫高，他的留言底下有不少人在询问，陈小萍也是其中一个，莫高随口说了几句就撤了，不知道是不是在钓鱼。

他将这部分也拍了下来，抬起头，刚好看到拿着化学试剂杯走过来的舒清滟，玻璃杯里盛着浓稠的红色液体，看得他皱起了眉。

"是番茄汁，很养颜的，冰箱里还有，要试试吗？绝对比你去美容沙龙的效果显著。"

"不用了，"面对她的盛情邀请，关琥挤出微笑，做了个敬谢不敏的手势，"美女，我要去查案了，有事再联络。"

"别忘记欠我的那顿饭啊。"

听到身后的叫声，关琥随口应了一声，走出一大段路他才想起了一件很重要的事："靠，我的钱包！"

昨晚从出了酒吧，他就一直被案子追着跑，完全忘记了取钱还债这回事，忙不迭地叫上搭档出门，在途中买了两个面包当午餐，顺便在取款机取了钱，然后一路朝舞蹈学院赶去。

"看来舒大美女提供了不少线索给你。"

"她也提高了我对女性的恐惧感。"翻看着手机里的照片，关琥随口说。

从昨晚到现在他就一直在经历身体跟精神上的创伤，希望舞蹈学院的女生可以为他治愈一下。

"这个世界上还有男人，所以你的选择有很多。"

江开的信口开河换来一记"锅贴"，关琥甩手拍在了他的额头上："就算有也不会是你，给我好好开车。"

江开捂着脑袋不敢再说话，关琥又继续低下头看手机，手指在屏幕上一下下滑动着，最后定在草坪上的女尸表情上。

"她在学天外飞仙吧？"等红灯时江开也凑过来看，吐槽说，"如果不是知道她死了，还真会以为她在跳舞。"

她其实真的是在跳舞吧，一支旋转在空中的死亡舞曲。

来到舞蹈学院，在跟保安说明来意后，他们很快找到了陈小萍的闺蜜，闺蜜昨夜为了排练舞蹈熬了通宵，刚刚在起床后才听说了陈小萍的事情，比起伤感，她的反应更多的是不敢置信，愣了好久才开始回应关琥的询问。

"小萍不会自杀的，绝对不会！"她很神经质地不断重复，"她出国的手续都办好了，钱也凑齐了，昨天还跟我们聊过去后的计划，她怎么会想不开？她一定是被杀的，说不定就是陈立勇，也可能是王可，或者……"

"凑钱？她很缺钱吗？"打断她的推断，关琥说，"看她的物品，她的家庭背景还不错。"

"你知道圣彼得堡学院一年的学费是多少吗？"看看他的打扮，女生不屑地用眼角瞥他。

关琥揉揉鼻子不说话了，他发现妄想被美貌温柔的舞蹈学院女学生治愈的自己很愚蠢。

"她的那些东西都是出场费买的或是男朋友送的，其实没多少积蓄，现在好不容易赚到钱了，她怎么会自杀？"

"那这笔不少的钱她是从哪里赚的？"

"这我就不知道了。"

回想有关陈小萍的存折储蓄资料，关琥相信她应该还没有拿到那笔钱，不知道这个赚钱方式跟"神仙乐陶陶"有没有关系，又问："刚才你说的陈立勇还有那个……什么王可是她的男朋友？"

"都是前男友，在恋爱方面小萍眼光比较高，男友也换得比较频繁，陈立勇是年初分的，后来跟王可谈，还一起去旅游，可前不久也分了。"

除了他俩外，女生还提供了其他一些跟陈小萍有来往的男性，看到排了一大堆的名单，关琥开始头痛，接着又问了些私人方面的问题。这个女生也知道"神仙乐陶陶"，但她不喜欢网聊，所以不太了解，只知道陈小萍对莫高这个人很感兴趣，常常提起他，至于对方是男是女是否有见过面，她就不清楚了。

接下来关琥又问了其他同学相关的问题，答案都大同小异。从舞蹈学院出来，他趁热打铁，照地址去找陈立勇跟王可，江开开着车听从他的指挥四处转，抱怨道："你是不是把事情考虑得太复杂了，这明明就是起暂时不知道自杀原因的自杀嘛。"

"因为它让我不舒服，"被问到，关琥难得地收起了一贯的嬉皮笑脸，"让我不舒服的事，我一定要找到原因。"

有点不太适应他的正经，江开干笑问："你是不是以前遇到过这类的事情，所以才对查案这么执着？"

"你想多了，我只是想早日把萧白夜踹掉，好让自己在重案组一手遮天而已。"关琥一秒恢复了吊儿郎当的样子，把椅背往后调，找了个舒服的姿势躺好，继续翻看那些照片。透过后视镜，江开偷看他，他感觉关琥没说实话，但如果这不是实话，那他真正的奋斗目标又是什么？

之后的询问进展得不是很顺利，王可住在一间很破旧的单人公寓里，手机联络不到，按门铃也没人理，问房东，才知道他可能是去旅游了。王可很喜欢旅游，一年中有大半年不在，要是进了深山老林里，手机接不通是常事。

还好他们顺利找到了陈立勇，不过他正跟新女友在一起，为了不被误会，他回答得简单快捷，还主动提供了自己的不在场证明，又反复说分手后就再没见过了，他甚至不知道陈小萍已经死了，当问到分手原因时，他悻悻地说："当然是为钱，那种拜金女人怎么死都不稀奇，但绝对不会是自杀。"

这好像是第 N 个坚持说陈小萍并非自杀的人了，不过关琥不相信这些感情用事的想法，相比之下，他更倾向于舒清滟的判断，虽然他很想否定这个判断。

之后两人又去陈小萍的人际圈里作了调查，跑了整整一下午，名单上的人还没查到一半，有用的消息更是没有。傍晚，突然下起雨来，两人只好打道回府，江开回了警局，关琥半路下车，冒雨冲进了商业大楼的负一层。

这次在进酒吧之前，关琥仔细打量了酒吧的门面。店面跟酒吧里面的装潢一样，都属于简约型的，近似于黑色的古铜大门带了某种复古的神秘感，四角上嵌着铜钉作为装饰，上方还绘制了意识流的图形，要不是看到正中的"涅槃"二字，他根本看不出那是叫凤凰的鸟，关琥对绘师的绘法崇拜地啧啧嘴，最后把目光落在了门上挂着的"OPEN"牌子上。

可能是因为下雨的关系，酒吧比昨天更冷清，一个客人都没有，唯一不变的是悠扬的乐曲以及站在吧台后擦拭酒杯的调酒师，小魏趴在收银台前玩手机，看到关琥，大声说："欢迎光临，关警官。"

关琥觉得他直接说"欢迎光临，冤大头"更贴切。

"我把钱送来了，"他走到吧台前，将两千五百块放到张燕铎的面前，"零头不用找了。"

张燕铎的服装跟昨天的一样，不过今天他换了副紫框的眼镜，他闻声抬头时，不知道是不是灯光折射的原因，关琥觉得他镜片后的眼眸带了种异样的色彩，但没等他看清，张燕铎已经将目光移开了，微笑道："你今天很早。"

"我只是怕你利用我的信用卡做坏事。"

"我做坏事的话，就不只是用信用卡了。"

关琥似真似假的玩笑换来同样的回应，不过张燕铎没有为难他，收下钱后将钱包还给了他。一拿到钱包，关琥首先翻到夹层处，确认照片完好后，他才去检查现金和银行卡，注意到他的动作，张燕铎说："看来你重视一张照片胜过钱。"

"回见。"

关琥没正面回应他，将钱包收好转身要走，身后传来张燕铎的询问："你还没吃晚饭吧，要不要来份当日套餐？"

关琥冷笑，转头问："再吃一份套餐，再欠你两千块，你是准备把整晚的业绩都拼在我一个人身上吗？"

"没想到今天下雨，食材准备得多了，半价提供给你。"

张燕铎将当日套餐的菜单举起来，看到上面华丽丽的海鲜意大利面跟配套的蛋糕、饮料，关琥咽了口口水，这份晚餐看上去不错，就算不打折也挺合算的，他做人一向只要享受到就行，钱不是问题。

"你们这不是酒吧吗，怎么会有这么多选项？"鉴于被坑过一次，他不无怀疑地问。

"酒吧兼餐厅，为了赚钱，我们会尽力投客人所好的，"张燕铎微笑应对，"只要客人付钱，饺子、面条我也会做。"

比路边摊贵上十倍的饺子、面条吗？那还是算了吧。精美的餐点图片成功地激起了关琥的食欲，他坐到了跟昨天相同的座位上："那就来一份套餐好了，不过先说好，超过五百我不会付账的。"

"您放心，我们这里是正经餐厅，不会做讹诈客人的事。"张燕铎说完，便去后厨准备。

小魏也及时送来一壶热热的香茶跟干毛巾，看出关琥脸上的疑惑，他解释说："老板说这个季节淋雨很容易着凉的，让你擦擦，茶也是我们老板请的，上等的龙井呢。"

"这位小哥，我已经有十年没感冒了。"

不过不管怎么说，对于张燕铎的细心，关琥还是领情的，他道了谢，拿过干毛巾把被雨水打湿的头发擦干，又顺便擦衬衣，这才注意到自己穿的还是昨天那身衣服，衬衣上的红酒渍还在，难怪今天一整天都被大家以各种奇怪的眼神盯着！

"今天果然是我的本命日。"他揪着头发说。

"本命年我常听说，本命日是什么？"小魏好学不倦。

"看我现在这样子，你就充分理解了。"

感觉到了关琥身上的怨念，小魏没敢再继续问，转身走了。关琥给自己倒了杯茶，茶香扑面而来，是不是上等龙井不敢说，但茶的等级绝对不低，他正好口渴了，几口灌了进去，等再倒第二杯时，餐点端了上来，除了海鲜意大利面套餐外，还有一杯加冰威士忌。

"这杯我请。"像是猜到关琥要说什么，老板笑眯眯地提前作了解释。

他长得不难看,甚至可以说是很出色的那种,但笑容太完美,完美到关琥觉得做作的地步。

这其实是个很会做生意的人,自己才来一次,就被他看出自己喜欢喝威士忌了,这种被轻易看穿的感觉让关琥很不舒服,直觉不喜欢这个人,但面对色香味俱全的饭菜加自己中意的美酒,他又对张燕铎讨厌不起来。

"今晚应该不会再有案子发生了吧?"看着摆放在眼前的美酒,关琥发出呻吟。

张燕铎附和着笑道:"应该……不会那么倒霉吧?"

应该不会吧?

照以往的经验来看,关琥作出了喝的判断,拿起酒杯咕嘟喝了一大口。

"请慢慢享用。"

第二章

今晚的套餐也同样很美味，美味到关琥几乎要感激前女友为他介绍的这家酒吧了，以飞快的速度吃完饭，小魏过来将餐碟收拾了，又添酒，并换了新的热茶，没人打扰，关琥慢慢品着酒，靠在椅背上开始翻看那些照片。总觉得有什么地方被忽略了。

翻到死者坠落草坪的那张照片时，关琥停了下来，他感觉这与其说是舞姿，倒不如说是死者想挣扎拿东西，但偏偏她的姿势很优美，让人无法体会她在死亡前挣扎时的恐惧感。

"她不是自杀。"声音在身后突兀地响起，关琥没有防备，刚喝进口中的威士忌咕嘟一声咽了下去，那声音换作笑声，"不好意思，吓到你了？"

"大哥，你不要像背后灵似的一声不响站在别人身后。"周围太安静，他看得太入神，几乎忘了自己是在酒吧里，关琥不悦地转过头，就见张燕铎脸上的微笑僵住，有一瞬间的愣神。少了那种服务性质的笑容，关琥反而有点不太适应，打着哈哈说："你应该从前面来看我，才能发现我的帅气。"

张燕铎回过神，像是被关琥的玩笑感染了，也笑了起来，这次他笑得没那么刻意,伸手托住眼镜框,将手中的盘子放到了关琥面前。

"今天的糕点做得有点多,要试吃吗?"

做工精致的杏仁芝士小蛋糕成功地勾起了关琥的食欲,他毫不客气地拿起一块放嘴里:"只要你不另算钱,我可以帮你包圆的。"

平心而论,张燕铎的厨艺不错,关琥吃完一块,不过瘾,又拿了第二块,顺便转头看周围,发现小魏不知什么时候已经消失了,店里的音乐也关掉了,难怪会这么安静。

张燕铎重新去倒了两杯威士忌,又将凿的圆冰放进酒杯,走过来在关琥面前坐下,将其中一杯递给他,说:"请你,算是刚才的赔礼。"

"有这么好的事?那你要不要再多看我一会儿?"开着玩笑,关琥故作随意地摁灭手机屏幕,又看看挂钟,时间不早了,他想早点回去洗个澡,好好休息一下。

像是看出了他的想法,张燕铎说:"外面大雨加冰雹,如果你不想被砸成筛子,最好还是等会儿。"

"我操。"关琥掏出烟想缓解下情绪,张燕铎没说话,伸手指指墙壁上面禁止吸烟的牌子,关琥只好把烟又收了回去,"你这是什么酒吧啊,连抽烟都不行。"

"看得出你有点烦躁。"没理会他的抱怨,张燕铎拿起酒杯,用手指转了下浮在酒上的冰球,优雅而自然的动作,带给人一种享受的美感,他没有多说什么,但沉静的气息成功地缓解了关琥烦躁的情绪,关琥拿起酒杯仰头喝了一大口。

微笑地看着他的动作,张燕铎又起身去取了几碟小零食过来,算是下酒菜。关琥嚼着酱花生,问:"昨晚的事件你知道了?"

"看电视了,说是自杀。"

"那为什么你认为是他杀？"

"我没说是他杀，而是说她不是自杀。"

"这世上除了自杀跟他杀外还有其他死法吗？"

"也许她不是死亡。"

关琥开始揉额头，他好像酒喝多了，听不太懂……不，是完全听不懂张燕铎在说什么。

张燕铎笑了，似乎把看他的反应当作一种乐趣，接着说："这世上不是非黑即白，至少还有灰色，比如在正常人眼中她是自杀，但从死者的角度来看，她只是达成一种……也许该说是进入梦想的愿望。"

关琥收起了散漫的态度，虽然张燕铎的话他还没有完全理解，但直觉告诉他张燕铎说对了。他把照片调出来，死者面带微笑的表情的确可以解释为实现梦想后的满足感。

"如果我没猜错，她当时的精神状态非常兴奋欢愉，就像是天人合一的境界，如果你觉得这种形容太抽象，也可以把它看作是吸毒，吸毒者无法戒掉的不是毒品，而是那种飘飘欲仙的感觉，死者就是这样的——换上自己最喜欢的衣服，将自己打扮成最满意的状态，站在自认为最高的地方，然后纵身一跳……"

略带嘶哑的嗓音别具一番味道，仿佛在讲述一段小说，在静夜里娓娓道来，关琥听得出了神，只觉得听着他的话，脑海里浮出陈小萍的影子，她把阳台窄小的边缘当作是自己的舞台，在上面尽情起舞。

瞬间，从昨晚到现在他所见到的画面在眼前一一闪过，他弄懂了，为什么死者房间的空调温度会设定得那么低，原来是为了降低亢奋的热量，他急忙拿起手机来回地检查，在仔细看过陈小萍获奖作品的照片后，又转回到她死亡的画面上，调出绘图工具，在她扬起的手臂之间飞快地画了几笔，然后点头道："原来是这样，原来如此。"

张燕铎探头看去，就见关琥画的是个类似琵琶的长形乐器，有这个乐器配合，死者的动作便变得很正常了——她只是在跳舞，一曲她曾经获过奖的飞天舞。

"可是，尸检报告说她并没有吸毒。"

"那要看是什么毒，恋爱、追梦、幻想都是一种毒，都是可以杀人的。"张燕铎冷冷道，"尸检检查的是身体，检查不到人心。"

"但总得有什么东西刺激她吧，如果单靠自己幻想就能达到吸毒的快感，那毒贩早失业了。"

关琥吐完槽，眼前突然掠过那张不知道是什么密码的纸张，他收起了笑容，急忙打电话给鉴证科，但那边没人接。他抬起头，见张燕铎的酒杯空了，起身去倒酒，关琥问："你是怎么看出来的？"

"只是种感觉，她住在六楼，运气好的话，也许不会死的。"

"这也能感觉？"

"不，这是有医学论据的，一个人在身心彻底放松的情况下，全身的柔韧性提高，可缓解相撞时带来的冲击力，力的作用是相互的，越挣扎，受创面也就越大。国外也曾有过类似报道，跳伞员在千米以上的高空中没能顺利打开伞包，当发现没有任何解决措施后，他放弃了挣扎，听任自己落地，结果反而捡回了一条命。"

所以死者才会除了颅骨损伤外，全身没有其他受创吗？假如不是着陆点太糟糕，或许她不会死呢。关琥在心里认可了张燕铎的话，同时也对对方更好奇了，他侃侃而谈，仿佛对他人的死亡毫不在意，关琥感觉那其中也包括了他自己，因为曾经经历过，所以才可以这么冷漠。

"你好像对吸毒很了解，你也吸过？"关琥半开玩笑地问。

"我只知道戒掉是件痛苦得想要自残的事。"

"所以你在这里开酒吧是为了证明自己的价值吗？"

"也许只是为了在你想不通的时候及时给予提示。"

面对关琥婉转的询问，张燕铎微笑着回答，笑容灿烂，让他分不清其中的真假；关琥也没有继续纠结下去，伸了个懒腰，叹道："那谢谢了，至少我现在知道她自杀的原因。"

"那要为此干杯吗？"

关琥举起了酒杯："请保佑我明天没有案子处理。"

或许是因为累了，关琥比平时更轻松地进入醉酒状态，等张燕铎端走空盘，再回来时，就看到他趴在桌上睡着了，头歪在一边，露出头顶的两个旋。

人家说有两个旋的人都很犟，他应该也是吧？

张燕铎推推他，换来一连串意味不明的呓语，手里还握着手机。张燕铎轻轻将手机抽出来，想打开看，却发现上面设了密码。

还挺警惕的。瞅了一眼熟睡的人，张燕铎把关琥的生日输了进去，系统提示错误，他又试着输了另一组数字，出乎意料的是，这次顺利进去了。

"看起来是个很有趣的案子。"翻看着里面的一张张照片，他颇感兴趣地说。

关琥是被一阵急促的铃声惊醒的，他第一反应是伸手去关闹钟，但摸了半天没摸到，睁开眼睛，借着角落里橘黄的灯光，他看到了枕边的手机，这才真正从梦中醒过来——是手机铃声在响。

"喂……"宿醉未醒，他趴在枕头上随口应道，却听到电话那边江开急促的叫声："立江桥下发生命案，我正在赶过去，你赶紧来。"

"命案？"

"据说是从桥上摔下导致死亡的。"

不会吧，又是高空坠落案？

在江开的吵嚷下，关琥成功地醒了过来，掀开盖在身上的毛毯坐起，自嘲道："这两天跳楼案还真的……阿嚏！"

"跳楼案以外的案子也有，你要不要……"

"不必了，谢谢，就这桩吧。"打断江开的话，关琥问了具体地址，挂了电话正要下床，动作进行到一半时停了下来。

等等，这好像不是自己的家吧？

摇摇昏沉的脑袋，关琥重新环视房间，他家没有这种玩情调的小脚灯，没有榻榻米，没有黄色的毛巾被，最重要的是他的房间没有这么小这么冷。

彻底迷糊了，关琥探身准备拉窗帘，却发现房间里没窗户，只有对面使劲吹着冷气的空调，难怪他会打喷嚏了，关琥摸摸鼻子，很快又发现自己只穿了条短裤在被窝里，他的外衣都不见了！

"昨晚我在哪里来着？对，酒吧，聊天喝酒……然后……阿嚏！"他抱着脑袋呻吟了没多久，鼻子又开始不舒服，仰头打起喷嚏来。

被他的声音惊动，门被推开了，张燕铎站在门口，问："你醒了？"

"嗯……"习惯了张燕铎的制服形象，这蓝格衬衣加西裤的装束，关琥一瞬间没认出来，傻傻地问，"你怎么在这里？"

"因为这是我的酒吧，昨晚你喝醉了，雨又一直不停，我就让你睡这了。"

"那谢谢，我的衣服呢？"

"在洗衣机里，穿了两天又是被泼酒又是淋雨的衣服，你确定还要继续穿吗？"

不想，但他更不想穿一条短裤去现场查案。

看出了他的踌躇，张燕铎一笑，转身出去，很快拿来一套外衣，道："这套衣服我买小了，如果你不在意的话，送你。"

有替换的衣服，关琥正要接过来准备道谢，一张嘴，先打出一个大大的喷嚏，等他擦了鼻涕，张燕铎已经出去了，只把衣服放在他身旁，包括新内裤跟袜子。

不愧是生意人，看不出这个笑眼狐狸样的家伙还挺贴心的。关琥在心里嘟囔着，将衣服匆忙换上，居然不大不小正合身，至于换下来的袜子跟内裤被他一边塞一个，硬是塞进了裤子的口袋里。

穿好衣服，关琥出了房间，发现隔壁就是厨房，看来房间是老板平时小憩的地方，昨晚被鸠占鹊巢了。去洗手间时被张燕铎叫住，将一次性牙刷递给他。关琥道了谢，飞快地洗漱完毕，又顺便用水简单冲了下头，胡子也顾不得刮，头发随便擦了擦就跑了出去，就见张燕铎坐在餐桌前，正在享用热气腾腾的早餐。

"要来一份吗？"他问。

"下次吧。"关琥赶时间，随口应了一声跑出几步，又突然想到了什么，停下转头问，"对了，昨晚我没妨碍到你休息吧？"

张燕铎停下吃饭的动作，嘴角上调十五度，做了个在他看来很刻意的微笑："没有，我经常不睡，习惯了。"

"没有发酒疯？"

"你的酒品比你想象得要好。"

"衣裤都是你帮忙脱的？"

"有关这点请放心，我不会因此额外收你小费的。"

谁在乎这个了，他只想知道他昨晚到底喝了多少酒，为什么被人脱光了竟一点知觉都没有。

"呵呵,那谢谢你的慷慨。"打着哈哈,关琥结束了对话,顺着楼梯跑到街道上,外面一辆车都没有,他看看腕表,发现才早上五点多。大雨过后,天空阴沉沉的,明明不冷,他却打了个哆嗦,揉揉鼻子,想打喷嚏的感觉更强烈了。

太阳穴开始跳痛,关琥懊悔昨晚不该喝那么多酒,还好警局就在附近,他正打算赶回警局调车,身后传来脚步声,原来是张燕铎跟了上来。

"我的车就在附近,要我送你吗?"张燕铎说完,不等关琥回应,就转过了身。看看空无一人的街道,关琥只好跟上,在他快打第二个喷嚏时,张燕铎来到大楼旁边的露天停车场,打开一辆黑色奔驰的车门,示意他进去。

"看上去你挺有钱的。"

干警察这行的,往往是从对方的衣着气质来判定身份的,看得出张燕铎手头相当宽裕,绝对是个有钱人。

"我有依法交税的,警官。"开着玩笑,张燕铎上了车,顺手从顶棚上拿出一副墨镜,将眼镜摘下,换上了墨镜。

看着他的动作,关琥很想问:这么阴的天还戴墨镜,你确定不会翻车?可惜在他要开口之前,先打了个喷嚏。

张燕铎没看他,随口问:"你感冒了?"

"你搞错了,我有十年没感冒了,不会因为一点小雨就中招的。"关琥揉着不舒服的鼻子,不肯承认自己有那么弱。

"那也许是我的耳朵有问题,听你说话都带鼻音。"

这绝对是在说反话。

"吃这个,"一个纸包递了过来,"它不治感冒,不过可以治疗饥饿。"

关琥把纸包打开一看，是昨晚吃的芝士饼，为了赶时间去现场，他没打算吃早饭，本来做好了饿一天的准备，没想到张燕铎会注意到这个细节，关琥没跟他客气，嚼着糕点，说："谢了。"

"不谢，隔夜的东西，本来是准备丢掉的，也算是资源再利用吧。"

张燕铎的语气平静正经，像是解释一件多么平常的事，关琥却被噎着了，很想说这敢情是把他当垃圾桶了吗？装作没听懂，他故意问："你这么体贴，一定很受女生欢迎吧？"

"还好，至少没被泼过酒。"

再次有种自己无故躺枪的不适感，关琥打着哈哈，自嘲道："被泼酒我也是第一次，不过被甩我有过很多次。"

"为什么？你看上去不像是很讨人厌的那种。"张燕铎转头打量他，像是在认真探讨这个问题，但他的询问在关琥听来很刺耳，几乎怀疑这是不是昨晚好心留他住宿的那个人。

"你知道干我们警察这行的，忙起来没个准数，就像那天你看到的，被爽约很多次，神仙也会发火的。"

"既然如此，为什么不换份其他的工作？"

"因为没得选择，"关琥往椅背上一靠，找了个舒服的姿势坐好，懒洋洋地说，"可能……我喜欢这份工作更胜过喜欢女人。"

两人很快赶到了现场，时间还早，附近除了报案的目击者外只有勘查现场的几名警员，尸体侧卧在碎石间。关琥下了车，仰头看向上面的桥，桥只有三层楼左右那么高，但由于桥下碎石块很多，死者坠落时头部受到重创。四周遍布飞溅的血迹，死者脖子折成九十度的样子，作出偏头的姿势，双手一上一下搭在胸前，手指呈不同角度的弯曲状态，岁数目测在二十上下，当看到他眯起的眼睛跟微微上翘的嘴角时，关琥不由心头一紧。

尸体的面部表情也许是受重击导致的扭曲，但才出了一起坠楼事件，关琥不免将二者联系到一起，越看越觉得死者是笑着摔下来的，他不是走向死亡，而是在完成梦想。想到这，他急忙摇摇头，将张燕铎灌输给自己的诡异言论抛开。

江开早已经到了，看到关琥便迎上前，将手套递给关琥，看到跟随而来的张燕铎，先是一愣，然后眉头挑了挑，道："情侣衫？"

关琥一开始没反应过来，直到看到江开暧昧的表情，他才注意到自己跟张燕铎穿了同款衬衣，只不过张燕铎下面配的是西裤，而他穿的是牛仔裤。听到江开的话，张燕铎耸耸肩。

关琥一巴掌拍在江开的脑门上："你不知道这是今年最流行的搭配吗？不撞衫才奇怪。"

"还流行大阴天的戴墨镜吗？"江开接着问道，"你朋友？"

"如果你能把打听八卦的热情放一半在查案上，现在该做督察了。"关琥将江开推开，转身对张燕铎道了谢，"我们要忙很久，你先回去吧，哦对，小心脚下。"他指指脚下的碎石块，又指指张燕铎的墨镜。

张燕铎点点头，表示自己知道了，却没有离开，而是站在原地注视着关琥走向命案现场。

"报案的是来晨练的居民。除了附近的住户，这里很少有人经过，车流量也较少，初步推断死者的死亡时间在凌晨两点至五点之间，昨晚大雨给勘查工作带来一定的难度，现在我们只知道死者的姓名。"

今天舒清沝不在，负责现场勘查的是另一位鉴证人员，他将从死者身上找到的东西交给关琥，除了身份证跟月票外，还有一个瘪瘪的钱包，关琥打开一看，里面只有些硬币跟少许纸钞。

死者名叫许英杰，刚过十九岁生日，看他的身高、长相，生前该是很受欢迎的清秀男生，可是他接下来原本要迎接的灿烂人生在某个雨夜里悄悄画上了句号，他的表情像是在发笑，但这种笑容只会衬托得他的死亡愈发悲伤。

关琥做了个双手合十的手势，然后蹲下来仔细观察死者。他的衣着很普通，一块尖锐的石块扎进了脑壳里，导致半边脸变了形，凹凸不平的地面也让他的全身处于扭曲状态中，一条腿向前弓起作出奔跑状，关琥看向死者搭在胸前的双手，问："他十指弯曲是挣扎造成的吗？"

"不，他在高空坠落后当场死亡，不存在挣扎的可能，他这样子倒更像是紧握了什么东西。"鉴证人员说："不过我们暂时没发现周围有疑似的物品。"

关琥将死者及周围的状况用手机拍下来，在靠近死者手掌时，他注意到死者手上的老茧，十九岁还是上学的年纪，而死者的手却让他联想到常年做重活的人。

关琥站起来看向桥上的栏杆，栏杆高度齐腰，若说深夜大雨路滑导致失足坠落的可能性不大，再看死者坠落的地点跟桥上的距离，他有种不好的预感——这个人不会也是自己主动攀上栏杆，然后向前纵身跃下的吧？

"不要是系列案，拜托……"喷嚏打断了嘟囔声，嗅着空气里怪异的气味，关琥觉得身体的不适感更强烈了。

张燕铎在远处默默注视着关琥的举动，此前他已经把墨镜摘了，换上另一副无框眼镜。暴雨之后，附近的景物处于朦胧色调中，关琥也成功地融入了景物中，看着他的举动，张燕铎扶了扶眼镜。

此时的关琥多了份认真，表情绷紧，显得冷漠而难以接近，不同于他最初进酒吧被女友泼酒时的狼狈，也不同于被自己讹诈时表现出的散漫——很会伪装的一个人——张燕铎饶有兴趣地看向对面，很想看到他面具之后的模样。

"咔嚓！"附近传来按动快门的响声，张燕铎循声看去，是一个穿着工作服戴着宽檐帽的女性鉴证员正在对着脚下的石块拍照，他挑挑眉，发现有趣的事情来了。

她拍完后弯下腰准备将东西捡起来，一双擦得锃亮的皮鞋映入眼帘，那只脚刚好把东西踩住，如此充满恶意的行为，让她忍不住气愤地仰头瞪过去。

"小姐，冒充司法人员可是违法的。"带着无框眼镜看似温雅的男人向她微笑道。

被戳破伪装，女生本能地站起来向后退了两步，本来想发火，但看看周围，只好压低声音色厉内荏地反驳："谁说我是假的？"

"不是假的，为什么你不敢大声说话？"

"我喉咙痛，不行吗？"

"行，不过我建议你如果想获得第一手资料，去桥上拍会更方便，看你的相机性能，这点距离不成问题。"

女生往桥上看了看，觉得他的提议不错，抬腿要走，又转头看向他脚下的东西，说："让开，那东西是我的。"

"现在是我的了。"张燕铎将她刚才拍的东西拿起来，发现是一小片纸屑，上面画了些不知所谓的图画，跟关琥手机上的图很相似。原来以为女生只是来抢最新情报的普通记者，现在看来她对纸片的兴趣远多过现场报道。

"把它还我！"发现张燕铎盯着纸片出了神，女生冲过来想抢，就

041

见他的手指转了转，纸片便不见了，快得就像变魔术。

"快把它还我，"她焦急地叫道，"带着它会死人的！"

"是那种死法吗？"张燕铎用头往现场那边偏了偏，"既然你知道内情，为什么不去提供消息？"

女生脸上露出鄙夷的表情："那些警察，哼……"她还要再说，见对面有人看过来，怕被发现，只好掉头匆忙离开，又再三交代张燕铎，"如果你不是警察，那就不要多管闲事，别看那张纸，早点把它丢掉。"说完，她就一溜小跑奔远了，张燕铎盯着她的背影，就见她顺小路拐去了去大桥的台阶上，想来她是听从自己的建议，准备从桥上拍照了。

看来她不仅对案件感兴趣，而且明白这张纸跟案件的联系，可惜昨晚大雨，桥下积水，余下的纸屑多半都被水冲走了，张燕铎在附近仔细找了一遍，却什么都没发现。

女生刚走，关琥就过来了，他在现场看了一圈，收集完情报后，发现张燕铎还在原地站着，便摘了手套跑过来。

"那人是谁？"他看向女生离开的方向。

"你同事吧。"

"不是，我没见过这个人，奇怪……"

张燕铎发现关琥的眼睛很毒，那女生特意穿了鉴证科的制服，但他随便看一眼就看出不妥了，为了避免再被追问，他作出低头寻找的样子。

这个动作成功吸引了关琥的注意，问："你有东西掉了吗？"

"嗯，我的金手链刚才不小心掉了，怎么都找不到。"张燕铎随口杜撰了个理由，"它又小又细，能请你的同事帮忙找一下吗？"

关琥狐疑地看向张燕铎的手腕，金手链？他怎么不记得这男人手上有戴链子？

"大哥，我们是在查案找线索，不是来寻宝的。"他粗声粗气地说完，看到张燕铎一脸无辜的表情，转头交代江开，"让同事再仔细找下这附近，有特殊东西出现记得通知我。"

张燕铎低头扶了扶眼镜框，嘴角上扬，很满意关琥对自己的顺从。不过再抬起头时，他脸上充满了真诚道："谢谢。"

"谢就不用了，就当是你载我的回礼，你先回去吧，这里是凶案现场，普通人不要接触太多。"

"哦，确定是凶杀案了？"

关琥没有回答，而是像老熟人似的一把揽过张燕铎的肩膀，带着他往车那边走，笑嘻嘻地劝道："别管这么多了，凶杀案也好，自杀案也好，都跟你没关系哈，走吧走吧。"

张燕铎握紧了拳头，如果不是强行克制住自己，他可能早在关琥的手伸过来的那一瞬间将拳头挥过去了。事实上，他不习惯跟他人有太近的接触，甚至讨厌这种靠近的感觉，究其原因，不是出于什么洁癖的心理，而是身体的本能反应。

许久不曾想起的记忆在眼前飞速闪过，周围雾蒙蒙的，什么都看不清，只隐约看到惨白的墙壁、惨白的床单被褥，还有插在他身上的针管，输液管里面深红的液体一滴滴输入他的身体里，可是他不知道那是药还是血浆。

周围的景物晃得更厉害了，他挣扎着想坐起来，一个苍白的东西猛地闯入了他的视线里，他看不清那是什么，或者说他怕看清那东西的真面目，本能地向后一退……

在张燕铎摔倒之前，关琥扶住了他："你没事吧？"

耳畔的声音拉回了张燕铎的神智，那剧烈摇晃的白晃晃的画面逐渐从眼前褪去了，张燕铎站稳后，看到关琥投来的惊讶眼神，才惊觉自己不小心记起了那些不开心的过往，急忙摇摇头，表示自己没事。

"你的脸都白了，还说没事……阿嚏！"对此关琥表示十分怀疑，但接下来的喷嚏声打断了他的追问。

张燕铎很快恢复了过来，看着关琥这模样，说："现在有事的好像是你，警官。"

"你……阿嚏！"紧接着又是两个喷嚏，关琥匆忙掏口袋找纸巾，掏出来的却是自己的小内裤，听到对面的忍笑声，他尴尬地将内裤又塞回去，最后还是张燕铎帮他解了围，回车上拿了纸巾递给他。

"看来你真的感冒了。"

"没有的事，只是这里太冷，阿嚏！阿嚏！"关琥边反驳边擦鼻涕，正手忙脚乱时，他的手机响了起来，来电的是舒清滟。

"关琥，你现在在哪里？"

"凶案现场。"

"我也在凶案现场，但是没见到你。"

关琥转头看了眼桥下："这是正常的，因为我也没看到你，请问美女你是在二次元做事吗？"

"我在烟河里长亭街三十二弄长亭公寓二楼203号房，请你三十分钟内马上赶到。"

"等等！"察觉到舒清滟要挂电话，关琥急忙叫住她，"你说的不会是另一起案子吧？"

"江开没有跟你讲吗？"

好像提过还有其他案子，但被他打断了，关琥揉着鼻子看向对面："可是这边也是凶杀案，我怕江开一个人应付不过来。"

"如果你再啰唆下去，我就要验两具尸体了，你的上司看起来很糟糕。"

萧白夜一向以晕血名震整个警察局,舒清滟这样说就等于说那边是实打实的杀人案了,关琥本来还奇怪一贯第一时间出现在现场的女法医今天怎么不见人,原来是这个原因。

电话挂断后,关琥哈哈了两声,自嘲道:"比发生命案更糟糕的是同时发生两起。"

"又有案子?"张燕铎担忧地看过来。

"没事没事。"关琥看了他一眼,脸色依旧苍白,纤瘦的身形让他看起来多了份病态,这人不会是有心脏病或是哮喘什么的吧?还是昨晚自己占了他的床,导致他没睡好而引发旧疾,总之看上去状况不太好。

"我先送你回去,然后……"关琥话没说完,张燕铎已经快步走向车前,坐上了车,等关琥把这边的事情都跟江开交代好返回时,他已发动了引擎,说:"把地址告诉我。"

"不用了,我……"

"别担心,我不会突发疾病死在路上,耽误你做事的。"张燕铎看上去已经完全恢复了过来,重新换上了墨镜,微笑着对他说。

人家都说到这份儿上了,关琥也不好再坚持,耸耸肩坐上车,等车开了出去,他说:"比起突发疾病,我更担心墨镜会妨碍你开车。"

张燕铎不说话,听着旁边不时传来的喷嚏声,默默地将纸巾盒递了过去。

舒清滟提供的地址离立江桥很远,关琥老远就看到小公寓外的走廊上围了不少人,里面还夹杂了不少记者,难怪立江桥那边的案子没人追踪了,原来大家发现了更为轰动的案件。

公寓二楼最边上靠近安全楼梯的地方围了黄白警戒带，外面还有几名不断探头探脑的记者，警察在疏散围在楼梯附近的人群，从对应措施来看，关琥猜测这里的状况也不容乐观。

他让张燕铎将车停在路边，下车时看看张燕铎的脸色，见他精神好多了，便问："你能一个人开回家吗？"

"比起这个，你更应该担心你自己。"张燕铎又抽了两张纸巾给关琥，关琥冲他摇摇手，转身跑开了。

看着关琥顺着楼梯一口气跑上楼，张燕铎发动车辆，却没有开走，而是将车转到对面的空车位停好，熄了火，将刚才在桥下捡到的纸片拿出来。那个女生说它会带来不幸，可是从被撕碎的小纸片来看，上面只是些看不出是什么意思的符号而已。

张燕铎将纸片来回转了几圈，仍旧看不出它在表达什么，想到关琥手机里的图片，他闭上眼睛，凭着当时的记忆在脑子里开始一笔笔描画那幅图片上的符号。

头两侧隐隐传来疼痛，尔后越来越强烈，记忆复杂的东西对张燕铎来说是件简单但又很痛苦的事情，曾经看过的画面可以根据他的意念清楚地浮现在他的脑海里，但同时也会导致他的不适。

疼痛让他的额头瞬间便冒出了汗珠，睫毛飞快颤动着，他很想马上睁眼，结束痛苦，但最终好胜心占了上风，他按下想要停止的念头，直到那幅图画完最后一笔，完整地出现在他的脑海中。

"早知道有用，昨晚就该拍下来才对。"图形全部想完，张燕铎觉得自己也虚脱了，懒得去抹额上的冷汗，靠在椅背上大口喘气，忍不住自嘲这种自虐行为。

休息了一会儿，他慢慢恢复了过来，探身拿出纸笔，将那幅图迅速画出来。图案烦琐复杂，完全看不出正确的排列方式，看起来像是古文字，但换个角度看，又像是某种图案。

就是这种东西可以让人自杀吗？张燕铎皱眉看了很久，不仅没有看出门道，反而开始犯困，索性将图折好，跟捡到的碎纸片一起放进口袋，然后靠在椅背上昏睡了过去。

关琥来到出事的楼层，就看到他的上司萧白夜在走廊附近给居民做笔录，又不时探头看看楼下，像是在寻找线索，但以他的经验来看，萧白夜避开那么远只说明了一个问题——现场非常血腥。

看到关琥，萧白夜的眼睛亮了，朝他做了个赶紧进去的动作，关琥无奈地点头，在外人面前，他要给上司留点面子。

案发现场比想象的还要血腥，关琥一进去就知道萧白夜退缩的原因了，他鼻塞都能闻到房间里浓烈的血腥气，更别说是其他人了。

除了血腥气外，房间里还弥漫着其他呛鼻的气味，关琥揉揉鼻子，打了个喷嚏后，感觉又要流鼻涕，为了方便做事，他将纸巾撕成小片揉成团，塞进两个鼻孔，然后环视四周。

死者是一位衣着、发型都很时髦的女人，她头朝玄关趴在客厅地上，貌似属于她的名牌小皮包丢在她头顶不远处，颈部冒出来的血液溢满了周围的地板，皮包也难以幸免，一大半都染成了红色，里面的钱包、化妆品等物品摔出来，散落在血泊里，死者张开的双手也在血泊里，随着闪光灯闪烁，她无名指上的钻戒不时发出亮光。

离死者不远的地上丢了把菜刀，从菜刀的样式跟死者脖颈上的伤口可以推测出她是被砍中了颈动脉，大量失血致死的。凶手力气很大，又十分残忍，砍到动脉后又在死者头部和两边的肩头以及胳膊连砍数刀，导致刀刃都翻卷了。死者偏头趴在地上，眼睛瞪得大大的，却没有太多恐惧的感觉，关琥想可能在她还没感到恐惧时，死亡就已经降临了。

照着伤口的形状，关琥模拟了几下凶手的动作后，有些疑惑。

从刀口来看，凶手的用力方向很奇怪，让人难以想象凶手为何单手持刀却作出左右砍人的费劲动作。

突然间他打了个寒战，倒不是因为这过度残忍的画面，而是室温——客厅里的空调还开着，冷风呼呼地吹，他过去看了一下，温度设置在十五度。

"最近大家都喜欢在冷气下自杀或杀人吗？"他嘟囔道。

旁边的鉴证人员回他："幸好发现及时，否则就不是冷气，而是爆炸了。"

"什么爆炸？"

"凶手杀人后打开瓦斯自杀，还是同一楼的居民发现不对报了警。"

难怪他会闻到怪味了，原来是残留的瓦斯。听着同事的讲述，关琥把现场一一拍了下来，在拍到血泊边缘时，他看到地板上有些用粉笔画的字，可惜字迹都被血盖过去了，只留下些意味不明的边角。

关琥停了停，还是把那里拍了下来，又转去拍其他地方。

从房间摆设来看，户主过得并不宽裕，沙发皮磨得几乎看不到原有的颜色了，电视也是很旧的那种大脑壳样式的，电视机上面放了张合照，看上去应该是夫妻，两人互相依偎，显得很恩爱，不过死者比她老公要年轻很多，此时再看她的衣着跟名牌包，有种跟这个家格格不入之感。

关琥在客厅环视一遍后，转去隔壁的书房，那里的警员也很忙碌，看到关琥，给他让开路，让他的视线直接落到了书房正中扭曲得很诡异的尸体上。

今天是什么日子，一个小时不到，看到了三具尸体。

关琥冲尸首合了下掌，舒清滟的眼神从尸体转到他身上，问："你感冒了吗？"

"感冒是什么？长这么大我都不知道，"关琥继续往鼻子里塞纸巾，面不改色地说，"我只是花粉症犯了，阿嚏！"

舒清滟没再理他，低下头继续做事，关琥拿出手机拍摄着现场，就见死者穿着一身普通的居家服，衣服和脚上的人字拖都沾满了血迹，他的头发几乎都白了，面容苍老，乍看上去很难跟客厅照片里的男人联想到一起。

不过他的表情很安详，肤色红润，嘴巴微微咧开，作出类似发笑的表情，身体弓起，以半跪的方式蜷缩在地上，双手扭在左腰附近，这个异常扭曲的动作让人感觉到不适。

"他好像是想拿什么。"关琥根据他的姿势分析道。

"粉笔吧。"

舒清滟将证物袋递给他，里面放了支几乎被染成红色的白粉笔。关琥看向死者的手，他的手沾满血迹，但隐约能看到指甲上残留的细微的白色粉末。

再看他身下的地板，上面像是幼儿涂鸦似的画满了各种毫无规则的波浪线，有些地方还勉强看得出是化学元素符号跟方程式，但更多的是曲线，绕在一起，看上去杂乱无章，让人不免怀疑他是临死前痛苦挣扎下乱画的。

"死者王焕成，曾是菁英大学化学系教授，这些化学方程式应该都是出自他之手。"

听着舒清滟的讲述，关琥的眼神掠过那些对他来说算是神符的方程式，问："外面的女人是他杀的？"

"从目前的勘查结果来看，是这样的没错，"舒清滟继续说，"女性死者叫陈云珠，是王焕成的第二任妻子，这对老夫少妻目前正在办理离婚手续，关系相当紧张，不排除夫妻发生口角导致杀人，然后自杀的可能。"

"消息来得很快嘛。"关琥意外地看她。

"虽然萧警官在现场勘查方面表现不佳，不过他很擅长挖掘消息。"

"那谁能告诉我，为什么室温设定这么低？"

"死者可以告诉你。"看到关琥表情一僵，舒清滟冲他笑笑，"我会做份详细的尸检报告给你，看尸体怎么说。"

第三章

为了不妨碍鉴证人员做事，关琥没再多问，拍好照后退出了现场，又将所有房间看了一遍，发现王焕成是个工作狂，到处都摆着相关学术方面的书籍，地板上许多地方都写了与化学有关的符号，不知道死者研究的是什么课题，关琥直觉自己这辈子也不会搞懂的。

等现场勘查暂时告一段落，关琥再出来，外面的人大部分都散了，只有几名记者还坚持守在附近，他的出现没有引起注意，可能没人会把这个打扮怪异的家伙跟负责重案的警察联系到一起。

关琥没找到萧白夜，便打算回警局，换了新的纸巾塞进鼻子里，打着喷嚏下了楼，谁知一抬头，看到了停在不远处的奔驰。跑过去，果然就见张燕铎靠在椅背上，他没戴眼镜，像是睡着了，头微微垂下，或许是光线的关系，脸色看起来比之前更糟糕了。

关琥屈起手指敲敲车窗，听到声音，张燕铎睁开眼，一开始像是没弄清这是哪里，眼神有些朦胧，但在看到关琥后，他马上坐直了身子，同时拿起握在手里的眼镜戴上了。

眼镜除了是工具外，还是一种很好的装饰品，至少关琥觉得在戴上眼镜后，张燕铎的气质更倾向于冷静精明，关琥靠在门上看着他，无奈地说:"大哥,我跟你说过你可以回去了,命案现场不好玩的。"

"本来是想走,不过贫血症犯了,就躺了一会儿。"

一个大男人要不要这么弱不禁风啊,这会让他很内疚昨晚醉酒给张燕铎造成的不便。

看看张燕铎苍白的脸色加上纤瘦的身躯,不贫血才怪,关琥没办法,跑去附近的贩卖机前买了瓶热可可,一边丢给他一边说:"你该多锻炼锻炼,看,瘦得像竹竿,等我忙完这个案子,带你去健身房……怎么了?"

张燕铎接了饮料,却不说话,只是默默盯着他看,嘴角微微上翘,心情很好的样子。

"拜托别这样笑,"关琥捂着头呻吟,"这几天我看到的尸体都这副笑容,饶了我吧。"

"如果是这样,那就只有一种原因,所有死者死前心情都非常好。"

"不可能,一个老男人杀了老婆又自杀,怎么可能心情好?"

"是这起案子?"

关琥懊恼地发现自己说漏了嘴,之前舒清滟曾说过催眠这种东西没那么神奇,他对此持保留态度,别的不说,眼前这个男人身上就有种神秘的力量,让他在不自觉中放松心情,把该说的不该说的都说了出来。

"别问这么多了,喝了饮料,赶紧回去好好休息……还是我开车送你回去,反正是顺路,看你这样子,别半路晕倒。"

"不会的,我没看上去那么弱,至少比你现在的样子要好。"

目光掠过关琥鼻孔插纸巾的形象,张燕铎忍着笑拒绝了,又抽了几张纸巾递给他,关琥接的时候,张燕铎趁机将在桥下捡到的纸片塞进了他衬衣上边的口袋里,然后开车离开。

"小心开车。"关琥冲着车屁股吼了一声,不知道张燕铎是否有听到,却把萧白夜吼了过来,顺着他的目光看向远去的车辆,问:"是谁?"

"刚认识的酒吧老板,他家酒吧就开在我们警局附近。"

"看你刚才唠唠叨叨那样子我还以为你们很熟呢,"萧白夜说,"原来你也会对案子之外的人和事这么在意啊。"

关琥挠挠头,被上司一说,他也发现了,他没什么朋友,他认识的除了同事外就是与案件有关的人。

叶菲菲能忍他三个多月已经很厉害了,通常他的恋爱时长不会超过一个月,不是他不关心女友,而是比起恋爱,他更愿意把案子放在心上,但不知道为什么,张燕铎是个意外,让他不自觉地开始在意这个人。明明才认识不到两天。

萧白夜还在看着他,像是在等待他的回答,关琥回过神,将困扰自己的思绪撇开,用手指做了个暧昧的手势,嘿嘿笑道:"头,别误会,我不是那个的,我还是很爱长腿又可爱的美眉的。"

"我更希望你最爱的是工作,立江桥那边的情况怎么样?"

"要回警局吗?路上说。"

路上两人将各自收获的情报沟通完,回到警局时,江开已经回来了,他那边的案子比较好解决,死者身上带的证件给调查提供了很多便利,江开很快就查到了死者在附近的住处,再根据房东跟邻居提供的情况,初步判断死者为自杀。

"死者许英杰,因家人反对他与女友的恋爱关系,在高中毕业后便离家出走,与女友在这里合租了房子,开始了半工半读的生活,但不到半年女友就受不了艰辛的生活，跟他分手回了家。或许是碍于面子，许英杰仍旧在这里住了下来。

"我检查过他的家，几乎可以说是家徒四壁，除了身份证和仅有的一点零钱外，一贫如洗。死者每天来往于学校跟打工的餐厅，社交圈很窄，目前还在跟他的同学取证，但基本可以排除情杀、仇杀的可能性。"

作为新人，江开在收集情报方面还是很细致的，关琥看了有关死者的资料，正如江开所说，死者被杀的可能性很低，最大的原因应该是这孩子过不下去了，却又抹不下面子跟家人低头，索性一死了之。

至于证物袋，里面瘪瘪的很寒酸，只有身份证、学生证、一只很旧的手机和一张应该没有存多少钱的借记卡，除此之外还有张几个月前的车票。

"没钱还出去玩？"关琥不可思议地问。

"哦，"江开凑过来看了一眼，然后满不在乎地说，"他去的地方物价不高，应该花不了几个钱吧，你也知道这世上有种叫穷游的旅游方式，年轻人嘛，心血来潮就出去转转。"

萧白夜打断他们的对话说："等尸检报告出来，如果没新的发现，就按自杀处理。"

上头这么说了，关琥也不好多说什么，但总觉得哪里不太对劲，将江开拉到一边，小声问："现场有其他发现吗？"

"没有，我照你交代的仔细找过，除了垃圾还是垃圾，鉴证科的同事把垃圾都带回去了，希望不会被舒大美女骂。"

关琥的眼前闪过死者的笑脸，相同的死法、相同的诡异造型、相同的表情，让他不由自主地把许英杰跟陈小萍两起自杀案联想到了一起，但是再多的联系他就找不出来了，头有点发晕，两边太阳穴不断跳痛，他揉着鼻子，怀疑自己开始发烧了。

"听说教授杀妻案也很血腥，接下来媒体又要热闹一阵子了，"江开看了王焕成夫妻的初步鉴定资料，叹道，"好在他畏罪自杀，否则我们又要熬通宵查案了。"

从目前的资料来看，还不敢确定凶手就是王焕成，换了平时，关琥一定趁热打铁，去死者所在的大学询问线索，但今天他实在是精神不济。看出关琥的不适，萧白夜说："跳桥自杀案告一段落，王教授那边的情况让江开去处理，你回去休息吧。"

"我没事，只是花粉症。"浓浓的鼻音显得关琥的辩解很无力。

"花粉症还会发烧吗？"江开放肆地把手伸过来摸他的头，关琥把他的手拍开，"少啰唆，做事去。"

关琥转身去了鉴证科，里面冷得让他直打寒战，一进去先仰头打了个喷嚏，瞅着呼呼直吹的空调叫道："温度设定那么低，大家好像都完全没有环保意识。"

"确实没有你环保，把各种垃圾都往鉴证科里带。"房间里只有小柯一人，说话不耽误他做事，手指飞快地敲着键盘回道，"刚才为了散味，我们把所有窗户都打开了，所以现在在急速降温中，你将就一下吧。"

"垃圾应该没有腐尸的味道大。"

"那是正常人的想法，可这里没有正常人。"

这话倒是没说错，鉴于罪魁祸首是自己，关琥有些心虚，环顾四周道："舒法医不在？"

"在隔壁验尸，你要去看吗？"

"我还是看垃圾吧，我是正常人。"

小柯一指对面，透过玻璃窗，关琥看到了桌上摆放的一堆东西，由于太零碎,没有放进证物袋,只是搁置在几个托盘里,一名戴着口罩的鉴证人员正在用镊子一点点翻检。关琥走进去,隐约闻到了异味,还好他现在鼻子不通气,不至于太虐待自己的嗅觉。

听到脚步声,鉴证人员抬起头随意扫了他一眼,关琥觉得他现在一定很想用手里的镊子捏死自己,明明就是很明显的跳桥自杀案,他却让人弄了一大堆垃圾来检查。

"有没有什么有价值的东西?"他凑过去搭讪,"比如那个……金手链什么的?"

"想要金手链,你去金店找比较快。"

关琥讪讪地摸了摸脑袋,站在一旁看了一会儿,没发现应有的东西后,心里更虚,如果被同事知道找垃圾是他的私心作祟的话,更不会给他好脸色看了,所以悄悄退了出来。

"看来没什么发现了。"小柯还坐在自己的位子上玩电脑,随口说道。

"哦,呵呵,"关琥尴尬地笑笑,问,"陈小萍的那张密码图有线索了吗?"

"没有,里面有些字体像梵文,有些类似于象形文或是道教符箓,但要具体说是哪一种,又都不像。这两天我还在把它跟各种密码对照解析,都毫无头绪,所以我只敢说它不是密码。"

"会不会是跳舞人形,福尔摩斯里曾出现过的那种?"

"那种也是密码,凡是密码,不管它怎么错综复杂,变化繁多,都会有一定规律,但那份图案完全没规律。"

"也许只是你没找到?"

"不要小看我的小电,它的大脑相当于一万个你的智商。"

小柯凉凉地说完,又附加一句,"不过也许还有个原因,这只是密码的一部分，它的内容太少，没有重复的文字，小电无法汇总分析。这也许是死者自己设计的舞蹈动作，你看许多地方很像在跳舞吧？"

小柯将图片放大给关琥看，的确有几张乍看上去像是婀娜舞姿，陈小萍要出国进修，把自己设计的舞蹈当作提交的课题也是可以说得通的，但关琥仍旧对这个解释无法完全信服。

正说着话，舒清滟从外面走了进来，看到关琥，她将手里的文件递了过去。

"你来得正好，这是尸检结果。"

"美女，你的速度越来越快了。"

"不快点，我怕我赶不上死亡的速度。"舒清滟转去冰箱那边拿她钟爱的番茄饮料。

关琥心一跳，他有种预感，舒清滟这句话很可能一语成谶。但很快他觉得自己可能想多了，继续打开文件大致看了一遍。

王焕成夫妻生前均无服药表现，死因很简单，陈云珠死于失血过多，王焕成则是瓦斯中毒；出事时王家门窗反锁，排除了外来人作案的可能性，杀害陈云珠的凶器菜刀上有王焕成的指纹，初步断定是王焕成行凶杀人，事后开瓦斯畏罪自杀。

"尸检有没有说明室温过低是怎么回事？"

"如果当事人不是畏热体质的话，那特意降低室温只有两种情况——伪造现场或是死者当时的精神处于极度亢奋状态。"

想起张燕铎提到的说法，关琥觉得后者的可能性很大，问："是出于恐惧还是开心？"

"两者都有，甚至妄想也能导致体温快速升高，从而产生暂时的畏热反应，比如嗑药就属于被动性妄想。"

舒清滟解释完，见关琥沉默不语，她喝着饮料，问："你好像对室温很在意，是不是你觉得这三起案子彼此之间有牵连？"

"不是两起吗？"小柯插嘴，"跳桥不算吧？外面又没有空调。"

关琥认为算，难道许英杰不是因为暴躁过热才会在深夜冲进雨中的吗？不过除此之外三位死者之间就再没有其他牵连了，一个是即将出国深造的舞者，一个是大学教授，一个是迫于生计的穷学生，他们彼此之间应该没有任何接触的机会。

从鉴证科出来，关琥抱着资料混混沌沌地想着，高烧越来越厉害了，他感觉脚下都在发飘，伸手掏纸巾时，一片小纸屑顺着他的手从口袋里掉了出来。

以为是垃圾，关琥伸手要捡，却在触到纸片时愣住了。那是片大约四厘米的斜长碎纸，纸张普通，上面印的字迹像是被水浸过，墨渍向四周晕开，有些模糊，但原有的字形还是可以看到的，居然跟陈小萍枕下的密码图纸有七八分相似。

关琥将纸屑捡起，又将手机里的图案调出来对照，虽然没找到相同的字符，但是从笔画勾勒中可以判断出它们是同一类型的。

这张纸是从哪里来的？为什么他一点印象都没有？

换了平时，关琥也许会有所觉察，但他今天的状态实在太差了，将纸翻来覆去看了几遍，纸上还沾了类似沙土的污渍，再想到刚才在鉴证科看到的那些垃圾，他立刻又返身跑回去，直接推门而入。

舒清滟看着关琥冲到自己面前，说："给我副手套。"

关琥的眼神有点虚飘，他的精神状态看上去很糟糕，但语调却是无比郑重其事，舒清滟什么都没问，取了新的塑胶手套递给他。

关琥道了声谢，就跑到里屋那堆垃圾前，鉴证科的同事被他的突然出现弄蒙了，没等他询问，就见关琥迅速戴上塑胶手套，在垃圾里翻找，很快，他从黏糊糊的杂物里找到了几片纸，跟手里那张对比，从纸质跟上面的纹络来看，是出自同一张纸。

假如许英杰也有一份类似密码图纸的话，那他跟陈小萍两人的高处坠落死亡就不是巧合了！

关琥将收集到的碎纸放在实验台上拼凑，碎纸只有六张，完全凑不成形状，但至少看得出上面的轮廓。

调查有新发现，舒清滟跟小柯也好奇地凑过来一起看，看到那几张沾满泥沙的碎纸，小柯点头说："看来这两起案子要重新查了。"

"有没有其他办法找出字符的意思？"

"再给我点时间，我跟同行交流一下，"顿了顿，小柯又说，"要是你等不及，可以先去找这个人问问看。"他回到座位上，拿起笔写了一串联络地址，递给关琥，看到上面写着"尚永清"的名字，关琥问："这是谁？"

"是鉴证科的老前辈，也是小柯最崇拜的对象。"舒清滟指指摆在小柯电脑上方的相框，照片正中间是个头发花白的男人，身穿白大褂，戴着眼镜，充满了研究学者的儒雅风范。

"尚老师是这一行的大师，别看他的专业是计算机编程，但他最擅长的是解码，他在密码理论研究上有许多独特的见解。"

小柯无限崇拜地说完，又叹了口气，说，"可惜三年前他在外出旅游时出车祸受了重伤，虽然最后保住了一条命，但只能靠轮椅生活，再加上其他一些原因，他变得意志消沉，没多久就辞去了工作，闭门谢客，不再与外界来往，所以他会不会见你，我也没把握。"

听小柯这么一说，关琥想起来了，那还是他刚调来总警局不久的事，据说尚永清的事在局里轰动了很久，不过跟他无关，他也没太在意，没想到有一天会再听到这个人的名字。

"要不是我太忙，一定陪你一起去。"小柯看着关琥，"如果你能见到他，代我问好。"

"我会的。"关琥将地址仔细放进口袋，对那位传说中的传奇人物会不会见自己不太抱希望。

等所有资料都汇集全，时间已经很晚了，关琥全身发冷，他不得不放弃了去拜访尚永清的计划，听从上司的建议，拖着轻飘飘的双腿回家休息，还好他家跟警局就隔了两条街，步行没几分钟就到了。

在进公寓之前，关琥先去楼下的药店转了一圈，随手将看着管用的那几种全都买了下来。回到家，他泡了碗泡面，吃了两口没胃口，只好放下，用温水将药灌进去，然后昏昏沉沉地爬到床上。应该洗个澡的，还要把这套衣服还给人家，睡着之前他这样想着，但没几秒钟意识就腾空了，将应该做的事抛到了脑后。

睡了没多久，药性发作了，关琥感觉全身燥热，意识有些腾空，像是感应到了几名死者的濒死状态，他的嘴角抽搐着向上翘起，作出微笑的表情——陈小萍是为了寻找梦想，许英杰是寻求解脱，那王教授在笑什么，他手上是否也有那张密码图？

王焕成应该是没有的，否则舒清滟第一时间就会告诉他了，但不排除他们还没发现。那些密码都被血掩盖了，只留下字符的边角，余下那些也因为王焕成死前挣扎乱画而被覆盖在了下面，分不清哪些是真正的化学公式，哪些是密码。

眼前恍惚闪过地面上粉笔画下的杂乱无章的字符，假若将上面那些方程式去掉，也许就能看到下方的密码了，但不管怎么试，最终都以失败而告终，关琥感觉心头像是被什么压住了，令他无法顺畅呼吸。

反复思索了很久，关琥突然恍然大悟，那些化学符号不是王焕成乱画的，而是他刻意写上去的，是为了避免被人看到真正的密码而作的掩饰！

心思重到临死还要算计的人，却因为一时气愤杀了自己的妻子，是人急无智？还是像掩饰密码那样也是刻意为之？

关琥不知道自己想了多久，只觉得呼吸越来越困难，冷汗爬满额头，忽然想到一幅诡异的画面：手持琵琶的舞者逐渐转换了身形，改为双手持笛吹奏，在乐曲下继续歌舞，体态轻盈，尔后又变成手敲腰鼓的动作……这些画面都曾出现在陈小萍获奖歌舞的照片中，在舞台上不管她做什么都是美妙的，可是相同的动作出现在不同的死者身上，就会让人不寒而栗。

陈小萍死时做的动作是弹奏琵琶，许英杰是握笛吹奏，而王焕成则是敲打腰鼓，他们想表达什么意思？还是只是单纯在舞动一曲死亡之舞？

心跳因为呼吸不畅而不断加速，终于到了极限，关琥发出一声闷叫，从睡梦中猛地睁开双眼。一个大枕头严严实实地盖在他的脸上，难怪会呼吸不畅了，关琥将枕头扯开，大口喘着气，只觉全身都被汗水浸湿了，身体轻松了很多，不再像昨晚那么难受。

天早已大亮，关琥昨晚没拉窗帘，阳光直射进来，使得他不得不将被子拉过来遮住眼睛，一个人平躺在黑暗的被子里喘着气，回想梦中闪过的画面，他发出呻吟："想到原因比想不到更让人头痛！"

洗完澡后关琥精神多了，摸摸自己的额头，虽然没有完全康复，但烧应该退了，他将脏衣服扔进洗衣机，在客厅边做着运动边考虑今天自己要做的事。

身体在不知不觉中作出了起舞调乐的动作，关琥的眼神无意中投向对面的镜子，被自己怪异的姿势吓到了，急忙停下，眼前闪过那些奇怪的符号，他忍不住想那会不会是某种催眠术，能在无形中影响人的思维。

这时，洗衣机的提示音传来，打断了关琥的胡思乱想。他将衣服拿去阳台，今天天气很好，光是看看当空高照的太阳就知道接下来的温度将会非常高。

关琥晾好衣服，在阳台上刷着牙哼着小曲，忽然听到旁边隐约传来音乐声，他转头一看，一个男人正在他家隔壁的阳台上打太极。

男人穿着银色的软缎功夫服，随着他的动作，衣服不时反光。关琥眯起眼睛，虽说他在这栋公寓住了几年，但整天早出晚归，跟邻居也不熟，他转身准备回去。

"关王虎。"对面传来叫声，还是挺耳熟的声音，关琥循声看过去，刚好男人做了记手挥琵琶的招式，转身面向他，当看到那人居然是张燕铎，关琥刷着牙的手停在了那里。

"我应该没烧到眼睛出毛病的程度吧？"他吐着牙膏沫嘟囔。

见他在发呆，男人又叫了一声："关王虎。"

这一声较高，关琥打了个激灵回过神，立刻纠正道："关琥，谢谢。"

"关王虎听着更有气势。"张燕铎收了拳，微笑地看过来，他没戴眼镜，一身银白软缎衬着消瘦的身材，倒有几分道骨仙风的气质；阳光下，关琥感觉他的眼瞳好像不太一样，但由于离得较远，无法看清，只看到他气色很好，不复昨天的苍白。

"你的病好了？"

张燕铎微微歪头，表示没听清；关琥这才注意到自己嘴里的泡沫，冲对面做了个稍等的手势，迅速跑回房间，洗漱完毕后又跑回去，张燕铎已经关了音乐，拿着小喷壶在浇阳台上的花草。

要不是早就认识，看他又打太极又养花，关琥会以为隔壁住了位老人家呢。

"你的病好了？"关琥再问。

"只是贫血而已，休息一下就没事了，你呢？"

"我？我本来就没事。"

"那昨天你往鼻孔里塞棉球是cos死者吗？"

关琥不说话了，他发现比起爆粗口，这种笑眯眯的毒舌更坏。

没听到回应，张燕铎放下小喷壶，将收在一边的眼镜戴上，走到靠近关琥家阳台的一边，趴在阳台上问："说起来很奇怪，这几天一直看到你，你就好像阴魂不散似的跟着我，还跑去我隔壁住，这是我的错觉吗？"

关琥再次被噎住了，他算看出来了，张燕铎这个人外表长得有多白净，心里就有多阴暗。

"不好意思带给你这种感觉，不过大哥，我在这里住了三年了，你应该没有这么久吧。"

"半年，不过半年我都没看到你，这两天却变成了抬头不见低头见了，你是在偷偷调查我什么吗？"

"我整天在外面跑，看不见一点不奇怪，再说我为什么要调查你？"

"如果我知道，就不会问你了，总之迄今为止我被很多人追踪过，也许你也是其中之一。"

"原来你这么受欢迎啊，大哥。"

不知哪句话对了张燕铎的胃口，他嘴角向上翘起一个漂亮的弧度："至少没有被泼过酒。"

关琥翻了个白眼,准备结束这个无聊的话题——虽然两人做邻居过于巧合,但他们都在附近上班,就近选择住所是件很平常的事,转身想回房间,张燕铎叫住他,正色道:"看来案子办得不顺利。"

"还好。"有关工作的事关琥不想多谈,张燕铎也很识趣地没再问下去,跟他招招手,关琥还以为他要说什么,谁知他下一个动作竟是转身回房。

这人也太我行我素了吧!此时的张燕铎跟在酒吧时有礼体贴的他反差太大,关琥一时间没顺利消化——这种个性居然没被泼过酒,还真是不公平啊!

关琥没吃早饭,换好衣服就出门了,忙碌的刑警工作让他养成了三餐不定的生活方式,仗着年轻身体好,他没把这些小事当回事,准备在楼下的便利商店里随便买点早餐将就一下。

出门刚走几步,就看到不远处的电梯门要关上,关琥急忙大叫着跑过去,电梯里的人及时帮他按住了电梯门,关琥一个箭步冲进去,没等他道谢,就被呛到了,站在电梯里的不是别人,正是他的邻居兼酒吧老板张先生。

张燕铎松开了按键,冲他摊摊手,略带无奈的表情明显是在说——还说不是跟踪我,连坐电梯都跟我一起。

"真是邪了门了。"关琥嘟囔完,送给张燕铎一个大大的微笑,"这么巧,你应该不会自恋到认为我是在追你吧?"

"不会,我想就算你刚失恋,也还没自暴自弃到随便追求男人的程度。"

关琥被顶得没话说了,靠在电梯壁上把头撇开,却透过玻璃墙壁观察张燕铎,对于住在自己隔壁的邻居,说没有一点好奇那是假的。

张燕铎穿了件纯白T恤加黑牛仔裤，发丝打了发蜡，看起来很顺，他今天戴了副浅蓝边框的眼镜，看似随意的装饰，其实有经过特意打扮，比起酒吧老板，关琥觉得他的气质更偏向模特，反观自己，关琥有点自惭形秽，同样穿着T恤和牛仔裤，他的形象差多了，刚才出来得太匆忙，连胡子都忘了刮。

"还没吃早饭吧？"张燕铎将手里的纸袋递给他，"我早上做的甜点。"

关琥探头一看，炸得香脆金黄的蛋糕小甜球成功地将他的食欲勾上来了，伸手拿了一颗丢进了嘴里。

"看不出你会做这么多料理。"他嚼着蛋糕球嘟囔。

"平时没事做，研究一下而已。"

张燕铎将整包甜点都塞给了他，关琥犹豫再三，最后还是没狠得下心来拒绝，昨晚就没怎么吃饭，他早饿得前胸贴后背了，一颗颗往嘴里丢着，说："那我给你钱，还有那天在你店里吃的饭钱，对了，还要还你衣服。"

"看在邻居的份儿上，那点小钱算了，衣服也送你了，反正我拿回去也穿不了。"

看着关琥吃得狼吞虎咽，张燕铎抬手扶了下眼镜框，精光在眼中一闪而过，说："只是不知道我昨天拜托你找的金链子有没有下落？"

"没有。"说到这里，关琥抬头，狐疑地看他，警察掘地三尺，连那些不显眼的纸片都找到了，要是有金链子怎么可能找不到？还是说那条金链子从一开始就不存在？"你真的掉了金链子吗？"

"是啊，我为什么要骗你？"

有没有骗人只有他自己最清楚，关琥想到那片莫名其妙出现在自己口袋里的纸屑，如果没有它，他到现在还不会把两起死亡事件联系到一起，想到这，他故意说："虽然我没找到金链子，不过托你的福，我找到了其他重要的线索。"

"既然找不到就算了，有帮到你就好。"

对方的反应愈发让关琥疑惑，但知道就算自己多问他也不会讲，索性当不知道。一楼到了，两人依旧同路——都去停车场。

"我约了小魏去打网球，就是酒吧那个工读生。"察觉到关琥投来的视线，张燕铎微笑着解释，又问，"你呢？"

"我？没你们那么好命，我当然是去查案啦。"

到了车前，张燕铎跟关琥告辞上了车。

关琥点点头朝自己的车走去，然而当他走近后却愣住了，看着其中一条瘪瘪的车胎，忍不住骂了句脏话。

身后传来引擎声，张燕铎的车开了过来，他已经将眼镜换成了墨镜。看到关琥，他停下车探头打量，叹了口气，"看得出你最近不太走运。"

"情场失意也就算了，怎么什么都不顺！"

"都说你不走运了，不过我也不走运，小魏有事爽约了，不如送送你吧，你去哪里？"

"不用，我去搭出租车。"

被关琥婉言回绝，张燕铎笑了："司机的工作我也可以胜任，但我能做的，出租车司机未必做得到。"

"比如？"

张燕铎没回答，反问："如果我说我有特异功能，你信吗？"

关琥想了想，转身上了副驾驶座。

车开出去，张燕铎说："谢谢你的信任。"

"我不是信你，我只是好奇你要怎样自圆其说。"

"请拭目以待。"

眼角余光掠过坐在身旁的人,张燕铎的眼里浮出一丝笑意——如果关琥知道那条瘪了的轮胎是自己捣的鬼,不知会作何反应。

关琥将尚永清的地址报给了张燕铎后,开始反复翻看现场照片,顺便掏出一支烟想点火,身旁传来轻微的咳嗽声,张燕铎用手掩在嘴上,作出克制的动作,但在他看来那更像是暗示。

没办法,关琥只好将烟放了回去,忍不住道:"我有点明白为什么你的酒吧会那么冷清了。"

在酒吧里禁烟,相信是任何一个喜欢泡吧的客人都无法容忍的行为吧。

张燕铎给他的回复是关了空调,打开车窗,外面的热风随着窗户的打开猛地灌进来,看着关琥皱起的眉头,他微笑道:"为了让你不用再 cos 尸体,这样的降温方式比较好。"

"哈,就冲这份体贴,你的酒吧一定会生意兴隆的,老板。"

第四章

尚永清的家坐落在很冷清的山麓下，周围没一户人家，附近能看到的只有零零散散的田地，所以这座三层小洋楼的存在异常显眼，洋楼的后面是片很大的人工草坪。

来之前关琥特意打听过尚永清的事，尚永清的家境很富裕，但因为一心放在工作上，所以婚姻最后还是以破裂告终，妻子带着两个孩子去了别的城市，而尚永清也没有其他来往密切的朋友，他出车祸致残后就离职了，买下这栋旧别墅闭门不出，过着离群索居的生活。

张燕铎照关琥的吩咐将车停在了院门外，抬头看去，楼房外壁颜色有点旧，愈发增添了萧索感，也让他对这家主人多了份好奇，路上关琥跟他讲了尚永清的身份，既然是破解密码的高手，或许真能解开那些奇怪的字符吧，所以关琥下车的同时，他也下来了。

"你……也要进去？"

没想到张燕铎会跟随，关琥试探性地用手指指楼房。

"难不成大热天的，你要我在车里等吗？"

张燕铎给了他一个很无辜的微笑，关琥没办法，有点后悔让一个严重贫血的家伙为自己开车，要是他中暑晕倒的话，还要送他去医院。

"好好好，你要跟就跟吧，不过不要带嘴巴跟耳朵。"

"机密嘛，我懂得。"张燕铎跟关琥说话时，眼神瞟过楼房，二楼某个窗户的帘子后似乎有人在看他们，但马上就退开了。

"还有，把墨镜摘了。"关琥没注意上面的光景，伸手去摘张燕铎的墨镜，张燕铎急忙闪身避开，自己把墨镜摘下，换成先前的眼镜。

"我说你到底有没有近视？眼镜整天换来换去的。"往大门走的时候，关琥问道。

"其实我是远视的。"张燕铎微笑回道，"所以我可以看到许多你看不到的东西。"

两人来到门前，关琥按了门铃，开门的是个五十多岁长得很瘦弱的女人，身上穿了类似佣人的围裙，不等关琥开口，她便说："对不起，先生身体不好，不见客。"

"我们不是来闲聊的，是为工作上的事，"关琥将警证拿出来亮给女人看，"我叫关琥，想就最近一些案子的问题向尚先生请教。"

"警察也不见。"

女人说完就要关门，被关琥及时挡住，将陈小萍留下的那张纸递过去："是关于破解图形密码的问题，现在整个警局的人都束手无策了，否则我也不会跑来请教尚先生，希望他能看一下，如果他也解不了，那我回去也好对大家有个交代。"

"这……"

女佣看上去有点为难，关系尚永清的声誉问题，她不敢自作主张，接过纸条回了屋，不久就跑出来，说先生请他们进去。

激将成功，关琥笑嘻嘻地跟随用人进去。房子空间很大，因为拉着窗帘显得有些阴暗，四周静悄悄的，不像有其他人的样子，女佣带着他们顺着螺旋形的楼梯一路来到三楼。

"听说尚先生腿脚不太方便,这么高的楼他怎么爬上去?"关琥一边观赏着房间内部的摆设构造,一边问。

"家里有电梯,"女佣指指对面装饰成整幅油画的大门,对关琥说,"不过你应该用不到吧?"

听到身旁传来的低笑,为了掩饰尴尬,关琥指着那幅油画上在云中翩翩起舞的古装女子,含糊道:"呵,这挺漂亮的。"

画面色彩斑斓,女子婀娜多姿,随着电梯门开启,应该可以欣赏到她的翩跹舞姿,设计挺巧妙的,张燕铎也忍不住多看了两眼。

尚永清的书房在三楼的最里间,女佣敲敲门,在听到里面的回应后,做了个请他们进去的动作。

随着房门打开,光线强烈地射过来,让两人误以为这个房间朝阳,但很快发现那是荧光灯的光芒,房子的主人好像很喜欢灯光,在房间里安了四五盏大灯,而窗帘则拉得紧紧的。

被灯光晃到眼,关琥的视力有短暂的失明,等他缓过来后发现对面是整栋的书墙,一排排的书籍根据不同分类依次排列着,书墙正中是张大书桌,一位满头华发的老人坐在桌前,看到他们,老人滑动轮椅迎了过来。

仔细看去,他的岁数并不大,五十上下的年纪,与关琥想象中的形象不同,尚永清没有因重伤致残而导致的颓废感,相反他的精神很好,身体也很壮实,面色红润,再加上戴着金边眼镜,更像是做研究的学者。

关琥不禁歪头瞄了张燕铎一眼,同样属于戴眼镜一族,张燕铎给人的感觉是精明圆滑,而尚永清则是温文尔雅。一副眼镜可以瞬间改变一个人的气质,真是厉害。

"尚先生您好。"他走上前打招呼。

尚永清点头回应了。

"你叫关琥?几年没出门,重案组那边大换血了,以前我记得组长是陈……"

他歪头想了想,似乎没想起来,抬手扶了扶眼镜框,露出为难的表情,叹气道,"你看我这记性,才没几年的事就都想不起来了。"

"现在我们组长姓萧,其实我们大家平时一遇到案子就提起您,您可是警局里的英雄,可惜上头不让我们来拜访,说是会打扰到您休息。"

"大家真这么说?"

"当然,要不我怎么会特意来请教您呢,现在看您的气色这么好,您的离开真是警界的一大损失啊。"

关琥面不改色地恭维着,他的话恰到好处地迎合了尚永清,对方哈哈笑起来,指指旁边的沙发,请他们坐下。

"不是我不想帮你们,真是人老不中用了,那次车祸不但让我双腿残废,还伤到了脑子,想多了复杂的事就会头痛,不得已只好闭门谢客。"尚永清解释了自己目前的状况,随后女佣敲门进来,将茶点放在沙发前的茶几上。

沙发对面是纯白的墙壁,张燕铎转头向后看,就见后面的架子上摆放着放映机,看来尚永清喜欢用大荧幕看录像;再看另一边的书架上面有很多关于考古跟医学的藏书,跟鉴证学术研究等书籍放在一起,显得有些格格不入。

"我对考古没什么兴趣,只是好友喜欢,这些都是为他购买的,"见张燕铎对自己的藏书感兴趣,尚永清解释道,接着又叹了口气,转动轮椅来到另一边,"可惜那场车祸后,我们就失散了,收藏这些书也是为了纪念他。"

"他也是在三年前那场车祸中出事的吗？"虽然急于询问密码的事，但架不住内心对这位警界传奇人物的好奇，关琥问道。

"不，我是在去跟他约定地点的途中，因为车速过快出了车祸，还好当时车里只有我一个人，没连累到别人；但也正因为我出了车祸，没能如期见到朋友，后来才听说他在考古中发生了意外，从此人间蒸发，生死不明。"说到往事，尚永清的表情充满了遗憾，低下头，又扶了扶眼镜，像是在抹泪。关琥忍不住想当年他会从警界毅然离职，或许也有出于对老友的歉意吧。

"您好像对敦煌跟道经很感兴趣。"

在关琥感叹于尚永清的经历时，张燕铎突然来了这么一句，顺着他的目光看过去，关琥看到了书架上有不少敦煌、涅槃、古墓、道经等专业书籍。

"那也是老友的藏书，他主要的学术课题是关于敦煌莫高窟的研究。"

莫高窟？关琥皱皱眉，感觉这两天似乎有听到过这个词，但是从哪里听到的，一时间他想不起来。

张燕铎继续赞道："羽化飞仙、涅槃重生，这些话题从古至今都从来没变过，不管是出于它们的神秘色彩还是人类对于它们的向往。"

"哦，你也对这些传说有研究？"

"算不上研究，只是有点好奇罢了。"

话题越扯越远了，关琥清清嗓子，及时将他这次来拜访的主要目的提出来，"尚先生，那份图形密码……"

"抱歉抱歉，我果然是记性不够用了。"一经提醒，尚永清这才注意到他放在桌上的那张纸，将纸拿起来，反复看着，问，"这是在哪里找到的？"

"是我们在自杀的舞蹈学生家里发现的……您有注意最近的新闻吗？"

尚永清摇头："我没太关心，你们也知道，新闻总是夸大事实，看那个很浪费时间，你说下案情吧，也有助于我解码。"

讲述案情在关琥的意料之外，别忘了房间里还有个外人。关琥给张燕铎使了个眼色，他相信以张燕铎的机灵劲儿，这时候不需要自己说，也会主动避嫌，谁知张燕铎好像没发现当前的尴尬状况，继续坦然自若地品着茶。

关琥气得又朝他连连眨眼，张燕铎终于注意到了，奇怪地问："你眼睛不舒服？"

你才眼睛不舒服！关琥气得在心里翻白眼，皮笑肉不笑地对他说："你看你是不是回避一下？"

"为什么？"

这声无辜的反问反而把关琥噎住了，正当他站起来想过去跟张燕铎暗地里"交流"下感情时，一旁的尚永清问："有什么问题吗？"

"……没。"关琥临时把探身的动作改为拿点心，人都来了，现在才来解释跟自己一起的这位先生不是警察，可能反而会给尚永清留下不好的印象，再三考虑，他选择了妥协，重新坐定后，正要开始讲案情，兜里的手机却响了起来。

关琥拿出手机，发现来电人居然是叶菲菲，他有些惊讶，不过这会儿没心思理会前女友的纠缠，为了不妨碍正事，他直接将手机关机，然后从陈小萍自杀讲起。

由于他只讲要点，长话短说，很快就将事件说完了。期间，尚永清像是没特意去听关琥的讲述，只是低着头，拿着笔不时在画着图形的纸上划动，倒是张燕铎听得聚精会神，以至于让关琥觉得自己是在专为张燕铎讲述案情的。

"王教授会连续砍上数刀，不是因为痛恨，而是因为太爱，所以才想把妻子留在身边。"听完关琥的讲述，尚永清也停下了笔，然而他首先谈及的不是图形密码，而是他对凶手杀人的看法。

听了他的解释，张燕铎眉峰微挑，关琥也忍不住问道："以这种残忍的方式留住喜欢的人？"

"从你的描述可以看出他妻子是一刀致命，她死得不痛苦，后边的几刀只是王焕成为防止她活过来而追加的，可见他对把妻子留在身边有多执着。"

尚永清这番理论让关琥有点惊讶，张燕铎却点头道："可以理解，因为王焕成本人对死亡并不畏惧。"

"那个……"关琥抬起手，打断两人的对话，"我们还是讨论下密码怎么样？"

"这不是密码，只是些古代象形符号而已，我想这可能是那位女同学根据某些资料设计的舞蹈动作。"

尚永清将自己用红笔描出来的图形给关琥和张燕铎看，乍看上去，那些符号的确是类似跳舞的人形，他又说："但是任何一种符号都有其意义，所以现在要知道的是陈小萍是从哪里得到这些符号的，如果是网上流传的，那其他人知道的可能性也很大。"

"那……这些符号究竟代表了什么？"

"这个我无法马上回答你，给我点时间。"

关琥是有时间等，但就怕下一名受害者没时间等。

"古文字是很美妙的创造，"尚永清没有注意到关琥的焦躁，看着那些图形，他自顾自地往下说，"你可以从字意来理解它，也可以用字形来模拟它，比如这个字符，它代表了财富，而这个，则是向往。"

尚永清用笔头在几个字符上虚画，指给他们看，他所谓的代表财富的符号实际上更像是云朵，下方则类似于人形昂首高举双手，云朵也罢了，那人形却扭曲得不像话，就勉强算它是人体吧，但这些是在表达什么，关琥完全想象不出。

"会不会是某种影响人的思维的咒语？"张燕铎在旁边插嘴问。

尚永清抬头看他，眼神有些惊讶："你说那些人是被咒语影响自杀的？那你是低估人的理性思维了，这世上没有任何一种催眠术可以让人自杀，除非他们潜意识中就想放弃生命，催眠只是唤醒他的自杀意识而已。"

关琥离张燕铎比较近，他清楚地看到在听了尚永清的一番话后，张燕铎眼中光亮一闪，他应该是想到了什么，却没有再说下去。

"不过这些只是我暂时的推想，要证明是否正确还需要更精确的分析，"尚永清笑着对他们说，"你们给我找了份不轻松的工作啊。"

"那是不是需要很久？"

"要看运气了，不是密码的密码才是最难解的，就看我能不能幸运地及时找到相关的字形，如果你有新的图形密码，也请尽快给我，图形构成越多，解码的精确度也就越大，也能相对缩短分析的时间。"

关琥听得一头雾水，不过这份所谓的密码总算有点眉目了，他留下自己的联络方式，又向尚永清道了谢，告辞离开。尚永清没跟他们客套，低着头拿笔不断地在纸上写写画画，看似完全沉浸在了破解密码的世界里。

两人出了房间，女佣站在外面，跟来时一样，在前面为他们引路，不知是不是光线的问题，走廊显得有点长，在走到楼梯口时，张燕铎转头向后看去，就见电梯门关着，油画中的古装女子倾身在祥云之间，长袖凌风舞动，缥缈若仙，栩栩如生。

"怎么了？"关琥问他，张燕铎回过神，摇摇头表示没事，关琥笑道，"看美女看傻了？"

"我只是觉得尚先生很喜欢飞天。"

"飞天？"

张燕铎没答，反而是女佣搭了话。

"喜欢飞天的不是尚先生，是凌先生，凌先生过世后，尚先生伤心得不得了，连工作也没心思做了，每天把自己闷在家里，疯了似的画了好多这类图画来纪念凌先生，最近一年才慢慢好起来。"

从女佣的描述中两人猜到，所谓的凌先生大概就是三年前考古途中失踪的尚永清那位好友，没想到他们关系这么好。

"我听我女儿说这种友情很难得，叫什么伯牙种子……"

"是俞伯牙与钟子期。"关琥帮女佣纠正。

"啊对对对，就像你们俩。"

被点名的两人对视，张燕铎"噗"地笑出了声，关琥也耸耸肩道："那真是荣幸之至。"

"你也住在这里吗？附近没有超市，采购做饭很不方便吧？"张燕铎问女佣。

"还好，食品公司会定期送货来，或是我来的时候顺便买菜。我不住这里的，尚先生习惯了清静，我在他反而不方便。"

"这里这么偏僻，万一有什么事怎么办？"

"我也是这样说，不过尚先生不在意，他说他死过一次了，什么都不怕。"说到这里，女佣自己先笑了。

到了门口，关琥跟她告辞，她很热情地摆手，跟最初的冷待判若两人，看来每天在这种寂静的房子里做事，她也很无聊。

　　两人上了车，由于车停在烈日下，这会儿里面闷得像蒸笼，关琥没跟张燕铎客气，第一时间将车窗降下来，同时又打开了空调。
　　车开了出去，关琥一边趴在车窗上呼呼喘气，一边扭头看着后面的洋楼说："真是个怪人，离婚没觉得怎样，朋友失踪却这么难受。"
　　"这世上任何一种感情都是有原因的，也许他并非真的思念好友，只是想找个寄托而已。"
　　"为什么？"
　　"因为他潜意识中不想承认自己的颓废是残废导致的，所以把原因归结于失友之痛上。"
　　"也可能人家真的是怀念好友呢。"
　　张燕铎没跟他继续争辩，但表情明显是不赞同的。关琥忍不住转回身子，关上车窗，问："你刚才在尚永清家里到底想说什么？"
　　"哦，没什么，尚永清说催眠术无法促使人自杀，最多只是起到催化剂的作用，但我也并未明确说他们是自杀的，所以我们的观点其实是一样的，那就是——催眠术有它成功的可能性，就比如它可以催发死者的潜意识，让他们的梦想达成所愿。"
　　"比如？"
　　"难道你没注意到死者之间的相同点吗？他们都缺钱；正如尚永清所说的，如果图里的一些字符代表财富的话，那死者会将它随身携带并编成舞蹈也不无可能。"
　　"难道那些奇怪的文字真是金钱的意思？"
　　"我只是说有这个可能性。"
　　"王焕成是大学教授，怎么可能没钱？"

077

"教授就一定有钱吗？也许王妻就是因为他有钱跟他结婚，又因为他没钱而离婚。"

关琥低头不语，认真想了一会儿，掏出手机开机，看到叶菲菲之后又打过两次电话，关琥猜想她的目的无非是让自己道歉，跟一个家世好工作好又漂亮的女人谈恋爱也是件很麻烦的事，他直接将其无视，把电话打给了江开。

照计划江开今天继续调查王焕成夫妻的资料，相比自己，江开那边进行得比较顺利。电话接通后，听了关琥的询问，江开将自己刚收集到的情报一一报上来，关琥一边听着一边不时转头看向旁边开车的张燕铎，没想到一切都被他说中了。

"其实你是兼职做侦探的吧？"电话挂断后，关琥发表感叹。

张燕铎没回答他的提问，而是问："怎么了？"

"都被你这乌鸦嘴说中了，大哥。"

根据江开查到的资料，王焕成家境富裕，早年在大学相当有人气，但后来他因行事乖张受到排挤，再加上负责的化学实验项目在操作中发生事故，被同行借机打压，而雪上加霜的是，他炒股也赔得很厉害，最后一气之下辞职在家里专心玩股票。

王妻小他很多，又花钱大手大脚惯了，为此夫妻经常吵架，最终导致离婚。这次王妻将小孩寄放在娘家，单独去跟王焕成沟通离婚手续等问题，却没想到会引发惨案。

"这样就说通了，需要钱的共同目标让完全没有交集的三个人走到了一起。"

"需要钱为什么还要自杀？"

"我从没说过他们是自杀，而是……"

"而是在达成梦想，对吧？可是这梦想不就是死亡吗？为什么有人要引诱他们自杀,还是说那张密码图有诱发人自杀的玄机?"关琥摸着下巴自言自语,又翻看手机里的照片,不屑地说,"我就不信了,光是看图就能死亡。"

手机在下一秒被夺了过去,张燕铎说:"不要冒险,也许真会出事。"

"不需要这么紧张吧?要出事小柯早出事了。"

关琥对张燕铎的过度反应有些不解,探身把手机又拿了回来,不过没有再继续看照片,比起花心思解码,他更想知道这三人是在哪里联系上的,除了他们之外是否还有其他人被这图形影响,那些人也许会是下一个受害者。

"我觉得他们的死亡像是一种宗教仪式。"开着车,张燕铎说。

"为什么这么说?"

"不知道,只是种直觉,那些图形很像某些宗教给人洗脑用的东西,你知道这世上大多数人都希望有钱,用钱当诱饵是最好的方式。"

"那你说古文字真的那么神奇吗,连电脑都破解不了?"

"虽然现今社会越来越依赖于电脑,但我认为其实人脑才是最神秘复杂的东西,别忘了你所信赖的电脑本身就是人脑创造出来的。"

关琥耸耸肩,虽然张燕铎说话有点神神道道,但不得不说他一语中的,想起自己高烧做梦时联想到的画面,他说:"去王焕成家。"

王家门前贴了封条,关琥跟房东要来钥匙进去,张燕铎跟在后面,闻到里面怪异的血腥味,他脸色不太好看,又转身出去了。

关琥还以为张燕铎是对杀人现场有忌讳,并未在意,一个人在房间里转悠打量,客厅的血迹已经擦掉了,是以粉笔的痕迹也消掉了,他又去书房,好在地板上的涂鸦还在,王焕成之前躺过的地方由于他的挣扎被涂抹掉了许多，其他部分还算完整。

"他很聪明。"

声音从身后响起，张燕铎回来了，手里拿了两个大口罩，将其中一个递给关琥。关琥惊讶地接过，见他皱着眉头，脸色看上去不太好，问："你特意去买口罩？"

"顺便还买了这个。"

张燕铎亮出手里一小盒粉笔，掏出一根红色的，蹲下身沿着那些杂乱无章的曲线描起来，等关琥反应过来他在做什么时，他已经画了几条线出来。

"等一下，不要破坏重案现场。"私自带外人进现场已经违反警察操守了，现场再被破坏的话，他就等着被处分吧。

关琥伸手去阻拦张燕铎，反被制住，只见张燕铎一手迅速画动，说："我也不想这样做，不过这种方式最快。"

或许是现场的血腥气息刺激了他的灵感，他清楚地看到了想看的东西，他讨厌血腥气味，但不得不说在许多时候这种血腥气息可以提高他对外界的敏锐度，关琥所说的那些跟化学方程式混杂在一起的符号，此时已经清晰地自动浮现在他脑海里了，他所要做的就是将自己看到的描绘下来而已。

关琥听出张燕铎话中的郑重其事，便没有再阻拦，而是悄悄退到一边观看；就见张燕铎笔走如飞，没多久，一幅完整的由符号组成的图案就出现了他的眼前，跟陈小萍的那份不尽相同，但许多地方又透着相似。

等张燕铎全部画完，那根粉笔也差不多用完了，他随手丢到一边；关琥急忙跟过去把粉笔头捡起来，以免现场被破坏得更糟糕。"这究竟是什么意思？"他转回来，双手交叉在胸前，打量地上用红粉笔画的偌大字符问道。

"那是你们警察要查的事,我只负责画图。"画完后张燕铎才感觉到不适,身体有种用力过度后的虚脱感,他随意往旁边一坐,将事先准备好的口罩戴上了。

"你不舒服?"看着他的脸色,关琥问。

"贫血。"张燕铎再次把原因推到了贫血上。

"贫血贫到站起来就晕的程度,你也太弱了。"

关琥嘟囔着,拿出手机将图形拍了下来,除了王焕成身体下方的部分被蹭模糊外,其他地方还算完整,他指着类似云层的图形说:"照尚永清的解释,这该代表财富?"

"不无可能,所以他拼死也要抹掉,抹不掉的则写上化学公式来混淆,至于客厅那里,"说着话,张燕铎转头看向客厅,"尚永清说王焕成连砍妻子数刀是为了防止她逃走,我倒觉得他只是想要更多的血而已,用血来抹掉地上曾经存在的符号。"

"大动脉喷血量已经很多了,他只要随便一抹就行了,为什么要费力再砍?"

"抹的话就不自然了,反而会让人注意到地板上的图形,你看下照片,他是不是在妻子身上乱砍的就明白了。"

关琥不需要看也记得很清楚,当时王妻身上毫无章法的砍伤给他留下很深的印象,至此他惊异地看向张燕铎,就见张燕铎平静地点点头,道:"他是个到死前都很冷静并充满快乐的人,这种人又怎么会选择自杀呢?"

"不可能,一个老男人杀了老婆又自杀,怎么可能心情好?"

"心情好不好尸检是看不出来的,谁又能说死亡只代表了悲伤?凤凰涅槃也许得到的是重生。"

关琥无言以对，尚永清的说法就够令人震撼了，而张燕铎的见解更是诡异，他忍不住问："为什么你这么肯定？"

"我研究过几年心理学，所以才说可以帮到你，"张燕铎的脸色已经恢复了过来，也学着关琥，拿出手机拍下图片，笑吟吟地解释道，"我对这种奇怪的事件跟变态的人还是很了解的。"

"喂，这是警方内部机密，不能拍！"

关琥想阻止，张燕铎已经拍完了，随口道："你说得太晚了，我已经用眼睛拍下来了，你也很想早点破案吧？也许我可以帮你找到这些图的真正意义。"

"我并不想为了破案丢掉饭碗。"

"不会的，我保证。"

就冲着这家伙随性的行事作风，关琥就对他的保证完全不放心，抓着头发不止一次地问自己，他为什么会被这么奇怪的人缠上，明明拒绝一个陌生人对他来说是件很简单的事。

"谁？"外面传来轻微响声，张燕铎厉声喝道，关琥的身体反应比他的大脑快，在张燕铎的话声落下同时就蹿了出去，就见门口人影一闪，顺着走廊跑了出去，速度太快，又戴了帽子，看不清是男是女。

等关琥跑到走廊上，那人已经下了楼，冲向小区的路口，眼看快跑远了，他一把扯下口罩，对紧跟着跑来的张燕铎说："我去追，你在这里等我，要是有情况赶紧报警。"以张燕铎的体质，他乖乖不动最保险。

关琥交代完，双手搭在走廊的栏杆上向外一跃，直接从二楼跳了下去，张燕铎趴在走廊上，冲他的背影喊道："你还在发烧，别逞强。"也不知关琥有没有听到，没等张燕铎说完，他已经跑远了，看着他的背影，张燕铎自言自语道，"身手还不错。"

关琥一口气追到路边，那人的速度很快，落下了好长一段距离，他只好大声喝道："站住，否则我开枪了！"

听到他的警告，那人越发加快了脚步，不过对方没想到的是，关琥半路抄近道，直接从草坪上折过去，然后从上面跳下，双手刚好搭住那人的肩膀上，向后一扳，便将他掀翻在地，接着顺势双手撑地跃起，想去揪那人的衣领，却在听到惊叫声后停了下来。

由于被迫摔倒，那人的帽子滚到了一边，露出下方的齐耳短发，再往下看，纤瘦的身材以及精致的五官，怎么看都是个女生，而且有点面熟，关琥跟她的视线对上，突然想起她就是在陈小萍坠楼案中玩偷拍的那个女记者，叫谢……

迎面狠狠地甩过来一个背包，趁着关琥躲避之际，女生飞快地爬起来，向前继续跑，等关琥再赶过去时，就见她已经冲到了丁字路口中央，可能想跑去对面，但没想到原本空无一人的街道上突然冲出来一辆轿车，女生慌忙刹住脚步，却仍然被车头刮到，身体顺着冲击力滚向了路边，趴在那里不动了。

撞到人后，那辆车不仅没停下，反而加快了车速向前开去，关琥顾着查看女生的伤势，不得不放弃了追赶，反正附近有电子眼，要查肇事车辆不是难事。

女生晕过去了，她的额头撞在路边的石块上，血渗了出来，关琥不敢乱动她，当即打电话叫救护车。等他电话打完，张燕铎也赶了过来，看到晕倒的女生，他愕然发现正是那天伪装鉴证人员并警告自己注意纸片的人。

"你认识？"关琥敏锐地捕捉到张燕铎短暂的诧异反应。

为了不节外生枝，张燕铎坦言："她曾在许英杰坠桥的现场出现过。"

"哦，果然是她！"想到当时的状况，关琥恍然大悟，要不是他那时太不舒服，不然发现有奇怪的人，一定会跟过去查看的。不过现在他也不好再说什么，索性将自己知道的信息告诉张燕铎，"她叫谢凌云，是报社记者。"

张燕铎将女生的背包捡起翻了翻，找到了她的工作证、钱包、笔记本等一些琐碎物品，单反相机挂在她的胸前，在摔倒时由于被她紧抱着而没有受损，看来她珍惜相机胜过自己的生命。

关琥本来想摘下她的相机检查，但她抱得太紧，碍于男女有别，再加上担心因此牵扯到她的伤口，他只好放弃了；谁知张燕铎蹲下来，扯过挂在她颈上的带子，又用力一拽，硬是将相机从谢凌云的手中拽了出来，由于用力过大，女生的头往后一磕，再次发出砰的一声。

一连串的动作做得既迅速又粗暴，完全没顾忌女生是伤员的情况，没想到看似温雅体贴的男人会有这么暴力的一面，关琥在旁边看傻了眼，等他想到要阻止时，相机已经到了张燕铎的手里。

"我有点后悔提醒她不要用活扣系绳了。"关琥嘟囔道。或许是听从了他的警告，这次谢凌云特意用了打了死结的照相机套绳，如果是活扣的，张燕铎的行为可能用不着这么粗暴。

关琥好心提醒张燕铎："她已经受伤了，架不住这么折腾。"

"我不认识她。"

关琥翻了个白眼，他突然觉得自己看错人了："这不是认不认识的问题，对女生，尤其是受伤的女生，你至少要温柔一点。"

"不是我撞的。"张燕铎依旧低头看相机，对于关琥的提醒置若罔闻，认真做事时他收敛了一贯的服务性微笑，加上冷清带有磁性的嗓音，让他跟夜晚出现在酒吧里的老板判若两人。

对于他这种漠视生命的态度关琥有些看不下去，伸手一把夺过相机，正色道："你有没有在听我说话？"

这次张燕铎总算捧场地抬起了头，但他的回答却是——这个女人跟三起案件有关，要注意她。

话题切到重点问题上，关琥脸色一变，本能地低头看相机，就见里面全部都是与三起案子有关的照片，不过没等他细看，急促的鸣笛声便遥遥传来，救护车很快就到了，为了协助救护人员，他暂时停止查看，帮忙将谢凌云送上救护车，然后由张燕铎开车，跟随救护车来到医院急救中心。

接下来的事情比较烦琐，关琥跟医生讲述了当时的情况，又联络交警备案，等一切都忙完，急救也结束了，还好谢凌云只是因为受了外伤暂时昏厥，医生说她有轻微脑震荡，可以先留院观察一下，但基本上没有大问题。

"还好没事，否则都是我害的，"医生的话让关琥一直悬着的心放了下来，坐在病房外的长椅上叹气，"早知道就不追她了，可我就是改不了这急性子。"

"如果她不跑，一切悲剧都不会发生。"张燕铎坐在他身旁，很冷淡地说。

关琥转头看他，张燕铎还在看相机，似乎比起谢凌云的死活，他更关心相机里的内容，嘴角微微上翘，像是发现了什么，表情透着喜悦和紧张。这样的表现加剧了关琥的反感，他突然发现张燕铎的温柔跟体贴只表现在酒吧里，换言之，那都是为了招揽生意而作出的假象，除此之外，哪怕一个人的生死都无法引起他的注意。

"看来即使有人因你而受伤害，你也不会内疚。"

"不会，我没有那种感情。"张燕铎说得很平淡，这样的平淡态度激怒了关琥，一把夺过对方手里的相机；张燕铎看向他的眼神里充满惊讶，像是不明白他为什么发怒。

"我以为我们可以做朋友的。"直视着张燕铎，关琥悻悻地说。至少在不算长的几次交往中张燕铎给他的印象都很好，人的直觉是很主观的感情，可以没有缘由地对一个人产生好感，也可以因为某件事而骤然生分。

精明如张燕铎，很快便明白了问题的症结所在，他垂下了眼帘，他似乎想说什么，但最终却只是把目光移开，微笑道："看看最后几张，会有大收获。"

气氛有些尴尬，发现自己说得过火了，关琥挠挠头，觉得苛求一个陌生人道德品质的行为有点蠢。他照张燕铎所说的将画面调到最后，果然就看到类似密码的图片显示出来，且图片的内容均有不同。

"她是从哪里弄来的？"他陷入沉思。

"我只知道她也在追这条线，"张燕铎提点他，"而且她了解得比我们多，知道这些图将带来危险。"

"你从哪里听说图会带来危险？"

"因为手里有图的人都死了，"张燕铎避重就轻地说，"下一个死者不知道会是怎样的姿势。"

这句话提醒了关琥，当即拿出手机，将谢凌云相机里的图形都拍了下来，又倒回去看，不知谢凌云用了什么办法，前三位死者的案发现场都被她拍到了。三个不同职业的人，三种怪异的死亡姿势，他闭上眼，想起陈小萍的舞蹈照片，这些姿势都有重合。

"难道凶手是模拟舞蹈杀人的？"他喃喃自语道。

"我想只是陈小萍的舞蹈照片刚好对应了死亡姿势而已，下次也许是芦笙或是箜篌……"

关琥没有理会张燕铎后面的话，他只注意到一件事，抬头问张燕铎："你怎么知道陈小萍的舞蹈照？"

"是听你跟尚永清讲的。"

"不，我没提过照片。"这一点关琥记得很清楚，他主要是希望尚永清解析图形，所以有关现场勘查的细节讲述得不多，更别说是照片了，张燕铎会知道只有一种可能，那就是他看过自己的手机，趁自己醉酒的时候。想到这里，他上前一把抓住张燕铎的衣领，质问道："你怎么知道我的手机密码？"

"你在说什么？我听不懂。"

"你最好现在就坦白，别逼我抓你去警局审问！"

手机被擅自翻动，关琥火了，心里除了对张燕铎这种过分行为的震惊外，还有隐私被偷窥的愤怒；相比之下，张燕铎依旧是那副淡定面孔，无辜地反问："为什么抓我去警局，警官，我有做什么吗？"

"偷窥我的隐私。"

"那一定是你的错觉，如果我是解码高手的话，你就不用去请教尚永清了。"

关琥被他淡定的反驳噎得说不出话，气得推开他，又去看那架相机，事情越来越古怪了，他放弃了跟张燕铎的拉锯战，转身冲进病房，想直接询问谢凌云，谁知走到床边，拉开隔离帘，就见病床上空空如也，被子被掀到一边，人已经不见了，再看床头，谢凌云的背包也消失了。

张燕铎快步走到窗前，窗户跟纱窗都半开着，他探头向外看，两层楼的高度说矮不矮，说高也不高，再看看窗户旁的下水管道，他猜到了谢凌云的逃跑路径，她还顺便带走了背包，只是相机没法拿走。

"医生说她有轻微脑震荡，"关琥气极反笑，趴在窗台上哼道，"你见过这么有精神的脑震荡患者吗?"有没有脑震荡尚待别论,但谢凌云被车撞受了伤是毋庸置疑的,那究竟是出于什么原因让她即使受伤还要逃跑?

张燕铎沉吟着问:"现在怎么办?"

关琥沉着脸不说话,又去翻找谢凌云躺过的床褥,一张纸条随着枕头的拿开掉到了地上,他捡起来,发现上面是一串网址,发现张燕铎也探头来看,他直接将纸条攥进了拳头里,掉头就往外走,张燕铎跟在后面,在走到门口时被他制住。

"如果你不想马上被关去警局,就别跟着我。"

"我也是要回家的。"后者一脸无辜的笑。

"换别的路。"

面对不讲理的人,张燕铎无奈地摊摊手,表示他认输,看着关琥大踏步走远,他忍不住说:"如果你要去找尚永清,记得问他飞天的事。"

什么飞天?

关琥没听懂,脚步微顿,不过马上又加快了速度,心想他为什么要听张燕铎的话去找尚永清,至于飞天,鬼知道那是什么。可是即使不爽,关琥也不得不承认张燕铎看出了自己的心思,他的确是准备去找尚永清的,有了新的图形,对解码会有帮助。

来到路边,关琥先打电话给江开,让他去调查谢凌云的资料,紧接着又联络尚永清,说自己找到了新的图形,想请他再看一下。对于他这么快找到新资料尚永清表现得很惊讶,让他先把资料传给自己,以便等他来后可以马上提供自己的想法。

关琥将拍到的照片传给尚永清,又招手叫了出租车,在坐车去尚永清家的路上,他展开谢凌云留下的纸条,照纸条上的网址输进手机,就见画面跳到了一个交友网站的聊天室里，名字他曾见过：神仙乐陶陶。

关琥本能地坐直了身子，他突然想起自己是在哪里看到"莫高"这词了，这个聊天室里的某个ID就叫莫高，他还给大家提供赚钱玩乐的消息，而陈小萍等人不正是很缺钱的那种人吗？看来这条线他没查错，这些人虽然身份各异，但他们在网络上都认识。

关琥随便注册了个ID进去，顺着聊天记录迅速往下翻，发现对话还在继续，但大多是新人，署名"莫高"的ID在聊完赚钱经后就消失了，关琥试着和他说话，可惜过了很久都不见有反应。

如果他们真想谈什么赚钱经的话，应该会私聊，那就不是他这个外行能查到的了，关琥打电话给鉴证科的小柯，让他马上追踪这个聊天室，在最短的时间内锁定所有人的IP，然后不听小柯呼天抢地的哀号，直接挂断了电话。

出租车在寂静中向前疾驰着，关琥将该交代的都交代完后，想起了张燕铎的话，撇开对他不爽的私心，认真琢磨他的提醒，又将三起案件的照片调出来仔细翻看。

没多久，他的目光在陈小萍的某张舞蹈照片上定住了，迅速放大屏幕，将画面移到右下方的题字上——陈小萍最佳设计奖"飞天"。

其他照片也有关于舞蹈名称跟奖章的题字，然而最初关琥没有留意到这里，顶多是发现三名死者的死状与陈小萍照片里的舞姿类似，但张燕铎的提醒让他发现了飞天不仅是莫高窟的最大象征，它还有着另一个含义——羽化飞仙，那不就是死亡吗？

"下次也许是芦笙或是箜篌……"

张燕铎的声音在脑海里响起，关琥忍不住开始想飞天跟芦笙和箜篌的关系，想了半天没想到，气得他伸脚踹了椅背一下，嘟囔道：

"靠,还说自己没偷看手机,没偷看怎么知道照片上的飞天题字!"

到尚永清家时已是傍晚,女佣已经离开了,开门的是尚永清本人,他可能等急了,关琥刚按门铃,他就开了门,关琥连客套话都没来得及说,尚永清就说有新发现,带他去书房,不过这次不是走楼梯,而是坐电梯。

进去后关琥发现电梯内部也画着色彩斑斓的祥云跟仙女绘图,古装女子手托金莲浮于云端,衣袂翩翩飞扬,正如飞天一般。

关琥不禁问道:"尚先生您好像很喜欢敦煌和飞天?"

"不是我喜欢,是我的好友是这方面的专家,我一直都认为他没死,这是为他设计的,希望他能早日归来。"

"可是三年都没有音讯,可能凶多吉少了吧。"关琥说完就看到尚永清凌厉的目光射来,像是不满他的直率,急忙补救道:"不好意思,我说话比较直,请不要介意。"

"大部分的人的确都会这样想,但你知道吗?飞天是人类历史上的奇迹,他是研究奇迹的人,所以我相信一定会有奇迹发生。"

"我也希望有奇迹发生。"关琥心有戚戚道。

许是关琥话里透出的落寞触动了尚永清的心结,出了电梯,在去书房的路上他问:"你是不是也有在等待的人。"

"算是吧,不过很多年过去了,早就放弃了。"

"任何时候都不该说放弃这个词,"尚永清严肃地对他说,"奇迹不会降临在没有期待的人头上。"

关琥不想提以前的事,笑嘻嘻地把话题转到图形上:"是不是您现在就能让我看到奇迹发生?"

"我还没有那么大的神通,我只是发现了一些巧合的字码安排。"

来到书房，尚永清将关琥先后给他的图形打印下来并摆放在书桌上，又将自己解读出的字符排列在下面示意他看。书桌上还放了其他不少书籍，上面画了类似的象形符号，单看那一摞摞线装本以及纸张的泛黄程度，也不知道是多少年前的书了，看到中间某本书卷有残缺，关琥有些好奇，伸手要拿，被尚永清拦住，微笑道："这是老友的遗物，请不要乱碰。"

"抱歉，我只是有些好奇。"关琥有些讪讪地将手缩了回去。

尚永清没在意，用笔指指那些书籍，又指向图形虚描的部分，说："这也是奇迹，虽然老朋友不在，可是他的考古书籍总能帮到我。"

关琥发现尚永清画的跟自己之前发给他的图形相似度有八成以上，一个个对比下来，倒是可以看出其中几个字符的意思。

"这是乾闼婆和紧那罗所做的歌舞，从这两位飞天的任务来看，他们供奉给众佛的是各种金玉珠宝，永开不败的仙花以及佛界仙乐，传说听完飞天的一曲奏乐，可得永生，接受飞天的供宝，可享永福。"

"……对不起，能不能用我听得懂的语言来解释？"

"也就是说，这些字符是从婆罗门教演变而成，后又与佛教、道教结合生成的属于莫高窟特有的文字，这里代表了财富跟永生，但其中多数字符是错误的，应该是拿到这些文字的人不懂得真正的含意，自以为是地加以注解，然后随意乱传，蛊惑无知的人。"

"那是不是听完整个曲子，真能得到财富跟永生？"

"有关这点我的朋友还在研究中，可惜还没等研究成果出来，他就失踪了，我想也许他获得永生了吧。"说到这里，尚永清镜片后的眼神有些迷惘，但很快就回过了神，笑道，"不过我是不信的，千百年前流传的符文尚未可知，更何况是这胡乱杜撰的东西，真是误人子弟。"

说着话，他脸上露出很不屑的表情，关琥点头表示附和，又问：

"那您觉得这个人在网上传播这种东西的目的是什么？"

"可能想引起关注吧，你知道这世上很多人都是寂寞的，却不知道这样做会害人……哦对了，这两张纸你是从哪里拿到的？是又出命案了吗？"

"天天出命案，最后法医解剖的就该是我了。"关琥自嘲地说完，将谢凌云的事说给尚永清听。

尚永清点头沉吟道："或许她也是聊天室的一员，甚至就是那个叫莫高的人，否则她不会对整个事件这么关心和了解，而且她利用自己的记者身份很容易联络到各阶层的人，你要尽快找到她，以免下一个受害者出现。"

"谢谢，我会马上联络总部的。"听了尚永清的讲述，关琥愈发感觉到事情的严重性，他道了谢，又婉转地提到想借有关飞天传说的书籍，可惜放在桌上的几本被尚永清拒绝了，说那是老友的藏书，自己无法擅作主张外借，只给了关琥自己购买的几本书，又留关琥吃晚饭。

关琥本来想拒绝，但他从早上到现在只吃了几颗蛋糕球，这会儿早就饿了，看到女佣事先准备好的晚餐，一个没忍住就点头应下了。席间尚永清又取出藏酒请他喝，想到前天喝酒误事，被张燕铎算计，关琥婉拒了，手放进口袋里想掏烟，但看看尚永清的身体，只好作罢。

等吃完饭离开，天已经完全黑了下来，关琥跟尚永清告辞离开后，去附近的车站等车。那是个很小的站点，他等了半个多小时才等到一辆公交车，车里很空，零落地坐着四五个人，关琥上了车随便找了个空位坐了下来。

跑了整整一天，两条腿早就软了，等车启动后，关琥将腿伸到过道上，以便让自己坐得舒服点，顺便查看手机里的内容，发现叶菲菲之后又来过几次电话跟短信，时间刚好是谢凌云撞车前后。

关琥打开短信，就见上面写着：关王虎，我有急事相谈，马上回电话！

不知道那位姑奶奶所谓的急事是什么，关琥没有理会，他累了，一想到要应付前女友，他就觉得头大，这种事等他闲下来再说吧，现在没那个心情。

路灯的光隐约从窗外闪过，让车里变得忽明忽暗，更增添了关琥的疲乏感，不知什么时候他停止流鼻涕了，只有脑子还有点晕，不知道是不是高烧造成的不适。

公交车在坑坑洼洼的路面跑了一阵子，途中断断续续有人下车，到最后车里包括关琥在内只剩下两名乘客了，他靠在椅背上打盹，听到公交车的停车声，却懒得睁眼，只将伸在过道上的腿缩回来，以免妨碍到别人走路。

这次没人下车，而是有两人上来，其中一个去了后面的车座，另一个在经过关琥时突然绊了一跤，向他摔来，关琥本能地往旁边躲闪，没承想肩膀却是一痛，那人指缝中的某个尖锐物体划过他的肩头，却因为他的及时闪开而没能完全刺入。

发现失手，那人马上抬起另一只手直接向关琥的肚子袭去，他的动作快而狠辣，又有座椅的遮挡，司机在前面什么都没发现，踩下油门将公交车开了出去。

看到对方手里的匕首，关琥急忙闪身躲避，幸好座椅空间够大，让他勉强躲了过去，却不料才刚避开，脖颈处突然一紧，却是先上车的那个人从后面勒住了他的脖子，关琥被勒得无法呼吸，上半身不由自主地向后倾倒，眼看着另一个人的匕首再次向自己刺来，他只好握住那人的手腕，同时抬腿向他的小腿猛踹。

那人被他踹得失去了平衡，关琥趁机抓住他的手腕向外反拧，从而把匕首打掉了，同时脚上也不敢停，抬腿踹在那人的胸前，借着将他踢开的力道跃上座位，又顺着后面那个人的臂力凌空翻了个身，反将扼住他脖颈的家伙摔到地上。

司机这才注意到后面出了事，吓得方向盘都握不稳，使得公交车左右摇摆，关琥也随着向前踉跄，随即他就感到来自身体的不对劲，眼前的敌人变成了重影，紧接着地面也变得不平，这不是车辆摇摆造成的后果，而是他的意识出了问题。

再联想到之前划伤自己的针头，关琥直觉不好，当即不敢松懈，又飞起一脚，直接踹在对面那人的下巴上，同时大叫："停车！开门！"

司机惊慌之下本能地听从了他的指令，在刺耳的刹车声中公交车猛地停下了，导致后面的两人一齐向前扑去，关琥趁机将手肘向后撞去，借着车辆的冲力正撞在扑过来的那人的胸口上，那人怪叫一声向后跌倒，疼得在地上翻滚，不知是不是那一击把他撞得骨折了。

"活该！"

关琥啐了一声，趁着另一个还没爬起来，他抓住车椅扶手向前快奔，还好车门开了，他跳下车，往左右匆忙扫了一眼，就见周围异常冷清，只有远处幽幽的路灯光闪过，根本无法辨别这是哪里。

眼前又是一阵晕眩，药液在体内发作了，关琥赶忙加快速度向前跑去，只要跑到有人的地方就安全了，他料想那些人还没明目张胆到见人就砍的地步。

但可惜的是街道附近很荒凉，别说人，就连住户都没有，关琥向前踉踉跄跄地没跑多久，就听到身后传来车辆刺耳的引擎声，同时前方也突然间亮了起来,那是车的远光灯射出的光,他回过头,模糊的视线中看到身后也有辆车以飞快的速度向自己撞过来。

刺眼的灯光下,车辆似乎变成两辆,他知道那是重影,但是在药力的作用下,无法辨明哪辆是虚像,只能咬牙跌跌撞撞地向前跑,但没多久体力就被耗尽,双腿一软跌倒在地。

光芒更耀眼了,关琥回过头,发现车辆即将冲到眼前,他想滚开,身体却软软得使不上力,瞳孔在极度紧张之下飞快地收缩,只能眼睁睁地看着那辆车逼近,一瞬间他感到了死亡带来的恐惧。

"砰!"剧烈的响声在耳边响起,关琥本能地闭上眼,但下一秒却并没有感到疼痛,他只听到撞击声跟车轮摩擦地面的声音,努力睁开眼,就看到他身后的有辆车直挺挺地撞在原本冲向自己的车上,将后者撞得偏到一边,那辆车并没有就此罢休,在稍微倒退后,又紧踩油门,再次撞了过去,剧烈的冲力下,先前那辆车被它撞得几乎报废。

这人疯了。这是最后闯入关琥脑海里的想法,虽然不知道开车的人是谁,但至少明白他的命暂时保住了,眼皮不听使唤地耷拉下来,沉重的困意袭向他。

前方隐约响起开门声,在把车辆撞飞后,开车的人从车上跳了下来,飞奔到他面前,关琥感觉到胳膊传来痛感,他被那人抓住,很粗鲁地提了起来。

"关王虎!"有点陌生的嗓音,至少跟他之前听到的冷清笑谑的男声不同,也许是因为里面掺杂了焦急的情绪,关琥强迫让自己再次睁开眼,眼神迷离中,他看到了重影的张燕铎的脸庞,他一反平时的从容优雅,表情因为焦急绷得紧紧的,眼神里充满了杀机。

一瞬间,关琥的眼前晃过谢凌云被撞时张燕铎的反应,截然不同的表现让他觉得这个人更陌生,假如给他一把枪的话,他会杀了那些人的。

"关王虎!"听不到他的回应,张燕铎再次大声叫道。

耳朵被震得作痛,关琥很怀疑这个男人是故意在吼他,嘴唇动了动,在完全陷入昏迷前,他很想说:叫我声关琥会死啊,大哥……

第五章

再次醒来时,关琥的意识有短暂的空白,阳光从窗外斜照进来,让他清楚地看到自己当下的状态——他身下躺着的是当初他特别订制的双人床,壁纸是他喜欢的花纹。眼前熟悉的一切都表明现在他是在自己家中,可为什么对面会有个不该出现的生物体?

呃……关琥再往身上瞅,发现跟那晚一样,他全身上下只穿了条短裤,这会儿四仰八叉地躺在床上。梳理了下混沌的思维,很快想起了昏迷前的经历,他立刻坐起来,却在下一秒抱住了头,脑子还晕乎乎的,不知是高烧后遗症还是药物产生的副作用。

"醒了?"听到动静,张燕铎把目光从电脑屏幕转向他,表情跟平时一样满是微笑。

"为什么你在我家?"关琥揉着两边太阳穴,呻吟道。

"因为你有带钥匙。"

这根本算不上回答吧?关琥感觉头更痛了,这次他敢确定不是药物造成的。

"为什么你坐在我的椅子上玩我的电脑用我的马克杯?"

"我的洁癖症不是很厉害,所以勉强OK。"

"是我不OK，"关琥气极反笑，"你懂不懂得什么叫个人隐私，你看我的手机那事我还没跟你算账……"

"关王虎，这是你对救命恩人应该有的态度吗？"

轻飘飘的一句话打断了关琥的抱怨，张燕铎似乎早忘了昨天不愉快的争执，对他微笑道："正常情况下你在醒来后，该说的是谢谢，你可知道为了救你，我损失了一辆奔驰。"

关琥翻了个白眼，但不过不管怎么说，张燕铎是他的救命恩人这点没错。

"谢谢。"

"是电脑声音太响了吗，为什么我听不到？"张燕铎碰了下鼠标，将音乐关掉，再次问他。

关琥无语了，同时开始怀疑自己最早在酒吧认识的那个温和有礼的老板是假象，昨晚自己出事表现出暴怒的朋友也是假象，这其实是个毒舌加腹黑、无视个人隐私外加小心眼的家伙！

"谢谢，谢谢你救了小的一命，将小的送回家，还把小的衣服剥光送上床，"他提高声量道，"我会付你辛苦费的。"

"辛苦费就算了，看在邻居的份儿上，你只付奔驰的修理费就行。"嘴上这样说着，张燕铎却完全没有不好意思的表示，拿起马克杯慢慢喝着，关琥闻到了红茶的清香，奇怪，他家里好像没有红茶吧？

好像一切的一切从昨晚开始就乱套了，关琥抓着头发将自己蜷起来，努力思索他从尚永清家出来后的经历，可是想来想去，除了让大脑更混乱外什么都想不通。

"那帮到底是什么人？"他捂着头呻吟完，又想到更重要的问题，抬头问，"我晕倒后发生了什么事？你是怎么把我从他们手中救出来的？"

"没什么，他们看到有人来了，就驾车跑了。"

"就这么简单？"

"难不成你认为我以一敌十，杀他们个落花流水吗？"

关琥没说话，但眉宇间露出明显的怀疑，昨晚那些人不是普通的小混混，从他们周密的行动和狠辣的出手可以看得出他们是经过特殊训练的，突然出现攻击他，难道是跟他正在处理的案子有关？

可又感觉不太像，两者的行事风格相差太大，让他很难将两件事联系到一起。也有可能是那些人跟以前他经手的案子有关，只是碰巧在这时出现了。

实在想不通，关琥索性把这些疑点先放一边，揪住张燕铎继续问："那你又是怎么巧合地出现在那里的？"

张燕铎只是默默地品着杯中的红茶，眼帘微微垂下，像是在思索什么，过了一会儿他抬起头，就在关琥以为他会回答时，他伸手拿了块放在盘子里的点心吃了起来。

最后还是关琥沉不住气，苦笑道："我被华丽丽地无视了吗？"

"不是，我在想要找个怎样的借口才能让你相信那不是谎言。"

"OK，OK，大哥，你不用特意挑战警察的智商了，我问一个你可以回答的问题好了，昨晚你有没有带我去医院？"

"为什么要带你去医院？"

"我被人注射毒素晕倒了，正常情况下，你不该报警、叫救护车吗？"

"哦，原来被注射毒素会打呼噜啊，我没想那么多，以为你是吓晕了，就直接送你回来了；至于报警，我想你就是警察，回头跟你讲就行了，身为普通市民，我也不想惹麻烦上身的。"

关琥再次无语了。好吧，他的确不知道，关琥摊摊手，在检讨自己打呼的同时决定结束这个浪费时间的话题，他转身开始在床上翻找，张燕铎适时地将手机递过去。

看了眼黑屏的手机，关琥一愣，就听张燕铎说："为了不打扰你休息，我关机了。"

"我要被你害死了大哥，没请假还关机，无故旷工。"关琥一边嘟囔着一边赶忙开机，张燕铎站在一边，笑吟吟地听着他的抱怨，转身出了卧室。

他不会告诉关琥昨晚那些人在行动受阻后，一股脑儿地围攻他，发现不敌后才迅速撤离，为了照顾关琥，他没有紧追，他不关心那些人的身份，只要知道关琥没事就好。

至于关琥担心的毒素，其实只是药性猛烈的镇静剂而已，根本不需要就医，在医学方面，他相信自己比普通医生要有经验多了。

看来这起案子还有得查。听到房间里不时传出关琥的大嗓门，他不由这样想到。

关琥开机后吓了一跳，在他昏迷⋯⋯呃，也可以说是在沉睡这段时间，他的手机几乎被打爆了，各位同事以各种方式来轰炸他，光是看着屏幕上不断往外跳的短信和未接来电，他的额头就冷汗直冒，直觉告诉他又出事了。

斟酌再三后，关琥无视了舒清漉跟小柯还有萧白夜的来电，而是打给江开，电话第一时间被接通，他就听到江开焦急的声音传来。

"你去哪了，我们大家都找不到你。"

"我昨晚被暗算了，差点挂了。"

"啊⋯⋯"

"这些事回头再说，这么急着找我，是出了什么事？"

"一件好事一件坏事，你想先听哪个？"

看来事情不急，否则江开也没心情卖关子了："先说好事。"

"好事就是你让小柯查的有关神仙乐陶陶聊天室的名单，小柯追到了不少线索，还查到了谢凌云在里面的ID……"

谢凌云居然也在里面！这个意外消息让关琥立马有了精神，问："她是什么人？是不是冒牌记者？"

"冒牌记者倒不是，她是去年进报社的新人，不过她一直都在玩聊天室，ID叫小云，跟死者陈小萍、许英杰都有直接交流，小柯查到了他们的私聊记录，她邀请他们去旅游，说可以赚大钱，不过细节没说，可能是面谈的，小柯还追踪到了王可的记录，就是陈小萍的前男友，他跟谢凌云应该也见过面。"

"不是追踪到玩聊天室那帮人的IP地址了吗，你没去查？"

"能追踪到的都死了，其他的小柯说暂时查不到。"

"为什么？"

"这些技术方面的东西你别问我，问了我也答不上来，总之就是我们查到小云跟莫高的ID都是从谢凌云的IP那里登录的，所以我们有理由怀疑一系列的自杀案是她在幕后操纵，现已申请了逮捕证拘捕她。"

案情居然在他睡了一觉后峰回路转了，关琥不知道是该喜还是该忧，问："那抓到她了吗？"

"没有，那女人很狡猾，早就逃之夭夭了，我们只搜查了她的家。真是个疯子，她的房间里全都是有关几名死者的照片跟新闻，而且都被放大贴在墙上，哦对了，她家里还贴了不少密码图形，就是你让小柯查的那种。"

关琥心里一动，立刻说："把她的地址给我。"江开报了地址，关琥记下后，又问，"案子查得差不多了，这是好消息啊，还有什么坏消息？"

"王可死了，他是在跟谢凌云通过电话之后被杀的。"

张燕铎在厨房刚把早餐准备好，就听到外面传来拖沓的脚步声，他端着碗碟走出去，看到已穿戴整齐的关琥从洗手间里跑出来，边用手梳理着匆忙洗过的头发边往外走，如果忽略他嘴角的淤青的话，这人长得还是挺帅的，在警局应该很有女人缘。

关琥还不知道张燕铎心里对自己的评价，两人打了个照面，看到张燕铎围着围裙，手里拿着他家的碗碟，他哈了一声："我发现你已经成功地把这里当自己家了。"

"你去哪里？不吃早饭了？"

"不吃了，又发生命案了，我要去现场。"关琥说到一半，看看张燕铎端的盘子里的夹肉面包，他临时改了主意，伸手取了一块塞进嘴里，往外跑着，随口道，"走的时候记得帮我锁门。"

"是什么命案？"张燕铎放下盘子，刚把围裙解下来，就听砰的一声，关琥一脸惊慌地从外面冲了回来。

"我的纸袋呢，昨晚你救我时有没有看到我的纸袋？"

关琥去尚永清家时只带了谢凌云的单反相机，后来他借了书，尚永清送了他个大纸袋，他就将相机跟书放到一起了，在车上被歹徒攻击时他腹背受敌，哪有余力去顾及别的事，这会再想起估计也是凶多吉少。

关琥原本没抱太大期待，谁知听了他的话后，张燕铎转身走向客厅，将放在沙发上的纸袋递给他，问："是这个吗？"

"是，你怎么找到的？"关琥大感意外。

"它就在路边，不知是谁丢在那里的。"张燕铎没说实话，真相是他将关琥扶上自己的车后，又去追公交车。那司机被突发事件吓蒙了，公交车开得像老牛车，他轻轻松松就追上了，找到关琥的纸袋后，又警告司机少管闲事，司机忙不迭地点头表示自己绝对会守口如瓶。

关琥对张燕铎的解释不是很信服，但没有时间多问，道了谢后拿着相机又跑了出去，张燕铎急忙跟上，在电梯快关门前冲了进去。

过了上班高峰，电梯里就他俩，看看张燕铎，关琥狐疑地问："你不会又跟我同路吧？"

"我跟小魏约了打棒球，不过他爽约了。"

"听你的意思是要开车送我？"

"你那个爆了的车胎好像还没修理吧？"

"你的车应该还开不了吧。"

"我还有其他的车，你呢？"

"摩托。"

"中毒后骑摩托很危险，为了广大市民的安全，我想还是我送你比较好。"

"谢谢你还记得我中毒。"关琥反唇相讥的同时，打量着电梯壁上的自己，被打了不知道是什么的药物，他的脸色有点差，但发烧却神奇地好了，所以那药应该没什么副作用吧。不过不管有没有副作用，张燕铎的关注点都错了，这家伙首先该在意的难道不是他的安危吗？

到了停车场，关琥犹豫几秒后还是选择了坐张燕铎的车，这次张燕铎开的是辆白色奔驰，跟之前一样为关琥开了车门，换墨镜，踩油门开出去。

"你还有几辆奔驰？"

"就这两辆，希望你不要再被车撞了，否则我不知道下次还救不救得了你。"

103

"是我的错觉吗？"关琥报了地址后，转头看向张燕铎，"为什么原本是善意的话，从你嘴里说出来就充满了恶意？"

"可能是中毒后遗症，"张燕铎微笑回答，"所以等看完现场，你还是去医院检查一下吧。"

关琥抚额，他也觉得自己的大脑神经被毒素腐蚀了，否则怎么会在明知道这个家伙有问题的情况下，却还是忍不住跟他走这么近呢。

江开说的命案现场位于郊外山麓的入口处，离市里有相当远的距离，又有雾，山林里除了警察外再没有其他人，关琥很庆幸自己没选择骑摩托。

关琥到达时，舒清滟正在检查尸体，其他同事在附近做勘查取证工作；看到他后，江开迎上前，照例将备用手套递给他，又瞅瞅跟在后面的张燕铎，小声问："你什么时候换口味了？虽说享齐人之福是好事，但要是被空姐女友知道的话……"

"我们分手了。"关琥不耐烦地打断江开的玩笑，把视线转向现场。

江开在后面捂嘴轻呼："分手也不能自暴自弃啊，这是人品问题，你嘴上的伤不会是她揍的吧？"

"少废话。"关琥一巴掌呼了过去，在查案中他的脾气可没那么好，转身给张燕铎做了个手势，示意对方可以离开，可惜被无视了，只好放弃沟通，转而问江开，"现在是什么情况？"

前辈发火了，江开不敢再乱说话，乖乖带关琥来到不远处的一棵树前，认真汇报工作。

"尸体被发现时就吊在这里，平时来爬山的人不多，尸体又挂在偏离路口的地方，所以一直没被发现，加上天气炎热，尸体腐烂得很厉害，舒法医说至少死亡有三个星期了，死者的背包丢在附近，根据证件暂时判断是王可。"

周围充满尸臭气，关琥很后悔没戴个口罩来，他憋着气仰头看去，树杈不高，但以粗细来推断确实可以承受住成年男子的体重，下方歪倒着两块大石头，一个小型背包放在旁边，从装备来看，王可不像是来登山的。

"怎么判断出他是被杀？"

"绳索结扣上系了根头发，可能是凶手在打结时没注意，留下了证据。"舒清滟做完眼前的工作，站起来将证物袋递给关琥，袋子里是一根棕色短发，关琥又看了看一旁的死者，尽管尸身腐烂严重，但看得出是黑发平头，虽然也有可能是死者在其他地方打好扣结，再带到山里，不过从心理学角度分析很牵强。

"死者在背包里留了遗书。"舒清滟给他看另一个证物袋，里面是张不大的纸，从纸张边缘呈锯齿状这点来看是随手撕下来的，上面只有一句话——我对这个世界绝望了，算了，不玩了。

"这看起来更像是抱怨吧？"

"要先做笔迹鉴定，不过就算是出自死者之手，也不能证明什么，"舒清滟说，"凶手想伪造自杀现场，不过他太外行，留下了太多破绽，不要以为尸体腐烂就无法查到血液里的药物反应。"

关琥想起昨晚自己也栽在了药物上，要不是张燕铎及时出现，难保他不会跟王可一样被吊到树上。这样想着，他转头看向张燕铎，只见对方靠在远处的车上，双手环胸眺望远方，像是在欣赏风景。

关琥不太理解对方这种即使在凶案现场还能表现出的优雅，转过头对舒清滟说："也有可能是凶手把死者敲晕，然后吊上树的。"

"晕厥状态下上吊跟清醒时上吊的反应不一样，虽然尸体的腐烂状

105

态会对鉴证工作造成一定的难度,但并非不能查,具体结果等我做完详细的尸检报告……那个人是谁?"

见舒清滟注意到了张燕铎,关琥一激灵,一时间找不到合适的借口,含糊道:"我……哥。"

"你有哥?"

"堂……哥。"

还好舒清滟没多问,把注意力转向了现场,关琥趁机溜去给尸体拍照。时隔多日,尸体已腐烂见骨,身上爬满尸虫,关琥看得头皮发麻,他可以笑对枪林弹雨,但面对腐尸,他远没有舒清滟心理强大,只好捂着嘴,极力让自己忍住呕吐的冲动。

关琥拍完照,看着屏幕上的画面突然想到,如果死者没做类似其他三个死者那样的手势或是被伪装成自杀的他杀,那就跟前几桩自杀案的性质不一样了。

为什么凶手的做法前后不一致?是凶手另有其人,还是中途发生了什么事,迫使凶手改变了计划?可是从这四起案件受害人的死亡时间来看,王可是第一个受害的,所以跟昨晚自己被袭击的事件对应不上。

一旁江开的手机铃声突然响了,打断了关琥的思绪,只听他接通后说了几句,又转给关琥,小声道:"是头儿的。"

"有什么好消息?"关琥接过电话问道。

"我刚从王可住的公寓出来。王可在这里没有亲人,主要靠打临时工为生,他平时爱好登山、攀岩等探险运动,房租交足了半年的,所以没人注意他的失踪,最后一次有人看到他是三个多星期前,他的通话记录也截止在那个时间段上,他出事前两天跟谢凌云通过电话,此外还接到过两通公用电话的来电。"

这些跟关琥之前从王可的房东那里听到的消息一样,看来在他们怀疑陈小萍的死亡跟王可有关时,王可就已经死了。

"谢凌云那边怎么样?"

"不顺利,我刚得到消息,谢凌云昨晚已经出省了,那女生不简单,看起来瘦瘦小小的,却练过空手道,还在大学时得过射箭冠军,在登山、攀岩上也都很有心得,我推测会不会是她利用探险的话题将王可约到山上杀害的……"

有时关琥很怀疑萧白夜是怎么坐到重案组组长的位子的,身为警察,在没有拿到任何证据之前,这样的怀疑不仅主观而且很危险。

"她去了哪里?"他直接问了当下更重要的问题。

"目的地是敦煌,如果你早点把得到的消息报上来就好了,可惜就差一步,没抓到她。"

他昨天哪知道谢凌云跟几桩案子牵扯这么大,不过谢凌云此去敦煌之举让他感觉有些蹊跷,如果只是想躲避追捕的话,她要去的该是其他容易藏身的地方。

灵感一闪,关琥突然想起了许英杰的车票,忙问:"你现在能查下这四名死者的出行记录吗,看他们最近是否有过出过省?"

"你想做什么?"

"你不用管,总之查完马上报给我,啊对了,昨晚我被几名歹徒袭击,差点挂了,不知道是不是跟这件案子有关。"

关琥不准备现在就把自己的猜想告诉萧白夜,果断选择了转移话题,果然就听电话那头问道:"怎么回事?"

关琥将自己昨天跟尚永清见面的过程以及晚上的遭遇简单地说了一遍,最后总结道:"也不知道那药有没有毒,我为了查案,到现在都没去医院。"

"要挂早挂了，听你的声音就知道没事，别多想了，我马上去调查，回头联系你。唉，几件自杀案搞得这么复杂，我的大假又泡汤了，买凶杀人，不知会不会跟黑社会有关……"

预料到接下来会是没完没了的抱怨，关琥直接把电话挂断，跟江开交代了几句后，就准备去谢凌云的住所——虽然现在所有疑点都指向谢凌云，但是到目前为止他还没找到谢凌云这样做的原因。那个女生是彪悍了些，但不像混黑道的，跟她接触过两次，关琥对自己的直觉还是很有自信的。

看到关琥返回，张燕铎不用吩咐就自行上了车，等车开出去后，他问："下一站去哪里？"

"你晚上还要做事吧？不用一直陪着我，我可以另找车的。"

"晚上休息好了，没关系的，"张燕铎说，"其实我从小的愿望就是当警察，现在警察没当上，当当警察的助手也是好的，算是满足了自己的愿望。"

张燕铎的话，关琥是一个字都不信，冷漠的人是做不了警察的，而张燕铎正是习惯了用温雅伪装冷漠的那种人。不过他没点破，只是说："那先去警局吧，我去取点东西。"

"非常时期，是该配枪了。"

关琥看了一眼专心开车的某人，虽然张燕铎不适合当警察，但以这个人的头脑，也许可以帮到自己。

到了警局，关琥填写了申请配枪的表格，出于特殊情况的考量，萧白夜在申请表上提前盖了章，这给关琥的行动提供了许多方便。

取了枪，关琥回到车里，张燕铎买了两罐奶茶，自己一罐，另一罐放在关琥那边，关琥拿起来，发现是热的，又默默放回到张燕铎面前。

"身体是本钱,整天抽烟喝酒对你没好处。"

"这口气真不像酒吧老板说的,倒像是我老爸。"

"你父亲?"张燕铎转头看他,"他没跟你住一起吗?"

关琥避开了目光,示意张燕铎开车,然后低头翻看自己刚才拍的现场照片,说:"你推断错误,尸体这次没有做与飞天有关的手势。"

"腐烂成那样,你还能看得出来?"

"至少身体没有各种扭曲。"关琥反驳道。

张燕铎沉吟片刻,然后说:"那就是说这起案子可能与前三起没关系,这是他杀,不是自杀,除了凶手是同一人外。"

"你听到我们的交谈了?"

"我还没有那么厉害的顺风耳,只是靠推断得出的结论——喜欢玩同样手法的人都有偏执倾向,除非是有什么突发事件,迫使凶手改变初衷。"

"可是王可的死发生在其他三件案子之前。"

"我的意思是,王可的出现打乱了凶手的计划,于是他采取了另外的方式,要知道连续三起谋杀案要比自杀案引人注目得多。"

听完张燕铎的讲述,关琥陷入沉思,直到到达谢凌云的住处。

谢凌云住在二室一厅的公寓里,物业帮他们开了门,昨天警方已经来搜查过了,将电脑等一些重要物品都搬走了,但看到墙壁上贴得满满的各种照片跟图纸后,关琥确定电脑根本只是情报的冰山一角而已,由于这些贴纸太多太乱,为了不破坏现场,警察才没有取下拿走。

墙上的照片都是充满异国风情的外景,多数与洞窟佛像有关,另外还有些旅行团的合照,数量实在太多了,关琥只好选择了一些洞窟的照片拍下来。张燕铎不说话，默默地站在他身后，目光从墙壁最上面的照片开始，一张张地往下看。

关琥拍完后又转去另一面墙壁，那面墙上贴着放大后的密码图形，看上去跟他拿到的那些类似，但图的形状更为复杂，B3的纸张根本放不下，而是由许多纸贴在一起，图层弯弯曲曲地连接起来，图形上方则是密集竖排的文字，像是古书里的文典，这让关琥想起了在尚永清家里看到的有关敦煌飞天的记录。

那些扭扭曲曲的古文字关琥看不懂，他只看到文字旁附着的飞天图像，飞天体态优雅、衣袂翩跹，手中或拿横笛或拿箜篌或是手抚琵琶，正如那些死者的状态。

再往上看，墙上还贴着一大串名单，他将神仙乐陶陶聊天室里的ID对照看去，发现名字完全一致。

ID的另一侧则标注着真实姓名，除了陈小萍、许英杰、王焕成等人外，还有几个人的名字上划了红线，旁边还贴有与之相关的事件报道的报纸剪贴，关琥大致看了下报道，发现那几人是在近几年里陆续自杀身亡的。

现代社会压力大，自杀事件层出不穷，是以虽然死者死亡时的姿势有些诡异，但由于案件之间相隔时间较长，并没有引起警方关注，要不是这次连续出现三起自杀案，关琥也不会特别注意。

"这里面没有王可。"关琥说，"不知道是不是因为王可的死因跟其他人不同，所以谢凌云才没有记录下来。"

"也可能是谢凌云根本不知道他已经死了，凶手可能另有其人——一个一米六五左右的女生把一个大男人拖住吊到树上不是件容易的事。"

"未必，你不知道那女人有多厉害，又会空手道又会射箭，外加脑子有问题,你看她贴这么多新闻跟照片,不是在炫耀她的丰功伟绩吗?"

看完一室的照片,关琥最初对谢凌云的推测开始产生动摇,毕竟变态杀人是不需要动机跟目的的,他们只要能在死亡中得到快感就行。

"不,她很正常,她的眼神不是精神错乱的人会有的。"张燕铎走到书桌前,将放在桌上的相框拿起来。照片里是一对母女,女生穿着校服对着镜头作出 V 的手势,眼睛亮亮的,笑得很开心。看得出她很重视这张照片,把它放在随时能看到的地方,张燕铎拿出手机,将照片拍了下来。

对张燕铎的判断,关琥持保留态度,问:"为什么你这么确定?"

"如果你接触过变态的人,也会一眼分清他们跟正常人的不同。"

异常冷静又肯定的语气,联想到之前几次张燕铎都有提到类似的话题,关琥很想问张燕铎难道接触过,但想想这个话题过于敏感,只好忍住了好奇心。

张燕铎放下相框,转而盯着墙上那些怪异的图形细看,然后伸出手说:"笔。"

"哦。"不知是不是身为军人的服从属性起了作用,关琥的身体本能地听从了指挥,在书桌上找了支红色油性笔递过去。

张燕铎接过笔,走到墙壁前,拿起笔在那些字符上迅速画起来,等关琥反应过来要阻拦时,他已经在纸上画出了将近一尺长的红线。

"我觉得自己的刑警生涯前途惨淡。"关琥扶额叹气。

连续两次带外人来破坏现场,就算他的上司再怎么好说话,只怕也不会轻易饶过他,但画也画了,现在阻止毫无意义,他只好一边叹气一边仔细看张燕铎画的内容。

张燕铎没像昨天那样直接描出图形，而是在顺着曲线将红色向前伸展，画过一张纸后，继续第二张纸，这样连续画下去，一直将线画到最后一张纸的边缘。

"大哥，请告诉我这一条弯弯曲曲的线是河流吗，还自西向东地流淌？"等张燕铎画完，关琥终于忍不住了，在后面举手发问。

张燕铎闻言转过了头，跟画图时的严肃表情不同，嘴角微微向上勾起，然后嘴唇微启，就在关琥以为他要解答疑问时，却听到他说："我也不知道。"

"不知道你就乱画？你想逼我辞职怎么不再直接点？"关琥简直不敢相信自己的耳朵。

无视他的愤怒，张燕铎将笔帽合上，轻松应对："虽然不知道这个代表了什么，但它一定有其用意，这些图案都是之前我们接触过的，现在将它们以特定的规律组合到一起，从而显露出这条长线。"

张燕铎用笔在长线周围的图形上虚划了几下，但关琥完全不记得这图形是在哪张图里出现过，狐疑地问："你是怎么记得的？"

"用脑子记的。"

"在这么短的时间里？"说到这里，关琥不免怀疑张燕铎一早就跟图形有过接触，这么复杂的图，除非是早就知道它们所代表的含义，否则在短短两天里如何记得住。

听出了他言语下的质疑，张燕铎四两拨千斤："是不是做警察的疑心病都这么大？"

"是不是你无法解答？"

"是的，毕竟智商问题无法用正常的思维来解释。"

面对这么狡猾的回答，关琥气极反笑，正要再问，熟悉的铃声响了起来，他拿出手机，没看来电显示就接听了，还以为是萧白夜，谁知那头传来叶菲菲的声音。

不好的预感瞬间充斥大脑,关琥很想挂断,可惜已经来不及了。

"关王虎,你为什么不接我电话?你还是不是警察?在市民遭受伤害要报案时你居然不接听!"

听着这么中气十足的声音,关琥想这位姑奶奶不去伤害别人已是万幸,为了不耽误时间,他赔笑道:"这位市民您好,如果您受到了伤害,请立即去就近派出所报案,我们重案组负责的是重大刑事案件……"

"我要报的就是重大刑事案,啊对,最近出的那几起自杀案,就是你负责的吧?我学姐也是受害人,她说神来召唤她了,她也会飞天的,让我陪她。"

关琥脸上的假笑消失了,正色道:"你怎么知道飞天的?"

"不是我知道,是我的学姐说的,我刚被她打晕了,总之事情很麻烦,你赶紧过来,我学姐家的地址是清苑路富苑小区A栋19楼2号房。"

关琥迅速将地址写下来,一旁的张燕铎全程都在,这会儿不用关琥吩咐,就抢先走了出去。离开前关琥又看了一眼那条长长的红线,拿起手机拍了下来。

叶菲菲报的地址是有名的豪宅区,附近高楼鳞次栉比,据说进出的人非富即贵。停下车后,关琥仰头看眼前造型奢华的高楼,判定她的这位学姐相当有钱。

两人照叶菲菲所说的来到19楼2号房的门前,按了门铃后,门拉开一条缝,隔着安全链,叶菲菲在里面打量他们,确认无误后才把门打开。

关琥进去首先看到的是握在叶菲菲手里的棒球棍,再看她充满戒备的表情,忍不住问:"你不会是准备拿它当武器对付坏人吧?"

"是啊,我就是被它打晕的,你摸摸这里,起了好大一个包,痛死了,也不知道有没有被打成脑震荡。"

跟上次见面时端庄优雅的形象完全不同,叶菲菲今天穿了套粉红色居家运动衫,卷曲的长发用发夹随意别在脑后,没有上妆,还是很漂亮。被关琥问及,她将棒球棍丢开,背对他指着后头某一处给他看,话声轻柔,带了点撒娇般的嗲音。

关琥看了眼站在一旁的张燕铎,不仅没去碰,反而后退两步,他跟叶菲菲现在的关系比较微妙,干笑道:"男女授受不亲,这样不太好吧?"

"你是刚从哪个朝代穿越回来的吗?我让你验伤记录案情,你在琢磨什么呢?"

关琥被骂得没话说了,还是张燕铎走上前说:"我来吧。"

"你……好像在哪里见过?"叶菲菲看着他,表情有些疑惑。

"我叫张燕铎,上次有幸帮您提供酒泼人。"

"啊我想起来了,你是那家酒吧的老板,你也是警察吗,兼职在那里开酒吧?"

见是熟人,叶菲菲放下了戒心,让张燕铎检查头部的伤口,她的脑后鼓起了一个大包,并不是很严重,再看她生龙活虎的样子,要说会有脑震荡什么的,还真让人难以信服。

"晕了多久?"他问。

"没看时间,不过应该没多久,我看的电视剧还没演完。"

"连看的电视剧都还记得,那你没事。"

听到关琥的判断,叶菲菲冲他嘟起了嘴巴:"关王虎,你要是用这种态度做笔录，小心我投诉你。"

"是是是，姑奶奶，是我的错，那既然没事，能不能麻烦你把有关飞天的事情详细讲一下？"

说着话，关琥在房间四周打量，这是栋三室一厅的房子，房间的摆设很女性化，墙上挂了几幅主人的艺术照，相比叶菲菲，房主更具成熟美，从面相来看她应该很会耍手腕，是个懂得如何善于利用自身价值的女人。

从日常用品的数量可以确定主人是独居，房间很干净，除了沙发前落了一地的爆米花。阳台的落地窗大开，窗外这会儿烈日炎炎，连带着室内也很闷热；阳台很宽敞，如果从这里跳下去的话，嗯……绝对救不活。

"好热。"叶菲菲也发现了打开的窗户，她调低了空调温度，又拿起手帕不住抹汗。

"窗户不是你开的？"张燕铎问。

"不是，这么热的天谁会开窗啊。"

"那你为什么不关上？"关琥表示不解。

"为了保留现场，我被打晕了啊，要是随意动这里的东西，破坏了现场怎么办？"叶菲菲看着关琥，眼神中透露出鄙夷，像是在说亏你还是警察呢，连这点常识都不知道，以至于关琥很想告诉她如果真要保护现场，就不该动那根棒球棍，但考虑到目前的状况，他忍住了。

"好，现在你可以详细讲述经过了。"他在叶菲菲对面坐下，切入正题。

"我学姐，也是我的前辈，她比我早两年进公司，跑国际线，是个很受欢迎的空乘。"

见张燕铎面露疑惑，关琥解释："我女友……"

"前女友!"

"是,我的前女友在航空公司工作,她也是位很受欢迎的空乘。"

听到被称赞,叶菲菲很高兴地挺挺胸膛,主动继续往下说:"我的闺蜜学姐叫栾青,她很漂亮,工作态度也好,据说还交了个非常有钱的男友,这房子就是她男友买给她的,不过她男友经常出国,没办法陪她,所以学姐休息时觉得寂寞,就常常上网聊天……"

关琥本来想打断她那些啰唆的开场白,但听到"上网聊天"四个字时,他顿住了,就听叶菲菲说:"不知什么时候学姐开始迷上一个叫神仙乐陶陶的聊天室,里面有个叫小云跟莫高的人提到可以赚大钱以及免费旅游的话题,我学姐不缺钱,但她是个好奇心很强的人,所以就参加了。"

"是私聊吗?"

"好像是,不过学姐没具体说,她只说自己要飞天了,很期待,但看到那些人的死亡,又很害怕,怕真的死了就回不来了。"

栾青说的死亡的那些人指的是陈小萍等人,他们因为一起参加过抽奖活动获得了免费敦煌旅行的机会,所以都有见过。小云邀请他们时说飞天可以帮忙转运、开福,甚至得道成仙,反正是免费的,又刚好是栾青所在的飞行航线,她就顺便也参加了,参观的景点倒是没什么稀奇的,不过小云给了他们很多纸,说是只要照着纸上的符咒念,就能帮他们达成所愿,她就念了。

"她不是很有钱吗?为什么还要念?"

"人的欲望是没有止境的,有了钱还想要貌,有了貌还想要永远年轻,所以要让他们上钩,随便提个说法就行了。"

"老板你说得真棒!"叶菲菲冲张燕铎连连点头,又将鄙视的目光转向关琥,"四肢发达头脑简单的警察果然是没法比的。"

关琥坦然接受了前女友的鄙视，问："然后呢？"

"一开始都挺好的，她还说她真的看到飞天了，但没多久就有人跳楼自杀了，接着又有人杀妻，学姐就怕了，又没人可以商量，所以把我叫来，以为可以通过我跟警察男友报案，谁知不管我怎么打电话都打不通。"

"我昨晚被袭击，就……"

"你被袭击了一天吗，关王虎？"

"你又不说是跟案子有关，我本想先等案子办完再去找你聊。"

"聊什么？你不会是以为我打连环电话是想跟你和好吧？这么复杂的事你让我怎么在短信里说，如果回头发现跟案子没关系，我那样说，一定会被你认为我是在夸大事实。"

关琥被她反驳说得无言以对，更不敢承认自己正是那样想的。

见他不说话，叶菲菲冷笑："没关系，我已经习惯了被你无视。"

场面一度尴尬，好在张燕铎及时将关琥从窘境中解救了出来，把谢凌云的照片调出来给叶菲菲看："小云是她吗？"

"不知道，学姐没有给我看照片。"

"他们去旅游，难道没有拍照吗？"

"学姐没提到，要不找找看好了。"叶菲菲边说边起身跑去书桌柜里翻找，很快她找到了相册，关琥跟她一起翻，里面旅游的照片倒是不少，但没一张有关莫高窟的合影。

张燕铎在一旁皱起了眉，旅行不拍照很奇怪，如果不是本人的原因，那就是组织者禁止他们拍照，所谓的抽奖免费旅游根本就是假的，那些人一早就是被选中的目标。

"没联络到关琥后又发生了什么事？"

"学姐从昨天开始就一直神神道道的，说是可以听到飞天在叫她，看上去像是鬼附身，我怕她出事，就在这里陪她，今早她突然说要去洞窟找飞天，趁我不注意把我打晕了，等我醒来时她已经不见了，不知道是不是去敦煌了。"

"她在聊天室里的ID是哪个？"

"青青。"

照叶菲菲说的，关琥很快就在之前拍下的名单上找到了"青青"这个名字，看着墙上妩媚的照片，他有种不太好的预感，这女人说不定真去敦煌自杀了。

他转身走到电脑前，开机，电脑被加了密，再看叶菲菲，叶菲菲摊摊手，表示她也不知道。

"那对于她的男友跟交友状况，你也不了解？"

"嗯，我们不是跑一个航线的，接触其实不多。"

"那她的生日或是喜欢的数字你总知道吧？"见叶菲菲连连摇头，关琥无语了，"一问三不知，你这算什么闺蜜啊？"

叶菲菲被关琥呛得不高兴了，反问："那你跟老板还这么熟呢，他生日你知道吗？"

谁说他跟张燕铎熟了？他们前后认识才不过几天！本着好男不跟女斗的作风，关琥把反驳咽了回去，冲张燕铎勾了勾手，示意他过来："帮我研究下开机密码。"

"这活我做不了，我不是黑客。"

"不是黑客你开我的手机开得那么顺溜？"

"那是你误会了，"张燕铎说完，转而对叶菲菲解释，"他昨天受了伤，中毒后遗症，状态不佳，你就不要跟他计较了。"

"看得出来，他比平日的智商更低。"

关琥被这两人的一应一答堵得说不出话，转头盯着屏幕，想着实在不行就打电话叫小柯来帮忙，谁知手机还没拿出来，就听叶菲菲一拍掌："啊，我想起来我有录像，也许可以帮到你们。"

"什么录像？"两人同时问道，反倒把叶菲菲弄得一愣，眼神在他们之间转了转，似乎想说什么，但最后还是闭上了嘴，乖乖跑去书架前，将放在上面的扁平花瓶移开，露出后面的摄像机。

"昨天学姐叫我过来时情绪很激动，我以为她见鬼了，就想用摄像机录下来好了，回头找人帮忙也有依据，为了不让她担心，就没对她说，后来……呵呵，我也忘记了。"

折腾了半天现在才想起来，叶菲菲有点心虚，关琥没跟她计较，找到数据线，将摄像机跟电视连到一起，按下播放键，说："看看录了什么。"

内容很简单，开头是栾青在和叶菲菲讲述有关飞天的对话，叶菲菲将镜头调得恰到好处，把栾青的脸拍得很清晰。她没化妆，看上去有些憔悴，在客厅里走来走去，还不断地擦汗，又大口喝冷水，有关飞天的内容，她则只是重复着相同的话题，叶菲菲难得好脾气地在一边点头，表示自己有在听。

晚上休息时栾青也没关灯，让叶菲菲自己去卧室睡觉。独自一人时她反而没那么焦躁了，去洗了澡换了性感睡衣，然后又去了阳台，要不是她拿着手机，关琥会误以为她跟前几个人一样选择跳楼。

栾青打了很久的电话才回屋，开始给手机充电，随后将一个小旅行箱拖出来，往里塞了几件衣服，等都收拾好后才回房睡觉。

"难道学姐昨晚就打算去敦煌了？她去没关系啊，我又不会死拦着她不放，为什么要打晕我？"看到这里，叶菲菲忍不住发问。两位男士没有回答，注意力都放在屏幕上，叶菲菲觉得无趣，但只好跟着往下看。

119

后面的镜头被关琥直接快进到早上，栾青起床后又开始喋喋不休地聊飞天的梦想，叶菲菲边吃饭边回应，栾青说完，又开始看手表。到快中午时，她突然拿起放在门后的棒球棍，冲正在边吃爆米花边看电视的叶菲菲打去。叶菲菲身体向前一扑跌倒在地，关琥跟张燕铎同时看向沙发前散了一地的爆米花，原来现场是这样造成的。

栾青打晕叶菲菲后，似乎很害怕，把棒球棍丢开，又跑过去摸摸叶菲菲的头，并探她的呼吸，在确认没事后才站起来，向前走了两步又返身回来，将原本关上的阳台落地窗打开，这才锁门离开。

"学姐为什么要特意开窗？"

"为了造成她也有跳楼飞天的假象。"关琥说。

"假象？"

关琥没回答她，快速将摄像机收好，站起来往外走，叶菲菲在后面追问："你去哪里？"

"有事回警局。"关琥说完，见张燕铎跟上来，"张先……"

"大哥。"张燕铎笑眯眯地提醒。

关琥耸耸肩，"大哥"只是他对所有人套近乎时的称呼，没想到有人听上瘾了，不过有求于人，只好从善如流："大哥，我这边你不用送了，你送菲菲回家，她一个人留在这里可能有危险。"

"为什么有危险？"叶菲菲的询问注定被无视；关琥说完，又拍拍张燕铎的肩膀，道："谢谢你，等办完事，我再去你的酒吧喝酒。"

说完他就转身快步离开，叶菲菲被弄得一头雾水，她不敢妨碍关琥做事，只好把询问的目光转向张燕铎："这到底是怎么回事啊？关琥是不是看出什么问题了？"

"这你要问他，我对查案不在行；我的工作是护送你回家。"

"我不走，我要等关琥回来给我解释。"

那你得等上几天了。张燕铎不动声色地起身准备离开,走到门口时又问了一遍:"你确定要留下吗?你学姐那个样子很像鬼附身,你也想体会一下那种感受吗?"

"不要!等等我,我跟你走!"叶菲菲害怕了,迅速把东西收拾好追了出去,她提的是空乘工作用的小旅行箱,张燕铎帮她接过来,做了个女士优先的手势。

"谢谢,"叶菲菲大踏步往电梯那边走,"全天下的男人都比关王虎有眼色。"

"那当初你为什么会选择他?"

电梯到了,叶菲菲走进去,"要听吗?反正路上没事,可以说给你听。"

第六章

关琥搭车赶回警局,一口气跑上二楼,就见走廊上站了几个人在讨论最近的案子,看到他,有人阴阳怪气地说:"几起自杀案搞了这么久都搞不定,还要让我叔叔来帮忙。"

"是啊是啊,据说有人连血都怕,真不知道怎么当上重案组组长的。"

说话的是隔壁侦查科的警员,好像叫李什么来着,关琥跟他不熟,只知道他是警界二世祖,帮腔的是他的同事。作为重案组组长,萧白夜是不够合格,但平心而论,他是个好上司,关琥最讨厌这种背后道人是非的做法,走过去,故意装作被绊住,将那个只会说大话却瘦得像竹竿似的警员撞到一边。见状,大家马上停下闲聊,七手八脚地去扶同事。

"对不起对不起,没撞坏你吧?"关琥皮笑肉不笑地说完,不等对方回应,他已经进了办公室,砰地将门关上,任由那帮家伙在外面气得直跳脚。

江开正在门口复印文件,看到这一幕,忍着笑冲关琥直竖大拇指,关琥问:"怎么回事?一帮人不做事,在外面叽叽歪歪的。"

"上面下来命令，让咱们结束对自杀案的调查，具体的你去问组长吧，他开了一天的会，就为这事。"说着江开往里间指了指。

关琥探头去看，只见萧白夜正在低头看资料，他跑去敲门，不等回应，就直接冲了进去。

"我刚开会回来，"见是关琥，不等他发问，萧白夜先开了口，"上头的原话是近来基层办案浮夸，人浮于事，为了立功，硬是把简单的自杀案定性成连环杀人案，还弄出什么密码混淆视听，让马上结案，还说重案组如果实在没事干，不如去档案室查旧案。"

关琥一听就火了："奶奶的！这是哪个孙子说的？我昨晚差点被撞死，现在好不容易有点眉目了却不让我去查！"

"那个'孙子'按辈分来算的话，我该叫他声叔叔。"没被关琥的火气影响，萧白夜依旧慢悠悠地往下说，"不过这也不是他的意思，而是更上面的，你也知道上面一些关系错综复杂，很有可能有人玩过神仙乐陶陶，继续查下去的话，会对他们不利。"

"那他们的消息也太快了吧，知道这些资料的人一个巴掌就数得过来。"

"所以是谁说的呢？"萧白夜摆弄着手头上的文件，叹道，"警界内部的关系可比外面的案子更复杂啊。"

"我还打算来汇报刚找到的消息呢，得，现在什么都不用做了。"关琥双手叉腰，兀自生闷气。

"你可以说，我又没说我不听。"

听出萧白夜的话里有所松动，关琥来了精神，马上关好门，拉下百叶窗，将叶菲菲的摄像机打开给萧白夜看，同时将自己从昨天被歹徒袭击再到今天的各种发现仔细地说了一遍。听完后，萧白夜没说话，将手上的文件袋递给他，关琥打开一看，是那几名自杀者的出行记录和谢凌云的档案。

"欸,头你不是一直被拉去开会吗,怎么搞到的资料?"

"我就不能一边开会一边搞吗?"萧白夜一脸平静,像在说一件多么普通的事似的。

关琥忽然觉得他这位怕血又洁癖的上司还是很英明的。

简要捋了一遍手上的文件,关琥发现一切正如自己所猜测的那样,陈小萍、王可、许英杰、王焕成都在半年前去过敦煌,前后时间也只相差几天。

再看谢凌云,她往来敦煌的次数就更多了,尤其是三年前在她上大学期间,竟然请假在那边待了一个多月,原因不详。

至于她的家庭,档案上也写得很详细——谢父凌展鹏是大学教授,母亲是中学教师,但在谢凌云幼年时两人就离异了,父亲辞职去了外地,谢凌云则一直跟随母亲生活,母女二人没有常联络的亲戚。

此外,高中时谢凌云曾有过一次记过处分,因为她将同班男生推下楼导致对方小腿骨折;大学时期她积极参加各种探险活动,但没有较亲密的朋友;现在她的父母都已过世,她自己也因为工作原因很少在家,所以熟悉她的人不多。

"有点暴力倾向的女生,虽然从她的外表一点都看不出来。"萧白夜指着她的照片说。

"张燕铎也这样说。"关琥嘟囔。

"谁?"

关琥回过神,把话含糊过去,转而看向小柯送来的报告,说:"看来小云跟莫高两个ID都是她在操纵了。"

"的确都是出自她的IP地址,但这只是初步判断的结果,还有待进一步的调查,不过聊天室里提到的有关旅行社提供免费旅游的话题,经证实并无此事。"

"所以她怂恿大家参加旅游的目的是什么？用活人来做飞天实验吗？"关琥随口说完，见上司目光炯炯地看向自己，他心里打了个突，"不会真是这样吧？"

"这事可说不准。"萧白夜拿起放在手边的红茶慢慢品着，动作优雅得让关琥有种张燕铎的即视感，"从昨晚歹徒有目的地攻击你这点可以看出，幕后凶手不是一个人，而是颇具规模的团伙；谢凌云父母双亡，不排除她为了赚钱读书而答应与犯罪团伙合作的可能。"

对于那个犯罪团伙的性质，关琥心里隐隐有了些猜测，不过光靠手头上这些资料还远远不够，他需要更为确凿的证据。现在谢凌云去敦煌了，栾青也去了，看来要解开飞天的秘密，自己也得去一趟才行。

"头，"心里做好打算，他抬起头对萧白夜说，"我打算去趟敦煌。"

"好啊，最近你也没放大假，几起案子也快结案了，你去旅游放松下心情也不错。"

看来迫于上边的压力，只能以这种方式查案了，好处是他很自由，坏处是他得把刚到手的枪再交回去，是以关琥的打算是——"头，我想再申请一把配枪。"

像是早料到他要说什么，萧白夜完全没表现出吃惊，往椅背上一靠，沉吟道："这样啊，休假是要缴枪的，我的属下也不能享受特权，不过刚好我才接到一个跨省杀人的案子，要是你借旅游之便过去帮我查案的话，我也比较好说话。"

"是！"接过萧白夜递过来的配枪申请单，关琥认真地向他行了礼，又问，"那能再拜托您一件事吗？"

"什么事？"

"查一下她的资料。"关琥将栾青的照片递过去。

萧白夜冲他摆摆手,表示这点小事算不了什么。关琥领命离开,走到门口时,又被上司叫住。

"听说那边的李广杏脯跟鸣山大枣很出名,记得多带些回来。"

关琥回过头,就看到他的上司悠哉悠哉地靠在椅背上喝茶,那感觉很像是比起这个案子,他更对当地的小吃感兴趣。

好吧,有关上司英明的评定语他决定暂且收回来。

关琥收好所需的文件,又去领了配枪后,回家简单收拾了行李就出门了。

在赶去机场的途中,他突然想到一个重要的问题——他忘了问这次的差旅费给不给报销。

由于暑假是旅游旺季,经济舱的机票已经销售一空,关琥只好忍痛咬牙买了头等舱机票,在柜台办理完行李托运,手里拿着登机牌,他感到了那张小小纸牌的重量,这次押宝押这么大,要是什么问题都没解决,他连个报销的借口都没有,恐怕连下个月的饭钱也要没着落了。

尽管心里滴着血,关琥还是有条不紊地经专门通道上了飞机,乘客还在陆续登机,他坐着没事,将手机拿出来翻看在谢凌云家里拍的照片。谢家的墙壁上画了不少图形,他本想传给尚永清,但一直没时间跟尚永清联络,此刻看着这些形态诡异的图形转念一想,既然张燕铎说这些图都曾经出现过,那给不给尚永清应该不会影响到什么吧。

闭上眼思忖这几天发生的种种,每次想到最后,关琥的思绪都会归于一点——什么是飞天?什么是永生永福?花那么多钱将各行业、阶层的人骗过去,只有一种可能……

身后传来脚步声,紧跟着有人坐到了他身旁,关琥本能地换了个姿势坐直身子,谁知当他转头看到坐在外面的人时,顿时呆住了。

旁边的男人上身穿着收腰的浅蓝色衬衣,底下是条灰色休闲裤,腰间是条银色宽腰带——几个小时不见,虽然换了身衣服,但消瘦身形配上标志性的微笑,不是张燕铎那家伙还是谁?

"我的眼睛应该没出问题吧?"关琥喃喃道。

张燕铎回了他一个浅浅的笑:"不是,就算是有药物中毒后遗症,过了这么久,也该消失了。"

"不是我眼睛的问题,那请解释下为什么你会在飞机上,还坐在我的邻座?"

"因为跟小魏约的篮球赛他爽约了,我一气之下就决定出去旅游,没想到会这么巧跟你遇上。"

"看来从体育竞技项目的数量来算,今后你被爽约的次数还会有很多。"

"对此我深有同感。"

见张燕铎一脸诚恳地接受了自己的吐槽,关琥忍不住了,侧过身说:"那张先生,能不能拜托你想个好一点的借口来解释你的行为,你现在纯粹是在欺负警察的智商吧?"

张燕铎不说话,只是盯着关琥看,关琥被他看得莫名其妙:"看什么?看人长得帅吗?"

"不,观察细致、思路清晰,证明你身上的毒素真的解了。"

面对这不知是担心还是吐槽的表达方式,关琥无话可说,把头转回去往椅背上一靠,将毛毯蒙到自己脸上。

"你还好吧?"

耳边传来善意的询问,关琥有气无力地答:"如果你的目的地不是敦煌的话，我就还好。"

"原来你也去敦煌啊，那真是巧得不能再巧了。"

为了避免被噎死，关琥停止了追问。要不是有任务在身，他真想问张燕铎为什么紧跟着自己不放，他到底有什么目的？是单纯对案子好奇还是根本就跟犯罪集团是一伙的？

飞机就这样在关琥的满腹疑问中起飞了，中途餐车过来，关琥随便点了一份，闷头狼吞虎咽地吃着，与之形成鲜明对比的是，张燕铎熟练地用着刀叉，品着红酒，优雅得像是正坐在高级餐厅里享用晚餐的贵公子。

"有人通风报信，上头不让查自杀案了。"嚼着面包，关琥说。

有点意外对方会主动跟自己说案情，张燕铎惊讶地转过了头。关琥又灌了口饮料，将自己在警局的经历简单说了一遍——不管张燕铎是什么身份，接近自己的目的是什么，反正他都跟来了，这些事迟早都会知道，瞒着没意思，倒不如借用下他的推理能力，说不定还会有所收获。

"是谁？"

"如果我知道是谁，就不会坐在这里了，大哥。"

没得到答案，张燕铎轻轻晃着手中的酒杯，沉吟道："会是谁呢？"

关琥往里缩了缩："少装酷，要是把酒晃到我身上，你要赔的。"

"是是是，"张燕铎乖乖放下酒杯，又说，"有人等不及先跳出来了，这样反而比较好查，至少我们知道突破口在哪里。"

关琥看了他一眼，还想问他怎么知道自己会临时离开，难道他一直在暗中跟踪自己？但想想即使问了，对方也不会说，只好作罢，低头继续往嘴里扒饭。

晚餐过后，空乘很快将饮料送了过来，张燕铎换了热咖啡，关琥也点了杯橙汁，把吸管拨开直接对嘴喝，但当他看到过来帮他们续杯的空乘时，一下子被呛到，饮料也散到了身上。

"幸好不是我搞脏的。"张燕铎在旁边品着咖啡慢悠悠地说。

"不，我是……咳咳……"

一块湿毛巾不客气地摔到了关琥身上，他手忙脚乱地擦着衣服，就听一旁甜甜的声音传来："老板，这么巧？"

"是啊，"张燕铎回，"没想到你在这里做空乘，菲菲。"

"其实我是代班啦，你要陪这个笨蛋去旅游吗？"

"是去旅游，不过笨蛋……"张燕铎转头看关琥，"你说他？"

"是啊，这周围好像没其他人了。"

他们周围的确都是空位，虽说是旅游旺季，但花高价坐头等舱的人还是不多，关琥伸手打住他们的对话："停停停，叶菲菲你告诉我，为什么你会在这架班机上？"

"看制服就知道了，我在工作。"叶菲菲一身灰色空乘制服，动作熟练地帮张燕铎倒着咖啡，笑吟吟地说："关笨蛋，你要来一杯吗？"

关琥没好气地说："你是不是动了什么手脚？你根本不飞这个航班的。"

"呵，原来你还关心你女友……前女友的工作啊。"

"我是好心，小姐，你……"话没说完，关琥手里的毛巾就被扯走了，叶菲菲白了他一眼，又对张燕铎温柔地笑了笑，这才转身离开。

等她走远，关琥伸手抓住张燕铎的衣领，低声吼道："是不是你搞的鬼，你知不知道这件事很危险，为什么要拉她下水？"

"不知道你在说什么。"张燕铎不动如山。

"如果不是你透露消息，她根本不可能知道我坐这趟班机，你是想利用她把她的学姐引出来！"

"我没这样说过。"

"你不需要直接说，你只要稍微提一下，那个好奇心旺盛的笨蛋就会乖乖上钩，你可以利用我，对付我，但不要把无辜的人扯进来！"

"关警官，我觉得你不该把一个人的自主行为怪到别人身上。"张燕铎伸手扶了扶因为关琥的粗暴动作而滑落下来的镜框，然后指指他的手，冷静地说，"她是成年人，知道什么是该做的什么是不该做的。"

"可是……"

"而且你从哪里认定我在利用你，对付你？如果不是我出手，你现在待的地方该是太平间。如果你的智商这么低的话，我看也不需要去查案了，请尽早打道回府，省得浪费我们纳税人的钱。"

关琥被张燕铎义正词严的一番话堵得说不出话来，气得手往外一推，松开对方的衣领，坐回座位上。

见关琥老实了，张燕铎满意地笑笑，拿起咖啡继续喝，就听旁边那人瓮声瓮气道："总之，不要扯上无辜的人。"

这种天真良善的个性真不知道关琥是怎么养成的，这让张燕铎想起了存在于自己童年记忆里的弟弟。打第一眼见到关琥，直觉就告诉张燕铎，他跟关琥之间有着某种亲密的联系，或许关琥正是他一直在寻找的弟弟，可是现在他又不敢确定了，因为他们俩并不是很像。

不过不管怎么说，这是个残酷而现实的世界，想要得到一些，势必就要丢下一些，否则就不要奢谈什么梦想——这还是那个训练他的人教给他的，他很痛恨那个混蛋，但也不得不承认在许多时候，那个老家伙都说得很对。

"我也不想那么做，所以我并不希望她跟来。"扶正眼镜，张燕铎轻声说。

"不跟来她就不是叶菲菲了,我是第一天认识她吗!"关琥气愤地回道。

胆大、心细、好奇心强,叶菲菲要是排第二,就没人认第一了,当初在劫机事件里她就是凭借机智制服歹徒的,他们也是因此而开始交往,但那时是出于迫不得已,跟这次完全不同。

希望在接下来的时间里她能改变想法,关琥不太抱希望地想。

几个小时后,飞机停在了转机的机场,距离下一趟航班起飞还有很长时间,关琥坐在候机室的椅子上,靠着椅背打盹;张燕铎坐在他对面打游戏,不知道是玩什么,不时有啾啾叽叽的怪声传来。

关琥太累了,连提醒对方静音的气力都没有,耳畔听着电子音正昏昏欲睡着,急促的脚步声传来,然后他听到属于叶菲菲的大嗓门响起。

"这只猪,他居然还能睡着!"

奇怪,他怎么会找这么粗鲁的人当女朋友?刚想完,关琥的脑门上就挨了一下,他捂着头皱眉抬起眼皮,就见叶菲菲扬起的手被张燕铎拦住了,镜片后的目光有些凌厉,说:"他累了,有什么事跟我说。"

叶菲菲好像被张燕铎的冷厉吓到了,乖乖收起了大小姐脾气,将手机递给张燕铎,说:"学姐又给我来信息了,她现在很危险。"

她已经换下了制服,穿了套休闲运动服,卷发在脑后扎了个马尾,肩上背着小包,外加旅行箱,看上去就像普通旅行者,也让关琥明白他的担心终于变成了现实。

他站起来,凑到张燕铎身旁一起看,栾青在短信上说她已到了敦煌,现在正在去小云给她预定的酒店的路上,接下来小云会告诉她怎么飞天，让叶菲菲不用担心。

"学姐可能是怕我因为她的不辞而别生气，给我发了好几封邮件，其实比起生气，我更好奇飞天是怎么回事。"

叶菲菲翻动着手机页面，给关琥看栾青给自己的邮件，一共有三封，里面没有提到她为什么要敲晕叶菲菲，只是解释了自己离开的原因，又大篇幅地提到飞天的梦想，以及她将要入住的酒店名称，详细得像是她很期待大家观看自己的飞天壮举。

看完邮件，关琥尴尬地看向张燕铎，他一直以为是张燕铎将叶菲菲骗出来的，原来……

一眼看透关琥的内心想法，张燕铎扶了扶眼镜："你不用道歉，我不会跟头脑简单的人计较的。"

"对不起……不过，你……怎么不解释？"

"这样不是更有趣吗？"饶有兴趣地看着关琥的尴尬反应，张燕铎微笑道，"让你可以看清楚你看到的事实并不一定是事实，你认为的真相也未必是真相。"

"是……"关琥老老实实地低头认错。

"你们在说什么啊？"叶菲菲不解地看他们。

"我们在说——现在着急也没用，只能慢慢等飞机，希望栾青别想不开学什么飞天。"

"飞天到底是什么？"

"你脸色看起来不太好，"张燕铎打断叶菲菲的追问，抬起手看看表，"时间还很充裕，所以小姐你要不要去补下妆顺便休息一下？"

一听自己脸色差，叶菲菲没心思多问了，把东西一放就跑去了洗手间，等她走远，张燕铎看向关琥，道："谢凌云终于出现了。"

关琥低声却很郑重地说说："我一定要在下一名死者出现之前抓

住她!"

翌日中午时分,一行三人终于下了飞机,踏在了敦煌的土地上。

在登机前关琥试着劝叶菲菲不要再管这件事,都被她严词拒绝了,说她跟栾青最熟,有她在便于劝阻栾青做傻事,关琥知道她的脾气,再加上她说得不无道理,只好由着她了。

七月的敦煌已是非常炎热,三人从机场大厅一出来,热浪就迎面扑来,太阳高高悬在上方,仰头只见碧空万里,让人有种被高温压迫得喘不上气来的感觉。

叶菲菲迅速掏出防晒手套跟帽子,接着是墨镜跟太阳伞,关琥转头看另一边,果然不出意料,张燕铎也戴上了宽檐帽,换上了墨镜,他叹了口气:"我觉得我们像是来旅游的。"

"四十度的高温下如果没点措施的话,就算是警察也会中暑的。"张燕铎说着从随身的背包里掏出备用的帽子跟墨镜递给关琥,出于不想遭罪的心理,关琥犹豫了一下还是接受了。

"我去叫车。"

叶菲菲跑去找扬招点,看看被扔在自己脚边的旅行箱,关琥认为她只是不想花力气提东西而已。

两人跟在后面,车站附近围了不少人,让他们不得不拖着旅行箱穿梭在人群里,一路上不时被堵住,有人操着带有当地方言的普通话跟他们搭讪,内容无非是询问是否需要向导,或是特价包车一日游的揽客生意人。关琥瞅瞅张燕铎那瘦弱的身板,干脆两只手拖着三个人的箱子冲在前面,看他长得魁梧彪悍,还戴着墨镜一副很不好惹的样子,大家都主动给他让路,而张燕铎只拿了个轻便的小背包,悠闲地跟在关琥后面。

快到路口时，遇到几个扎堆的旅行团，有些导游拿着小麦克风正在跟大家讲述注意事项，里面不乏特意穿了类似民族服饰的年轻人，见此叶菲菲早忘了叫车的事，拿出相机开始东拍拍西拍拍。

"老板，来拍照。"她转身冲张燕铎说。

见张燕铎要过去，关琥不满道："这位先生，请不要对朋友的女人出手。"

"吃醋啊，"张燕铎收回了脚步，笑吟吟地说，"她好像是你的前女友。"

"少废话，叫车去。"

关琥用下巴一指，示意张燕铎做事，张燕铎却没动，而是看着他身后，笑容微敛。关琥转过头去，就见不远处站着几个人，站在最前面的是个身材瘦小肌肤黝黑的女子，这么热的天，她却任一头长发披在脑后，胸前则挂着一串很大的绿宝石项链。

只是一个很平常的女人，她正在跟身边的男人聊天，关琥没在意，见张燕铎一直盯着她看，故意打趣："一见钟情？"

"我见过她。"无视关琥的玩笑，张燕铎说完，快步走了过去。不知出了什么事，关琥只好拖着箱子跟在后面，但当他们刚走过人行道，旁边突然冲出来一大堆旅行团的人，将整条路都挡住了，等这些人走过去，对面早已经没有人了。

"是谁？"察觉出张燕铎神情里的不寻常，关琥收起了笑脸，正色道。

张燕铎皱眉不答，反而突然伸手摸向关琥的胸口，等关琥反应过来对方是找东西时，张燕铎的手已经伸进了关琥的裤子口袋里，将手机掏出来，然后当着他这个主人的面按下密码，接着调出里面的照片。

"我说……你这种大庭广众之下乱摸别人的行为不太雅观吧？"其实关琥更想说，当着自己的面擅自解码窥视隐私的做法太嚣张了，可惜没等他说出口，张燕铎就把手机递到了他面前，指着里面的图道："右上第三排第五张照片里，右数第三个人。"

那是关琥在谢凌云家的墙壁上拍下的图像，由于贴在墙上的照片实在太多了，导致画面很模糊，他照张燕铎说的看去，只能看出那是些合照，至于里面的人的容貌，很难分辨清楚。

"你确定是刚才那个女人？"

"百分之九十八。"

"好吧，那回头我要去配副老花镜。"自嘲完毕，关琥又抬起头，奇怪地打量张燕铎，"这么多照片，你是怎么记住的？"

"是啊是啊，老板你好厉害！"叶菲菲也凑了过来，然后不屑地对关琥说，"其实你该配的是智商。"

被称赞，张燕铎唯有苦笑。有些能力是天生的，他可以清楚记得哪怕是只见过一次的东西，与之相反的是，许多对于普通人而言轻而易举的事情，他却要考虑很久才能理解。

那样的生活他过了很多年，然后战战兢兢地步入这个社会，担心被别人看出自己的怪异。这些大家羡慕的能力在他看来只是累赘，如果可以，他宁可跟普通人一样，在普通的家庭里平凡地长大。

"老板？"不见他回应，叶菲菲又叫道。

张燕铎回过神，用手指划动着手机屏幕，说："谢凌云给她拍了几张，看来她们彼此认识。"

虽然那些照片看上去都是旅行团的合拍，但只有那个女人重复出现过，关琥摸着下巴沉吟："也许她们是合伙人，谢凌云要在这里做事，没有当地人的协助是不行的。"

"做什么事？"

关琥无视了叶菲菲的询问，自顾自拖着三个行李箱往出租车那边走："先找个地方休息下，顺便吃饭。"

叶菲菲追了上去，张燕铎走在后面，总有种在被偷窥的感觉，他放慢脚步转头去看，身后人潮拥挤，根本无法分辨窥视的目光来自哪里，只好当是自己多疑，掉头跟上关琥二人。

下机后，叶菲菲曾试着给栾青打电话，却一直都是关机状态，三人只好照栾青提供的信息去了敦煌车站附近的一家五星级酒店，但进去后跟前台打听，却被告知根本没有叫栾青的客人入住，叶菲菲不死心，又提供了谢凌云的名字，得到的依旧是否定的答复。

"也许是用了假名，怎么办？"叶菲菲转头问两位男士。

张燕铎将目光转向关琥，示意由他定夺；关琥抬头看看大堂前方足以抵达天花板的飞天壁画，选择入住。

安全起见，关琥要了两间相邻的低层客房，三人将行李放下，叶菲菲说要洗澡休息，去了属于自己的单间，关琥让她再打电话给栾青，她则直接将手机给了关琥，让他自己来。

关琥摆弄着手机，试着拨通电话，对方依然关机，反而是萧白夜的邮件到了，里面是有关栾青的全部资料。内容跟关琥怀疑的一样，看完后，他立刻回信过去，让萧白夜继续调查栾青的关系网，发完邮件后，他来到窗前，看着外面完全不同风光的景色，又开始拨打栾青的电话。

张燕铎把行李收拾好，取了换洗的衣服正准备去浴室，见关琥还在折腾手机，便说："不用急，她一定会联络叶菲菲的。"

"我知道，但那样的话，我们就处于被动状态了。"

"你想主动也可以,警局的情报部门不是摆设吧?"

一句话提醒了关琥,走得太匆忙,他忘了跟小柯打招呼了,马上一个电话打过去,小柯接了,不等关琥发话,先说:"自杀案不用问了,我们已经收到上头的通知,那三起案子停止调查。"

"不是,我想拜托你另一件事,我给你一个电话号码,你帮我锁定它的位置。"

张燕铎本来要去浴室的脚步顿住了,就听关琥说:"不是市里,是敦煌……对,就是有着飞天遗址的敦煌,她的手机关机了,我想尽快找到她。"

"你死心吧,你当我是黑客啊,就算我是黑客,就凭咱们局里的这些破机器,你觉得我能用GPS搜寻到吗?"

"你想想办法,我很急,要是不及时找到她,说不定又会有一起自杀案出现了。"

"我不是不帮忙,是真的爱莫能助……啊,舒大美女要跟你说话,你等下。"

关琥知道局里的情况,没有特批,就算小柯有能力,也不敢乱来,这时舒清滟的声音从电话那头传来:"上头都勒令结案了,你还敢查?"

"我怀疑这个连环自杀案后面跟着其他的案子,不查清楚的话,之后一定会有更多人的死亡。"

"有什么证据?"

关琥不说话了,要说疑点,他手头上有很多,但若说确凿证据,他一样都没有,就算他被偷袭,但又有谁能证明这与自杀案有直接关联?

没心思再跟舒清滟闲聊,关琥正想找个借口挂掉,就听那头说:

"把手机号报给我。"

"难道你除了解剖尸体外还可以搞追踪吗？"他不抱期待地问。

舒清漪不去理会他的玩笑，说："要想查案就少废话，号码报过来，三十分钟内会有人跟你联络，你照指示做就行了。"

听她不像是随便说说，关琥收起了轻视之心，将号码说了，又问："精确度怎么样？我们有两个人，可以分开找。"

"误差不会超过五米。"

不超五米？那是军方高层才能拥有的搜索设备吧？关琥的大脑有短暂的停顿，等他反应过来，只听舒清漪说了一句："记得你欠我两顿饭。"

电话被挂断了，关琥想了想，跑去床头，将张燕铎刚整理好的东西拿出来，把必备物品塞进背包，谢凌云的照相机他也带来了，犹豫了一下，也一起放了进去。

"有希望？"看他的反应，张燕铎问。

"我一位法医同事说可以帮忙，误差在五米内。"峰回路转，关琥有点兴奋，"如果真是这样，那很快就能找到栾青了。"

"她军方有人吧？"

"应该还是很高阶的那种。"

舒清漪是空降过来的，关琥除了知道她对工作很着迷外，对她本人不很了解，对她的身份背景更是无从谈起，换作平时一定会好好打听一番，但现在他的心思都在追踪栾青上。

半小时后，果然有人打来电话，对方没报身份，而是直接切入正题，关琥也没多问，照他说的记下了地址，张燕铎在旁边拿出手机，输入地址迅速查找，很快就找到位于郊区的那个地点，粗略计算，从他们现在的位置出发最多三十分钟就可以到达目的地。

对方说了句"再联络"就挂了电话,关琥拿起背包往外跑,张燕铎也收拾好自己的东西跟上。叶菲菲刚洗完澡,换上了T恤加长裤,听到外面有动静,她头发都没顾得吹,在头上搭了条毛巾就跑了出来。

"出了什么事?"看到关琥跟张燕铎一前一后往外跑,她赶忙问,关琥头都没回,丢下句"待在房间里不要乱走"就跑远了,结果叶菲菲二话不说跟了上来,见状张燕铎叹了口气。

某个笨蛋一点都不了解自己的女朋友,他那样说,依着叶菲菲的个性不追来才怪。

于是三人就这样一前一后跑出了酒店,关琥叫了车,见叶菲菲也挤进来,他忍不住说:"小姐你回去化下妆可以吗?我们在这里等你。"

"这种话也信,那我的智商得有多低啊,"叶菲菲摆手让司机开车,冷笑,"什么等我?别以为我不知道,我一下车你就跑了。"

被叶菲菲说中了心思,关琥翻了个白眼,为了不在路上耽搁,他把地址报给了司机,等车开出去后,他不无埋怨地瞅瞅一旁含笑不语的某人,张燕铎会意,小声道:"下次我来说。"

希望没下次,他不想跟不熟悉的人搭档办案,更不想身边还有个叽叽喳喳的女人。

第七章

按照地址他们很快来到了郊区一家酒店前，关琥下了车，仰头看去，酒店大约有五六层楼高，看外观有些陈旧，外壁上的画漆掉落了，原本漂亮的壁画透出岁月流逝的痕迹，酒店楼顶还竖着飞天古装的道具，类似绸缎的布条穿过道具随风翻飞，看起来有些土气。

关琥随意扫了一眼就跑进了酒店里，就在这时手机响了起来，他无视前台服务人员的询问，接着电话跑去了楼上，保安想要阻拦，结果被叶菲菲抢先挡住，张口说了一连串流利的英语，趁此机会，张燕铎快步追上关琥。

关琥照电话里的指示往楼上跑，但是在拐到三楼走廊时，突然有布条似的东西从一旁的窗外掉下，没等他看清，那物体已经落了下去，沉闷的声响从楼底传来，随后是接连不断的尖叫声。

本能地感到出事了，关琥扑到窗前，但那只是扇装饰窗户，酒店一楼空无一人。关琥跑出大厅，就见有人陆陆续续往一个方向跑去，他飞快跟上，酒店外的地上铺着灰色石砖，为了吸引游客，石砖上也都刻了类似佛洞壁上的花纹，既无法打开，也不能探头去看外面的光景，他转过头，刚好跟跟过来的张燕铎的眼神对上，两人都从对方的目光里读出了事情的不寻常，关琥只好临时改变计划，转身跑回一楼。

花纹，然而原本庄严朴实的纹络，此刻却因为溅上的血点而染上了一层诡异的色彩。

"呕！"围观的人受不了如此血腥的画面，纷纷掩嘴。关琥刚靠近，就见叶菲菲返身回来，眼圈发红，嘴唇颤动着像是要说话，却发不出声音来。

关琥走近后，就见一位一袭白裙、身材修长的年轻女子趴在地上，她的头歪在一边，露出化了淡妆的清秀脸庞，有几滴血溅在她的脸上，血从嘴边流下来，眼睛睁得大大的，眼神发直，已经没了生命迹象。

远处的地上落了一段白纱披风，跟死者衣服上的花纹一样，那应该是刚刚关琥看到的飘过窗口的布条。他仰头向上看去，高处的楼层带着小阳台，如果有人推死者下楼，刚好是那个角度。

"是……是学姐……"叶菲菲已经泣不成声，关琥转过头，见她躲在张燕铎身后，依旧不敢往这边多看。

"救人！快救人！"叫喊声在人群中响起，大家这才反应过来，有人打电话叫救护车，酒店里的保安也跑过去试着碰触栾青的身体。栾青的手随着翻动耷拉到一边，却依旧握得很紧，关琥靠过去，作出救护的样子，不露痕迹地展开她的手。

一颗纽扣从她手心里掉出来，关琥飞快收好，他不是当地的警察，这样做是违法的，但他还是做了，说不上什么原因，或许只是直觉促使他这样去做。

现场还处于混乱状态，没人注意到关琥的小动作，他正准备接下来仔细检查尸首，手机那边传来说话声，他这才想起自己一直没挂断电话。

"出了点意外，"听到救护车的鸣笛声由远及近地传来，他改了主意，起身退出人群，对着手机说，"请你帮忙追踪的那个人坠楼身亡了。"

稍稍停顿后，对方说："信号没移动，手机还在原地。"

这不奇怪，没人跳楼还会特意拿手机……关琥刚想完，突然察觉不对，再度转身看向栾青，透过人群缝隙，栾青完整的那部分脸盘正对着他，跟前几次自杀案不同，她脸上没有微笑，更没有作出扭曲的姿势，也就是说……

"帮我继续追踪手机的方位！"他边说着，边迈开脚步朝酒店里跑去，张燕铎见状也急忙跟上，叶菲菲被丢在后面，转头看向人群围着的尸体，她犹豫了一下，选择了进酒店。

酒店门前出了重大事故，前台大厅的服务生跟保安都跑了出去，这给关琥的顺利进入提供了方便，他没乘电梯，而是顺着楼梯一口气跑上楼，问电话那头："信号就在这附近吗？"

"往前走。"指挥很简洁，关琥照指示继续往上跑，在来到五楼时那人让他拐弯，他快步向左侧长廊跑，如预料中的，在快到尽头时让他停下，说，"这里。"

"谢谢。"关琥挂了电话，看着眼前古铜色的房门，又向左右打量，从房门的设计来看，这是个大套间，也是靠近五楼左侧的最后一间房，有人在这里将栾青推了下去，因为他们已经厌烦了玩自杀的游戏，索性直接动手杀人！

一想到那些无视生命的残忍行径，关琥心头怒火翻腾，这么短的时间，也许那人还没来得及离开，这样想着，他从腰后掏出枪，打开保险栓，同时一脚踹在门上。却不料门是虚掩的，在他的大力一踹下，门板向里弹开，发出沉闷地声响。

与此同时里面传来动静，关琥冲进去，将枪口对准发出声响的地方，却不由一愣，只见一个短发女生站在客厅正中，正是跟关琥打过两次交道的谢凌云，她正注视着对面的墙壁，像是还没反应过来是怎么回事，只是呆呆地转过来看着指向自己的枪口，没有半点反抗的意思。

"这……这是怎么回事？"随即跟进来的叶菲菲叫道。

张燕铎也跟进来，当看到眼前的状况时，他冷静地将门关上了。

关琥没理会叶菲菲的叫声，枪口依旧对准谢凌云，厉声喝道："把手举起来！"

"出了什么事？"谢凌云的声音有点飘忽，对自己的状态不太理解，忽然身子晃了晃，跌坐在后面的沙发上，看到她的手伸向旁边的背包，张燕铎提醒道："如果我是你，作为犯罪嫌疑人，在这种情况下一定不会乱动。"

冰冷的声线轻易带给人震慑的力量，谢凌云放弃了无谓的反抗，却问："什么嫌疑人？你们怎么会来这里？栾青呢？"

"你不要再装傻了，明明是你杀了我学姐！"

叶菲菲的叫声让谢凌云本就苍白的脸色愈发难看了，此时外面除了嘈杂的人声跟救护车的鸣笛声外，还夹杂着警笛声，她恍然回神，竟然无视关琥的手枪冲向阳台，落地窗大开，她直接扑到了阳台边往下探身。

关琥以为她要畏罪自杀，急忙上前去拉她，谢凌云没反抗，在看到底下的惨景后，呆呆地任由他拽回来，关琥又伸手准备掏手铐，摸了半天才想起由于自己现在不是在执行任务，所以没有带。

好在谢凌云再没有任何过激反应，只是坐在沙发上，头微微垂下，喃喃道："她也死了，又一个飞天……"

"这些都是你弄的吗？你自己着迷升天就算了，为什么要害别人？"

叶菲菲看向刚才谢凌云注视过的墙壁，上面挂满了各种有关飞天的图片，或举臂腾飞，或倚云歌舞，万千姿态夺人眼目，原本是赏心夺目的图画，却因为贴得过于密集，而带给人压抑的感觉。此外，栾青的手机被随意地放在桌上，小旅行箱摆在沙发旁，保持收纳的状态。

谢凌云不回答，仍旧低着头，看她肩膀颤抖的样子像是在害怕，不过被骗过两次，关琥不会再上当了，这个女人可是空手道高手，王可被杀案说不定也是她做的，将枪口对准她，同时给张燕铎使眼色，示意他打电话报警。

张燕铎掏出了手机，谢凌云突然回过了神，扑过去按住他的手，喝道："不要报警！"

手被掐住，张燕铎本能地一翻手腕，反手扣住了谢凌云的手，将她制住；关琥挺挺枪管，叹道："给点面子，小姐，你当我这枪是假的啊！"

"人不是我杀的，是她自己跳下去的……她跟那些人一样……"

"是不是你杀的，到了警局跟警察说去。"

"呵呵……"

得到这种回复，关琥耸耸肩，扫了张燕铎一眼："她好像在嘲笑我。"

"我比较想知道嘲笑的理由。"

"我不信警察！"谢凌云把话接过来，愤愤不平地说，"他们跟那些人根本是一伙的，他们帮的是有钱有势的人，不是我这种小老百姓！"

想起自杀案被勒令停止追查,关琥没办法解释,说:"那你为什么会在栾青的房间里?"

"是她打电话约我来的,她说知道了神仙乐陶陶背后的主使,约我一起想办法,谁知我来之后她趁我不备用电击棒把我电晕了,等我醒来,你们就来了。"

"你说我学姐电你?"看到随意丢在地板上的小型电击器,叶菲菲气愤地叫,"她既然有那种东西,为什么要用棒球棍敲我?"

关琥向前趔趄了一下,为他这位前女友神奇的脑回路感到头痛,看着叶菲菲掏出手绢,上前将电击器捡起来,他忍不住吐槽道:"不用那么麻烦了,谢凌云完全可以将栾青电晕后,再将栾青的指纹按在上面。"

张燕铎松开抓着谢凌云的手,拿起栾青的手机看了一下,冲关琥点点头,证明栾青的确有打电话给谢凌云,关琥不置可否,说:"也许那是她电晕栾青后自己打的。"

被接连反驳,谢凌云气得直瞪他:"警察里除了贪官污吏外,就是你这种笨蛋,你说要我怎么相信警察?"

"我只是提出各种可能性。"

"如果我真有问题,就不会特意将神仙乐陶陶的网址留给你,要不是那个便条,你根本追不到这里来吧?"

这句话戳到了重点上,关琥无法否定她的说法,不过她这样做是出于什么目的就不得而知了,但不管怎样,栾青出了事,而房间里只有谢凌云,她仍是头号犯罪嫌疑人,虽然在这里自己做不了主,但总不能放任她走掉。他收起了枪,说:"这件案子我一定会查清楚,我陪你去警局,如果事情真与你没关系,我会帮你解释。"

"不行,你根本就什么都不知道!"

"至少我知道这个是从你的衣服上扯下来的。"

关琥将先前从栾青手里拿到的纽扣拿出来，那是颗花型小白扣，跟谢凌云身上穿的白衬衣底色的纹路一样，看到她的领口果然被拽开了，叶菲菲"啊"地叫了一声，立刻举起电击器对准她。

看到他们的反应，谢凌云莫名其妙地低头去看，发现衬衣最上面的纽扣掉了，她吃惊地看向关琥手里的那颗扣子，问："你从哪里找到的？"

"当然是死者手里，在你将她推下楼时不小心被她拽掉的。"

关琥说话的时候，特别注意谢凌云的反应，就见她表情更为震惊，连连摇头道："不是！不是这样！"

"事实怎样，不能听你的一面之词，还是等法医来做鉴定吧。"

谢凌云张张嘴，似乎想再辩解，但没找到合适的解释，懊恼地伸出双手抱住头，喃喃自语："这是怎么回事？哪里不对……"

她的情绪状况有些混乱，看起来倒有几分像是刚苏醒后的反应，关琥看向张燕铎，对方正要提出自己的见解时，房门突然砰地被撞开，三名身着制服的警察冲了进来，先是将手里的枪一齐对准他们，又在发现谢凌云后将枪口指向她。

站在最前面的警察低声说："就是她。"

谢凌云还处于神志恍惚的状态，冲他们茫然地点了下头，其中一名警察走到她面前，在关琥以为他要来一番"你有权保持沉默，但你说的话将作为呈堂证供"的开场白时，就见那人直接拿出手铐，将其中一边铐在了谢凌云的手腕上。

"这是怎么回事？"事出突然，他抢在谢凌云之前问。

那警察不耐烦地瞅了他一眼，说："我们刚看过监控录像，在出事客人坠楼之前只有这女人进来过，她是最大嫌疑人……你们又是谁？"

在这点上关琥持相同的看法，但嫌疑人不是罪犯，现在就戴手铐有些奇怪；被问及身份，他急忙掏出警证，说："自己人自己人，我也是来办案的。"

看到关琥的证件上印的警徽，那警察皱眉准备要拿时，谢凌云像是回过了神，突然抬手向他抡过去，警察没防备之下，被手铐空的那边击在眼眶上，疼得惨叫一声，捂着眼睛蹲了下来，谢凌云紧接着又是一脚，将他踹了出去。

另两名警察见势不妙，同时举枪向谢凌云射击，被站在门旁的张燕铎及时推了一把，枪口失去准头，子弹射进了贴满图片的墙壁上。

"不要开枪，大家自己人。"关琥话音没落，谢凌云已趁乱拿起自己的背包向外跑去，之前被她打倒的警察向她后背举起枪，关琥只好抬脚踹在那人的手腕上，将枪踢飞了。

此举成功地将导火索引到了自己身上，另外两个人除了对付谢凌云外，还同时向他射击，关琥抱住叶菲菲闪身避开，大叫："都放下枪，别误伤好人！"

警告被无视了，换来的是连续的枪响，谢凌云已经跑出了走廊，但局势却因她陷入更大的混乱，在一个警察跑出去追谢凌云后，另一个在开枪的同时又去拿对讲机想呼叫支援，被张燕铎抢过来丢到一边。

警察被张燕铎一系列的阻挠气得跳脚，又将枪对准他，然而下一秒自个却被飞来的一脚给踢出了走廊，关琥气呼呼地叫道："都说了别动粗，怎么没人听！"

这里好像最粗鲁的是阁下吧？看到被踢得贴在走廊墙上动不了的警察，张燕铎默默地将握紧的拳头放下了。

这时关琥身后传来响声，先前被打倒在地的警察翻了个身，摸到地上的手枪站起来，却没想到叶菲菲就在旁边，看他举枪，直接将手里的电击器顶了上去，强大的电击下他的身体一阵筛沙后又重新跌倒在地。没想到这个看起来不怎么起眼的东西居然这么有用，叶菲菲摆弄着电击器，赞道："真够劲！"

"快走！"听到门外传来响声，关琥伸手去拉她。叶菲菲被拉得一个趔趄，低头看到落在地上的手枪，灵机一动，顺手将枪抄起放进了背包。

关琥刚带她跑到走廊上，就迎面撞上闻讯赶来的警察，此时张燕铎已经奔到了走廊左侧的尽头，冲他俩叫道："到这边来！"

关琥推了一把叶菲菲，让她跟上，自己则转身想跟那些警察进行沟通，谁知先前被他踹在墙上的那位这会儿刚好醒来，抬手指向他，说："他们是凶手……"

"不要乱说话！"关琥吼完就见警察们冲他举枪，这种状况下越描越黑，他没办法，只好揪起那个多话的警察，把他当盾牌顶在自己面前，然后迅速往后撤。鉴于栾青选的是最靠边的房间，尽头即是安全通道，在退到通道口后，关琥将身前的警察向前用力一推，顺着楼梯快步向下奔去。

他三两下就跑到了四楼，谁知四楼走廊上也有警察，警察看到他，迅速围了上来。这些警察个个手上有枪，紧急关头，他又一个箭步撑住扶手，顺着拐弯的楼梯口凌空一个腾越，将冲在最前面的两个警察踢翻在地，正要顺势再攻击时，下面传来叶菲菲的惊叫声。

担心叶菲菲的安危，关琥顾不得进攻，抓住扶手，直接跃到下面的阶梯上，就见叶菲菲正在整理有些褶皱的衣服，面前趴着个便衣警察，张燕铎的一只脚正踩在那人的肩上，看来不用自己出手了。

"你们……好彪悍。"被眼前一幕震撼到了,关琥啧啧嘴,赞道。

张燕铎脸色阴沉,看到从走廊对面赶来的追兵,他对关琥说:"你们先走,我来引开他们。"

"等……"没等关琥反驳,手已被叶菲菲拉住往楼下跑去,这时也容不得他犹豫,跟随叶菲菲顺着安全通道一口气跑到二楼拐角时,他听到下方也传来嘈杂的脚步声,多半是警方接到消息,从下面开始包抄,他及时刹住脚,看到楼梯尽头的小门,上前扭住把手用力一推。

门推开后,外面是一个在火灾等险情发生时用于紧急逃生的铁梯,但可能因为很少用到,梯子被收了起来,导致他们现在处于悬空的状态。

关琥将叶菲菲拉进勉强容纳下两人的小铁格子里,然后将门关上,又去拧动梯子的升降开关,可惜由于长时间没人使用,开关按钮都失效了。

他探头往下看,下方空间不大,靠近窗户的位置的堆了不少垃圾袋,他对叶菲菲说:"跳下去。"

"我……不行不行……"

两层楼的高度对关琥来说根本不算什么,但对于叶菲菲可谓是蹦极的水准,她向下瞅了一眼就连连摇头,"为什么要跳?人又不是我们杀的,大不了跟他们去警局……"

话没说完,关琥已经跳了下去,落地后翻了个身轻松站住了,仰头对她说:"跳不跳?不跳我走了!"

"不要!"

"那就赶紧跳,我接着你,没事的!"

"关王虎你说没事时,十有八九都有事!"

生怕关琥真的走掉,叶菲菲牙关一咬,从上面跳了下来,有下面

149

的垃圾垫着加上关琥护住，她安全落地后，顺势冲关琥腿上踹了一脚，叫道："我是空姐，又不是空中飞人，为什么要陪你冒险？"

砰！头顶突然传来的响声盖过了她的抱怨，两人仰头看去，就见三楼另一边的玻璃窗被撞得粉碎，张燕铎从里面跳了下来，楼下刚好停着一辆厢型车，他先是落到车顶后，又顺势向前翻了个身缓冲力道后，落到了地上。

这一系列动作做下来如行云流水，既惊险又洒脱，与此同时，紧跟其后的警察从被撞碎的玻璃缺口探身出来，将枪口指向张燕铎，关琥来不及细想，赶紧举枪扣下扳机，只听连着两声枪响，两名警察被击中手腕，枪也脱手落了下来。

循着枪声来源，张燕铎发现了关琥二人的方位，快步向他们跑过来，快到跟前时，才看到他的眼镜一边镜片碎了，额头被玻璃划伤，流下血来，衬衣前襟也被撕破，关琥忙迎上前，扶住他问："伤到哪里了？"

听了他的问话，张燕铎眉头微挑，笑着说："伤到他们了。"

关琥一呆，弄不清他是在开玩笑还是说真的，就听头顶的嘈杂声越来越大，他急忙一手扶一个，向前面的路口跑去，这时紧急出口的门已被打开，一大群警察冲了出来，个别彪悍的直接从上面跳下，紧追不舍。

眼看着要被追到近前，就在这时，突然冲出了一辆警车，弩箭从窗口射出，钉在紧跟在他们身后的那人肩上，与此同时车辆横在他们面前，只见后车门打开，里面的人喝道："上车。"

出于本能，关琥一把将叶菲菲推上了车，接着是张燕铎，最后才是自己，刚上车，车就启动了，以飞快的速度向前冲去，将后面的追兵远远地甩开了。

警车在路上熟练地转了几个弯,就顺利汇入了拥挤的车流里。看到谢凌云丢在副驾驶座上的弩箭,关琥想起了她曾是射箭冠军的经历。

"这不会是警车吧?"他打着哈哈问。

"在这么短的时间里,要把普通车漆成警车,比杀一个人更难。"

"所以你就劫车了?"

"借车而已,回头会还给他们的。"

"有没有顺便借枪?"

"没时间,要不他们也不会幸运地吃弩箭了。"

听着谢凌云的吐槽,关琥耸耸肩,叶菲菲好奇地问:"你为什么要救我们?"

"为了证明我的清白。"

"想证明自己的清白,你就不该跑,现在好了,不仅你成了逃犯,连带着我们也被盯上了。"

"刚才你也看到了,他们什么都不问就拿枪对着我,那种情况下我要是跟他们去警局,还能活着出来吗?"

"小姐,我觉得你的想法太偏激。"关琥刚说完,就听张燕铎接口道:"但不无道理。"

"我也觉得这样不错,挺刺激的。"听到叶菲菲的附和,关琥没话说了,半晌干笑道:"原来这里有问题的是我,那现在我们要去哪里?"

稍许沉默后,谢凌云说:"先离开这里。"

车笔直地向前开去,后面空间有些拥挤,关琥活动了一下,感到旁边的身躯在轻微颤抖,他转头看去,只见张燕铎脸色苍白,额头还流着血,像是还没从刚才的惊险中脱离出来,极力克制身体的抖动,看到他紧握的拳头，关琥伸过手去轻轻拍打，安慰道："没事了，都过去了。"

"是，都过去了……"

张燕铎靠着车座椅背，长长吐出一口气，他跟关琥靠得很近，对方的触碰让他从亢奋中慢慢缓了过来，在搏斗中要克制杀人的冲动对他来说是件很难的事，但他刚才忍住了。

只是打断了对方几根肋骨，这是个很大的进步，他想也许他可以慢慢变回普通人，毕竟那场噩梦真的都过去了……

叶菲菲从随身背包里翻了翻，找到创可贴递给张燕铎，关琥见状直接接了过来，并捏住张燕铎的下巴让他转向自己："让我看看你的伤。"

张燕铎没反抗，微微低下头由对方看，由于镜片碎了，关琥随手把眼镜取了下来，他本能地想阻止，但在发现来不及后慌张地垂下了眼帘，谢凌云透过后视镜看到他的反应，眉头挑了挑。

关琥没注意到这些细节，仔细检查了张燕铎额上的伤口，叶菲菲又递过来一瓶矿泉水，他用手绢蘸着水将血擦净，见伤口上没有沾上玻璃碴，这才贴了两个创可贴上去。

自始至终张燕铎都任由关琥摆弄，眼睛半闭着，长长的睫毛因为紧张颤抖得厉害，像是在害怕关琥的靠近，但在恐惧中他又有种享受其中的感觉，乖乖的样子，让他一点也不像平时那个毒舌又冷漠的酒吧老板。

"谢谢。"张燕铎轻声说，声音中带着嘶哑，关琥摸不清他复杂的想法，只好拍拍他的手，示意他镇定。

车里有短暂的寂静，暧昧的气息弥漫在狭小的空间里，最后还是谢凌云忍不住咳了一声，问："你们是……情侣？"

关琥拿着矿泉水瓶正要喝,这一声让他差点喷出来:"当然不是!"

"那是兄弟?"

"不是!"关琥不悦地瞪向前面开车的女生,"小姐,我说你真的要去看看精神科了,这么容易陷入妄想是很严重的病。"

谢凌云不说话,透过后视镜看向张燕铎,出于女人的直觉,她感觉得出这两人之间有关系,而且是那种血浓于水的关系。

张燕铎已经恢复了平静,从背包里取出一副备用的金边眼镜戴上,那副坏掉的眼镜则被他随手扔出了车窗,察觉到谢凌云的注视,他抬眼看去,冷漠的目光看得谢凌云一抖,下意识地避开了跟他的对视。

张燕铎当没看到,问:"警车会不会太引人注目了?"

"还好,这又不是什么大城市,我都挑监控不多的路段跑的,等警察追过来,可能都要几个小时后了。"谢凌云已从栾青死亡的震惊中恢复过来了,熟练地开着车回道。

"看来你对这里比对自己的家乡更熟悉。"

"这几年我大半的时间都是在这边度过的,对我来说,这里更像是故乡。"

"因为飞天的关系?"

"还有我的梦想,"谢凌云说,"没想到你们会跟过来,本想说这次有警察帮忙,也许可以解开飞天的谜题,没想到我被栾青阴了。"

"没关系,我们也被她阴了。"关琥摊摊手,"可惜算计到最后,她自己也逃不出死亡的控制。"

"你的意思是学姐故意把我们引来的?"叶菲菲问,"你们早就知道她有问题?"

"我知道,不过不知道他知不知道。"关琥看向张燕铎,张燕铎扶了下镜框，平静地回应："我也知道，但没想到以你的智商也会知道。"

谢凌云在前面耸耸肩——还说没关系，这么默契的对话一看就知道是搭档很久了。

叶菲菲伸手打断他们。

"行了，两位不要在这里说绕口令了，我只知道现在只有我一个人不知道，麻烦谁告诉我一下是怎么回事？难道学姐说的飞天故事是假的吗？她为什么要这么做？"

"她从一开始就在撒谎，迄今为止参与飞天的几个人在死前都是处于美好梦境状态的，而不是紧张害怕的样子，她那样做只是想利用你找上我——她的同伙袭击我未遂，担心我再查下去对他们不利，就将我引到敦煌来，在这里我人生地不熟，比较好对付；却没想到你会暗中录像，而有关她用棒球棍敲晕你的事她在后面的邮件中只字未提，多半是以为你不知道，想让你为她担心，逼我来敦煌。"

"出发前我让人调查了栾青的资料，那栋高级公寓是一次性全额付清的，她家境还不错，工资待遇也好，但即便如此也是无法买下豪宅的，从她的存款记录来看，她的资金来源不明，多半跟她跑敦煌的航班有关系，所以别人命令她当诱饵时，她不得不做，可惜背后的人太狠，在她失去了利用价值后，直接将她除掉了。"

谢凌云静静听着关琥的讲述，放缓了车速；叶菲菲问："那些人是怎么通过飞天祈福或是永葆青春那些传说来骗钱的呢？"

"那种鬼话固然可以骗到钱，但也需要长期撒饵，我想他们没那个耐心，他们应该有更好更快的赚钱渠道。"

"是什么？"

"这里最有名的是什么？"

叶菲菲瞪大了眼睛,关琥继续说:"这里有闻名于世的古老遗址,有着无数珍贵的文物,对某些人来说,这就像是源源不断的宝库,他们怎么忍得住不出手?"

"走私这么简单吗?被抓住要判死刑吧?学姐怎么会为这种事冒险……"

"贩毒也是死刑呢,你看这世上贩毒组织有减少吗?空乘的薪水是不错,但人是很奇怪的动物,有些东西多了以后还希望更多,比如永远用不完的钱,永远不会衰老的容貌,照之前那些警察的反应,他们中间应该也有类似栾青的人。"

那些警察还没弄清事情真相,见人就开枪,这做法的确很奇怪,叶菲菲恍然大悟:"所以你才再三阻止我来?那你明知有危险为什么还要来?"

"不危险还要警察干什么?"

"我看错你了,"听到这里,谢凌云说,"要是知道你还有点头脑,我会选择跟你合作,现在也许还不至于这么糟糕。"

"我看上去很不值得信任吗?"

"你觉得一个喝得醉醺醺的去现场查案的警察值得信任吗?"

想起跟谢凌云第一次见面的经过,关琥看向叶菲菲跟张燕铎,伸手一指:"我可以把责任推到他俩身上吗?"

这句话换来两记拳头,痛得关琥抱头叫起来,谢凌云在前面看得忍不住喷笑,车内轻松的氛围缓解了她的戒备心理。

这时铃声响起,她拿起手机接听,用当地方言跟说了几句后挂了电话。沉吟片刻,她开口道:"去阳关还有一大段路,在这几个小时里,我可以将整件事原原本本地说给你们听,证明我不是疯子。"

"你只要证明你没杀人就行,治疗疯子是精神科医生的事。"接着关琥的话尾，张燕铎说："先买点吃的东西，顺便换辆车。"

透过后视镜，谢凌云看他："你是个很小心的人。"

"小心永远都没有坏处。"

"说得也是。"谢凌云将车开到一个偏僻的路边停下，附近有个小卖部，四人进去买了些饮料食品，回来时就见她手里拿着粗油性笔站在车尾，将车牌上的数字"1"变成了"4"，"3"变成了"8"，乍看上去还真分辨不出来。

"资源有限，我只能做到这样了。"谢凌云冲他们三人摊摊手，"不过我朋友会跟我在阳关会合，只要再坚持几个小时就安全了。"

"你的备用物资挺齐全的。"

"一个人单身在外，多点装备总是好的。"

谢凌云上了车，叶菲菲跟在后面，问："去阳关可以顺便拍下照吗？据说那边风景很美。"

"你不如顺便再参观下莫高窟、月牙泉什么的，敦煌一日游就圆满了。"被关琥吐槽，叶菲菲气得冲他嘟嘴，他没在意，跳到副驾驶座上坐好，那柄原本放在座位上的弩箭则被他拿在手里看，啧啧称赞道："看起来跟真的一样。"

"那是真的，不想被伤到，就少碰它。"谢凌云重新启动车子，对叶菲菲解释说："我们不是去阳关遗址，而是出关，去我们要去的地方。"

张燕铎打开手机，找出曾在谢凌云家里拍的照片，墙壁上一条长线蜿蜒曲折，延绵伸展向远方，他说："劝君更尽一杯酒，西出阳关无故人。"

"阳关之外没有故人，有的只是无数古迹遗址，还有大家梦想中的飞天。"

警车一路向西驶去，谢凌云对这条路很熟悉，一边熟练地开着车，一边讲述自己的经历。

"在我很小的时候，父母就因为性格不合离异了，父亲将所有财产都给了我母亲，只带走了一大堆书；在我的记忆里，父亲就一直跟那些厚厚的书籍待在一起，那时我还不懂为什么他喜欢母亲口中说的'废纸'，当我知道那不是废纸，而是有关敦煌古迹的研究资料时，我已经上高中了。

出于对父亲研究的那些学术的好奇，我尝试着去读相关的书，才知道原来他在学术界是很著名的学者，他写过很多有关敦煌的论文专著，登载在权威的报纸杂志上。"

他们现在想知道的是飞天的秘密，不是关于一位研究学者的生平。关琥开口想打断谢凌云的讲述，肩头感到触碰，原来张燕铎敏锐地捕捉到了他的不耐烦，示意他静下心去听。

"出于对父亲的崇拜，我瞒着母亲跟他联络上了，父亲也很高兴看到我，就这样我跟父亲的接触越来越多，慢慢地，我也希望从事父亲那样的职业，将历史上最美好的东西从湮没的尘沙中取出来，展示给世人，也是从那时开始，我接触到了飞天，从而发现了一个完全不属于我们的神秘世界。

我并非喜欢登山探险，那些只是为了锻炼自己的生存能力，要知道考察研究古迹是件相当辛苦而危险的工作，必须要有相应的体力去支撑。"

听到这里，关琥心底隐隐有了某个线索，但为了不打断谢凌云的讲述，他选择了缄默。

"三年前的某一天父亲去了敦煌，离开时他很开心地给我打电话，说发现了新的石窟，而且那座石窟的壁画很神奇，明显不同于其他莫高石窟里的景观，如果可以进一步发掘，一定可以发现新的敦煌古迹，但那时我母亲正病危住院，我没心思关注这些东西，听他说是跟朋友同去的，便叮嘱了几句后就挂了电话，却没想到那是我们父女的最后一次通话。"

之后没多久谢凌云的母亲就过世了，所有身后事都是她一个人操办的，等全部都忙完，时间也过了半个多月，她再打电话给父亲想询问他那边的状况，却没想到不管怎么打都无法接通，她又打给跟父亲一起做研究的朋友，也都毫无结果。

至此谢凌云心里隐隐有了不祥的预感，她把家里的事安顿好后，来到了敦煌，照着父亲留给自己的联络地址一一找过去，才知道半个月前父亲独自去了罗布泊，此后就没了音讯，父亲在当地的朋友不是没有报警寻人，但都一无所获。

谢凌云不死心，又跑去警局请求帮助，却屡次被拒，这也成为她对警察不信任的原因之一。后来她又打电话联络曾跟父亲一起考察新石窟的朋友，谁知那个朋友在赴约当天出了严重的车祸，导致双腿瘫痪，到此为止所有线索就都断了，她遍寻无果，加上学业的压力，只能选择回去。

"就这样，我在短时间内同时失去了两位最亲的亲人，而我却什么都做不了，我很后悔当初没有详细询问父亲的出行状况，更不知道他到底在研究什么，后来我想到可以从他正在研究的学术资料上查线索，就去他家和学校询问，却被告知所有研究资料都被他的朋友拿走了，一点不剩。

他的朋友也搬了家，我找了很久，又委托私家侦探帮忙，终于找到了那个人，可是对方却不承认拿走了资料，还说我是冒牌的，说从来没从我父亲那里听说过有关我的事情。我被他赶了出来后，越想越觉得他的行为很反常，所以怀疑是不是他为了拿走某些东西杀害了我父亲，但因为毫无证据只能作罢。

后来我就正式开始研究敦煌文化，有一次我在网上查找飞天资料的时候注意到了'莫高'这个人，又追踪他来到神仙乐陶陶。"

在几次聊天中，谢凌云注意到了莫高的古怪，她尝试着私下跟莫高交流，但那个人警惕性很高，不知道他从哪里发现了谢凌云的不对劲，很快就拒绝跟她再联络，她只能用小云这个ID跟大家交流，后来在一次单线联系中王可不小心说漏了嘴，提到去敦煌旅游的事，没等她细问，王可已把话岔开了，但没多久她就在去敦煌的时候遇到了王可等人。

为了查清父亲死亡的真相，这三年来谢凌云大半的时间都往来于学校跟敦煌两地，也在这一过程中认识了一些热心维护遗产的当地人，通过他们的帮助，谢凌云找到了王可所在的旅行团。

旅行团的人都是以聊天室的ID相互称呼的，所以很容易确定对方的身份，可惜的是并没有发现什么怪异的地方，她还以为是自己想多了，便听从朋友的建议，在敦煌小住了一阵子。

直到后来她在采集新闻资料时无意中看到陈小萍的自杀，并且是以飞天的模样，才发现事件的反常。接下来是许英杰，再后来是王教授，她感到害怕，想联系王可，却无法联络上，那时她就猜到王可或许也不在了，而所有人自杀的源头一定来自敦煌，便赶了过来。

"你好像跟王可联系比较多？"听到这里，关琥问。

"他那人比较好色，看到女生就会多聊几句，我为了了解他们去敦煌的事，曾约他出来，他好像对我有意思，主动给我看了导游给他们的所谓的飞天图，我一眼就认出了那是我父亲曾经研究过的图形密码。

　　我父亲曾提到过一些有关密码的事，说那是印度的佛教跟我们的道家文化沟通的产物，与羽化飞仙有关，但具体的我就不清楚了。我不明白为什么导游会有这种东西，所以就警告了王可，又问他拿到图形的经过，但他支吾着离开了，后来再也联络不上。时隔不久，就出现了一系列所谓的自杀案，我想他们的遇害可能跟我有关。"

　　"为什么呢？"叶菲菲不太懂。

　　"可能是王可从谢凌云的警告中发现了一些秘密，去跟那些人交涉，或许他只是想弄点甜头，却没想到对方心狠手辣，直接干掉了他，那些人又怕王可的女友，也就是陈小萍发觉，索性一不做二不休，将其他的人也一起干掉。"

　　关琥的解释除了让叶菲菲释疑外，还理清了整个事件的脉络，如果谢凌云说的全是真的，那就不难猜出背后主使的手段——有人利用谢凌云的ID迷惑聊天室的人，同时让他们误以为"小云"跟"莫高"是整件事的主使者，而了解敦煌文化并且精通电脑网络的人他只认识一个。

　　"所以你就借撞车装晕，偷偷跑来敦煌？"

　　"我没有装，是真被撞晕了，我怀疑那辆车根本就是故意撞我的，因为我发现了他们的秘密。"

　　"什么秘密？"

　　"就是飞天的秘密啊。"谢凌云一手握住方向盘，另一只手在背包里摸了摸，拿出一大叠纸给关琥。

　　"这是这几年我在我父亲以前和同事的书信来往中收集来的资料，都是关于飞天的。我推测父亲在考察遗址时发现的新洞窟，那里的飞天图有着可以令人羽化飞仙的神力，有人也想要这些资料，以达成飞天的梦想，但因为父亲的失踪使他们找不到洞窟的地址，所以才会利用那些无辜的游客去探险。"

"可关王虎说是走私啊？"

被叶菲菲提醒，谢凌云摇摇头："我没想过这一点，这几年我都一头扎在遗址研究中了，不过关琥说的也很有可能，毕竟为了寻求一个缥缈的梦想，投入这么多财力，实在是说不过去。"

"这就是去往遗址的地图吗？"关琥展开纸，上面画的跟谢凌云家里墙上贴的地形图一样，他给张燕铎跟叶菲菲看，又问，"说了这么久，你父亲那位朋友我大概也有想法了，他应该叫尚永清吧？"

"你怎么知道？"谢凌云吃惊地看向他。

"因为我们曾向他询问过图形的事，他提到了一位姓凌的考古学家，并对他相当怀念、推崇。"

"他怀念的应该是跟父亲一起消失的研究文件吧！"

"听他对飞天的见解，似乎对敦煌文化也有一定的研究，他常跟你父亲一起去探险吗？"

"是的，但父亲应该把他当成是对古文化有好奇心的朋友，而不是研究的搭档，从来没有跟我提过他，可是在父亲过世后，他居然将父亲的所有研究资料都带走了，根本是别有用心！"说到尚永清，谢凌云的表情阴沉下来，显然对于尚永清的拒绝耿耿于怀。

"尚永清出车祸的时候是在去敦煌的路上还是归程？"张燕铎突然问道。

"当然是归程，因为他的车胎上沾了很多只有当地才有的黄沙，但他狡辩说是出门后发现有东西没拿，所以临时赶回去，结果中途遭遇车祸。"

"那他的瘫痪是真的吗？要是假的就证明他在说谎了。"叶菲

161

菲说。

"瘫痪是真的，我在事后调查过，这方面他做不了假，"谢凌云很不情愿地点点头，但马上又说，"但出事故就能证明他没进过沙漠吗？很可能是他害死了我父亲，在回程时心慌意乱才导致了车祸。"

"有证据吗？"

"没有，我曾跟警察提出疑问，但他们说这只是我的猜测，没有真凭实据，警方无法立案调查。"说到这里，她气愤地用力一拍方向盘，叫道，"所以说我最讨厌的就是警察了！"

"你的心情可以理解，但你要知道，许多时候警察跟军人一样，自身能决定的事情很少。"

听了关琥的解释，谢凌云看看他，然后把眼神撇开，小声说："对不起。"

"所以就算你发现了几起自杀案有蹊跷，也没有报警，而是选择自行调查，难道你不知道这样做会给罪犯提供陷害你的机会？"

"我知道，萨拉有警告过我，但没办法，栾青联络我说发现了飞天的秘密，为了得到更准确的消息，我只能赶过来。"

"萨拉是谁？"

"是我在这里的朋友，父亲以前来这里做研究时，受过她很多照顾，父亲曾不止一次地跟我提到过她，在请当地警察寻找父亲，还有调查尚永清的事上她也都帮过我，否则我一个外地人想在这里寻人跟搜集证据实在是太难了。这次进沙漠也是由萨拉带路，她对这一带很熟悉，没有她帮忙，我们会迷路的。"

"也就是说我们很快就能跟她见面了？"

面对张燕铎的问题，谢凌云笑了："是啊，难不成你以为就凭这种警车，我们可以穿越沙漠吗？"

"沙漠？"叶菲菲大叫起来，"你不会是想横穿罗布泊吧？"

"不知道，我也是第一次尝试。总之陈小萍等人的死因也许跟我有关，但我没有杀人，没有杀王可，更没有杀栾青……"

关琥不置可否："你跟栾青见面后，她有提到什么吗？"

谢凌云不明所以，奇怪地看他，关琥又问："比如说有关飞天的传说，她为什么特意跑来这里？"

"没有，可能她怕说太多会引起我的怀疑，所以我们只是寒暄了几句，她就电晕了我，再之后的事你们都知道了，我真没想到她会算计我，明明当初聊天室的人一起来游玩时，大家热情得就像是好朋友。"

关琥拿出那颗纽扣来回转着，这是栾青死时攥在手里的，但手劲不足，看上去更像是被人硬塞进去的，而且谢凌云的衣领也没有裂开，如果是在她推栾青下楼时被拽下的，出于力度的关系，衣领不可能完好无损，也许凶手是为了将所有罪名都栽赃到谢凌云身上，但这样做却有些画蛇添足了，如果没有这颗纽扣，说不定他现在还在怀疑谢凌云。

"可是有一点很奇怪，学姐坠楼后，我因为害怕，一直面朝酒店门口，却没有看到有人离开，那凶手杀了人后，是怎么逃脱的？"

"他不需要出来，他只要回到酒店的某个房间就行了，也许在我们被警察围攻时，他就在跟我们同一层的某个房间里。"张燕铎扶了扶眼镜，冷静地说。

"那监控录像呢？只要我们调取出来，就可以找到在谢凌云之后进入学姐房间的人。"

"你知不知道有些地方为了压缩开支，会设置假的摄像头，乍看探头有运转，其实根本没跟监控器连在一起，"关琥说，"逃跑时我有特别注意，至少栾青所在的那一层不是真的。"

假如不是看到假监控,他还不会怀疑警察有问题,没有监控录像,单凭死者一身普通的白裙,警察凭什么确定她住在哪个房间里,并指证谢凌云就是凶手?那根本就是一早就做好的局。

听完关琥的解释,叶菲菲吃惊地叫起来:"不是吧,摄像头才几个钱啊,干吗在这种小地方抠门?"

"人就是这样奇怪,在不该浪费的地方大手大脚,却在该用钱的时候小气。"

关琥从背包里取出谢凌云的相机,跟纽扣一起还给了她。面对关琥的行为,谢凌云面露惊讶,随即又转为感激,用力抓住相机,说:"谢谢,这是我父亲的相机,也是他唯一留给我的东西。"

"不谢,反正这么大的相机我拿着也没什么用。"

"所以你不怀疑我了?"

"我只是举出所有的可能,在案情不明前,任何人都有嫌疑。"

再向前开,路上愈发荒凉,晴天碧空下没有一辆来往行驶的车辆,放眼望去,前方是一片荒芜的土地,偶尔可以看到些建筑物遗址,那尊"阳关故址"的石碑就立在青石黄沙之间,叶菲菲很想提议顺道过去拍个照留念,但看看其他三人的表情,她只好将话咽了回去。

石碑很快就被甩到了后方,过了阳关,谢凌云放慢了车速,没多久她在路边停下车,转头对他们说:"该说的我都说了,我这次是准备按照父亲留下的线索找寻洞窟遗址的,也许到了那里,我会找到自己想要的答案,也许什么都找不到,但不管怎样,这都是趟很危险的旅程,我不想你们陪我冒险,大家就在此别过吧,如果我找到了答案,会回警局配合你们工作的。"

到现在她仍把张燕铎当成是警察,张燕铎没说话,目光转向关琥,关琥则看向叶菲菲，用手往后一指："你回去。"

"关帅哥，你不觉得现在这种状况下，让我一个人回去更危险吗？"

"是两个人，我让张燕铎送你。"

"关王虎，什么时候我变成你手下了？"张燕铎似笑非笑地看关琥。

"不是手下，是我拜托你可以吗，大哥？你送这位姑奶奶回家，顺便也把你自己也送回家，这里的案子有我一个人跟就行了，"关琥说完，见谢凌云奇怪地看自己，他只好解释，"这里只有我是警察，不相关的人就不要把他们牵扯进来了。"

谢凌云点点头，还没来得及说好，叶菲菲先举手反对："我也要跟，凭什么摆脱那些警察时拉着我，现在半路要把我丢下？"

"不是丢下你，而是太危险，沙漠不是风景区，我们也不是去旅游……"

"我要做的是送你回家，不是送她。"打断关琥的解释，张燕铎对他说。

"送……送我？"

"你看你看，老板不送我，所以比起单飞，跟着你们更安全吧？"

"等等，大家都冷静些，我再说一遍，接下来很危险……"

"一起去！"

两个人的声音成功地盖过了关琥的话，他左右看看张燕铎跟叶菲菲，问："你们什么时候这么熟了？"

"在一致对外时。"

"那还有没有回旋的余地？"

"有，"张燕铎往椅背上一靠，双腿交叠，淡声道："你选择回去。"

面对这样的回应，关琥张口结舌了，谢凌云在旁边看得笑出了声，拍拍手，说："那要不就一起吧，有萨拉做向导，除非是我们太倒霉，否则应该不会有生命危险的。"

关琥确信一切已成定局后，只好退一步："那接下来做任何事，你们要都要听我的。"

张燕铎眼镜片后厉光一闪，然后回复了关琥一个字："哼。"

看看，这什么态度？这气派这排场根本就是锦衣出行的贵公子，而他，运气好的话，被排个小跟班什么的。

远处传来汽车的喇叭声，关琥抬头看去，就见一辆普拉多朝他们冲来，然后精准地停在了他们的车旁，一个肌肤黝黑的长发女子从车上跳下，向谢凌云伸出手，谢凌云下车后，跟来人热情回抱，从她们的互动中能看出是相识已久的朋友。

关琥与张燕铎对视一眼，两人都认出了眼前这个人正是他们在机场附近见到的那个女子，原来她就是谢凌云提到的萨拉。

"这就是你说的那几个人？"跟谢凌云打完招呼，萨拉把目光转向车里的人。她看上去三十上下的年纪，声音有些粗粝，跟瘦小的身形格格不入，但也透露出了当地人的粗犷，率性自然的外形很容易让人放下戒心。

"都是朋友。"谢凌云将萨拉带到他们面前，将三人一一介绍了。关琥摇摇手，算是打了招呼，又笑嘻嘻地对谢凌云说："原来做朋友这么简单。"

谢凌云误会了他的玩笑，认真回道："是啊，萨拉是罗布人的后裔，也是我父亲的好友，在考察工作中帮过他很多忙，这次去寻找洞窟，没有萨拉的帮助可不行。"

"你们全都要去？"萨拉来回打量车里的三个人，表情凝重，"地点我们都不清楚，很可能会遭遇危险。"

"应该不会比被警方通缉的危险更大。"

听了关琥的话，萨拉耸耸肩，下巴朝自己的车指指，示意他们上车。

四人上了萨拉的车，谢凌云坐副驾驶，萨拉熟练地启动普拉多，将被他们遗弃的警车甩到了后面。

这辆越野车有经过改造，里面相当宽敞，车上除了导航仪外还配有无线电通信设备。萨拉让谢凌云将自己准备的提包打开，把里面的东西依次发给他们，说："现在不是个适合考察的季节，正午时温度可能高达五十度，在这里，手机是不管用的，为了防止走失，大家人手一个通信器。"

叶菲菲摆弄着手里的黑色微型通信器，觉得很好玩，按着开关说："地瓜地瓜，我是番茄，听到请回答。"

关琥给她的回应是将一条透明的围巾扔给她，萨拉继续解释："这是用来防沙的，风沙大的时候，连人都能被吹走。"

"听说罗布泊有很多诡异的传说，是真的吗？你有没有见过那些灵异事件？"

"没有，我想所谓的灵异多半是人在极度衰弱之下引起的幻觉，不过死人骨头倒是见过不少，幸运的话，你们还能捡到汉唐时代的陶片，当然，它们有没有商业价值另当别论。"

萨拉对地形很熟悉，一路熟练地驾驶着车辆，又说："后车厢里有发电机跟简易帐篷，还有必需的饮食用水，我准备了两天的量，希望两天内可以有所收获。"

"两天的话，我们可以到达塔里木盆地了。"

"如果我们不迷路的话。"

配合萨拉的话，谢凌云将指南针分发给大家。叶菲菲则将自己准备的名牌墨镜、帽子、防晒霜一一拿出来，兴致勃勃得像是去旅游，关琥担心地看看张燕铎，张燕铎有严重的贫血症，怕他会受不了。

"五十度，你能撑得住吗？"

面对关琥的忧虑，张燕铎莞尔一笑："许多时候，人的潜力是无限的。"

越野车向着他们未知的目的地飞快地行驶着，最初还有一些绿色植物群跟稀稀疏疏的游人，但没多久就消失在他们的视线中。

已是傍晚，远处彩霞渲染了半边天空，谢凌云坐在萨拉身旁翻看着收藏的地址，又不时抬头看向前方，萨拉拍拍她的手，安慰道："也许不用深入沙漠，从路线跟地质来看，石窟如果建在库木塔格沙漠某一处的话，很可能早被风沙腐蚀了。"

如果只是在库木塔格沙漠，遗址应该早就被发现了，张燕铎想事情应该不会这么简单，他问谢凌云："这条路线你是怎么找到的？"

"根据我父亲留下的手稿拼拼凑凑，再将这些图案安在相应的地方，这样连接下去，路线就出来了。不过看似简单，我却研究了整整三年。"

"三年已经很快了，尚永清现在说不定还在研究这些祈福飞天代表了什么意思，其实它们只是指引人进入石窟的钥匙罢了。"

"不过我不敢肯定自己的推测是否正确。"谢凌云手抚图纸，看上去底气不足。

张燕铎扶了下眼镜，没有说正因为大家都对这个推测抱观望态度，所以她的图纸才没被偷走，犯罪团伙需要一个引路人，而谢凌云就是最好的棋子。

再往前开，道路的颠簸程度加剧，叶菲菲用安全带将自己固定在座位上，头靠在椅背上睡了过去，关琥还在研究谢凌云的弩弓，张燕铎则摆弄着手机，发现上面一格信号都没有，别说上网，连打电话都成问题。

刚说信号弱，这也太快了点吧，他伸手将关琥上衣口袋的手机掏出来看了一下，手机显示跟他的相同，关琥貌似对他的过分行为已经习惯了，注意力依旧放在弩弓上。

"别担心，这车上有通信设备，万一出问题，我们可以随时求救，"萨拉说完，又笑道，"放松点，也许没那么糟糕，看路线，我们应该不会进入危险区。"

能看懂这种路线图，关琥觉得那一定是神人，他翻来覆去地把地图看了几遍，最后看到的仍是弯弯曲曲的几条长线而已。

第八章

又往前跑了十几公里，谢凌云看着地图给萨拉提示方向，放眼望去，他们此时已置身于沙漠当中了，即使车里开着空调，依然可以从周边风景中感到外界的燥热，眼前是一片片干燥荒芜的黄沙，偶尔可以看到芦苇红柳以及稀少的绿色植物，远处是飞速奔跑的黄羊群，注意到了他们这些外来者，停下奔跑，好奇地打量他们。

直到现在关琥还有种不真实感，真不敢相信他们这些新手居然有勇气进沙漠。这里面会有价值等同莫高窟的遗址？他在心里半信半疑地琢磨，迄今为止这片沙漠不知被多少探险家踏足过，甚至里面还有原子弹试爆基地，如果真有遗址，早该被发现了，又怎么会等到今天！

像是觉察到了关琥的疑惑，张燕铎放大了手机里的地形图递给他，并在某处画了个圈，关琥随即向外望去，果然看到路边有块奇形怪状的石块，历经千百年来的风蚀，石块表面蒙着一层层叶脉似的纹络，他再对照下手机里的图形，居然有七八分相似。

看来谢凌云指的路没错，古人正是用这种方式来做图标的，毕竟这么大的石块就算再过百年千年，也不会从原地移开半分。前座传来轻微的吐气声,看来谢凌云也在为自己的推测正确而松了口气,此外车辆在转了几道弯后就一条直线地向前跑去,省了大家不少麻烦。

最初关琥还看表来计算距离跟时间,但是在夕阳坠下之前他发现自己的电波手表停了,车子在一片孤寂中默默向前行驶着,叶菲菲在沉睡,张燕铎也在闭目养神,谢凌云心事重重,除了指路外一句话都不说,整个车上反而只有关琥最精神,一直看着车子跑过远方红霞,进入夜幕之中。

关外昼夜温差很大,半路上萨拉将空调关了,大家居然也不觉得很热;见天色渐暗,她把车停到一片空地前,跳下车从后车厢里拿出简易帐篷,准备在这里过夜。

别看萨拉瘦小,做起事来却非常利索,她将长发卷在脑后,很熟练地将帐篷撑开,弯腰时关琥看到她的后腰上别了一柄半尺多长的弯刀,刀鞘上刻着弯曲复杂的纹络,刀柄上还挂了几串绿石头。

"这是我们用来辟邪的。"见关琥注意自己的刀,萨拉解释说,"在遭遇困难时,真主会现身保佑我们的。"

"那遇险也不用怕了。"关琥附和得毫无诚意,他没有什么信仰,对他来说信上帝真主还不如信自己。他跟张燕铎一起帮忙将两个帐篷搭好,谢凌云和叶菲菲则在旁边准备晚餐。

夜晚风沙更大,大家躲在帐篷里简单吃了晚餐,便分开休息。萨拉在帐篷四周撒了防止蝎子毒虫的药粉,又提醒他们夜间听到响动不要乱看乱跑,那都是风声导致的幻觉。

关琥跟张燕铎睡在一个帐篷里,他翻来覆去睡不着,好不容易眯了一会儿,很快就被惊醒了,侧耳听去,外面狂风大作,中间夹杂着类似人语跟脚步声,甚至还有繁华街市的喧闹声,他看向张燕铎,均匀的呼吸声证明张燕铎睡得正香,完全没被外界困扰。

关琥忍不住伸脚踹了他小腿一下："外面好像有人,你有没有听到？"

"这里出现鬼会比较合理。"

张燕铎翻了个身,让关琥无法再碰到他,嘟囔完后又沉进了梦乡。关琥却怎么都睡不着,探身趴在帐篷口往外看,就见外面一片寂寥,苍穹上只有几颗星星点缀着夜色,天地间除了黄沙还是黄沙。

他看得无聊,正要返身回去,看到远方天空突然明亮起来,一道道白练自夜色中腾起,衣带当风,或飘舞或凝滞,接着颜色逐渐鲜明,化成各种人形,其间宝冠顶戴、璎珞缤纷,腰间肩头环绕着五彩丝带,在半空中若隐若现,有些手捧莲花,作扬手撒花状,四周曼舞轻歌,犹如天界仙乐。

淡光闪烁着,隐约透出各式手持琵琶、横笛的女子身姿,在这短暂的时间里,天地间仿佛筑起了一座偌大的舞台,身着轻纱羽缎的女子们在台上尽情歌舞,演绎着千万年来曾经令人心动的美景。

来到敦煌,这会看到如此美景要还不知道这就是飞天,那他一定是傻子！

关琥震惊极了,急忙转头去叫张燕铎,张燕铎直接用后背回复他。关琥这会儿也顾不上张燕铎了,返回去摸到自己的手机,又跑出帐篷外对着天空一阵猛拍,但那奇景来得快去得也疾,很快就消失在夜色中,只留关琥一个人站在孤寂的苍穹下,面对着荒漠。

黄沙翻飞,关琥没防备,被风吹了一嘴沙,他在外面坚持了几分钟,直到确定飞天神迹不会再出现后,才怏怏不乐地回到帐篷里,打开手机看自己的拍摄成果,可令人懊恼的是别说飞天奇观了,他连星星都没拍到,画面里只有黑黢黢的沙土跟停在旁边的越野车。

他有些沮丧,听着张燕铎沉稳的呼吸声,更觉得不忿,扑过去按住对方的肩膀叫道:"靠!"

张燕铎被他吵醒了,睁开眼茫然地看过来,但随即就明白了眼下的状况,立刻慌张地去摸眼镜,关琥松开手,回到原处,嘟囔道:"没事,我就是睡不着,想拉个垫背的。"

张燕铎的动作定住了,沉默三秒后,一罐防虫蚁药膏的铝盒飞到了关琥的脑门上,他被砸得"嗷"的一声捂着头躺倒,就听张燕铎清亮亮的声音传来:"没事,我就是手痒,想找个练手的。"

天不亮关琥就被叶菲菲踹醒了,他睁开眼,发现张燕铎早已起来了,叶菲菲则插着腰站在自己身旁,他的小腿还在隐隐作痛。

"快起来吃饭,马上要赶路了。"

"哦?"关琥揉着小腿坐起来,想起昨晚的经历,他急忙拿起手机重新翻看,叶菲菲催了他几句就出去了,关琥看到一半,外面又传来叫声,大家在催他去吃饭。

"马上来。"关琥随口应道,又将昨晚的照片看了一遍,毫无意外地发现画面全都是空拍,他正郁闷着,忽然注意到了照片里奇怪的地方,再迅速回放其他几张,果然发现了相同的怪异之处。

又过了一会,张燕铎拿着香肠和饼干走了进来,他本来想塞给关琥,谁料关琥看手机看得出神,直接转过头,就着他的手,张嘴将剥好的香肠咬掉了一半。

张燕铎一愣,随即无奈地笑了,问:"你在看什么?"

"这个。"关琥将手机递给他看,看到关琥指的地方,张燕铎皱起眉头,正想问怎么回事,被关琥制止了,低声说,"回头车上说。"

由于正午气温太高,萨拉选择在凌晨出发,大家简单吃了早餐就整装上路。车开动后,关琥开始讲自己昨晚见到的奇景,听他提到飞天，萨拉的脸色微变，张嘴想细问，却被其他人的嘲笑声盖过去了，叶菲菲说："你做梦睡迷糊了吧？一定是最近考虑飞天的事考虑得太多，所以夜有所梦。"

"是我亲眼见的，我还拖张燕铎……"看到张燕铎瞟过来的目光，关琥临时改口，"拖大哥一起看。"

"不过我睡得正香，什么都不知道，所以我只看到关琥拍的照片，里面只有一片荒漠。"

"而且晚上也不可能有海市蜃楼，"谢凌云说，"所以菲菲说得对，你是想事情想多了。"

"是啊是啊，应该只是看花眼了，昼夜温差太大，会导致不适从而出现幻视幻听是很正常的。"萨拉解释完，又问，"能给我看下你拍的照片吗？"

像是没听到她的请求，关琥说："但也可能是神明给我们的指引呢？"

数道鄙视的目光一同射来，叶菲菲说："关王虎你的智商还可以再低点吗？"

"哈，你们都说去寻找飞天，却没一人相信吗？"

"我们要寻找的是古文化遗址，不是神话，OK？"

"是是是，大家说得有道理，我删掉还不行！"

萨拉还想阻止，关琥已经抢先一步将照片删掉了，她有点失望，目光在车窗外逡巡，不知在想些什么。

关琥还要继续玩手机，被张燕铎制止了，将手机夺过去，说："为了不再出现幻视，你要不要睡一觉？"

"不要，怎么说我也是见过飞天的人，如果你们走迷了路，至少我可以帮你们找到出口。"

关琥没想到，在数小时后他随口说的玩笑话真的应验了。

沙漠的天气就跟大海一样变幻无常，前一秒还晴空万里，下一秒就飞沙走石，狂风卷起黄沙，在他们面前形成了一道土黄色的墙壁，别说辨别方向，就是前行都极度困难，受风力的影响，萨拉手中的方向盘脱离了控制，导致越野车开得摇摇晃晃，挡风玻璃外像是在下土雨，天昏地暗的，能见度极低。

紧接着倾斜的沙土在风中开始流动，缓慢如潮汐起伏，但若不赶紧逃离，沙粒会将物体整个覆盖，所以萨拉勉强转动方向盘，尽量随着风向移动，这样的状况一直持续了近半个小时，他们才从黄沙风暴的中心逃出去。

等地势稍微平缓后，萨拉将车停下，大家回头看去，只见几道柱形物体在空中盘旋移动，地形在风势的影响下变了模样，天地间被龙卷风似的物体连接到一起，黄沙还在半空中飘荡，遮住了上方的天空。

"幸好我们在车里。"看到这一震撼人心的壮景，叶菲菲忍不住咂舌。

"夏季起风很常见，但这么大的就较少遇到了，不知你们是幸还是不幸。"萨拉看着远处逐渐远去的黄沙风暴，又将目光转向车里的人，"拜它所赐，我们迷路了。"

"有GPS吧？看怎么走。"

"GPS好像也出问题了。"谢凌云伸手拍打车上的仪器，屏幕上出现"ERROR"的字样。导航仪出了问题，萨拉表现得比谢凌云更急躁，直接重启导航仪，结果还是不好使，她不死心，又重复了几次，在发现毫无好转后，忍不住爆粗口："真该死。"

"糟糕的是指南针也失灵了,我们现在在哪里都不知道。"叶菲菲摆弄着手里的指南针,又看手机,一格信号都没有,"我们的饮用水跟汽油还够吧?"

"这个暂时不用担心,我们现在只是在沙漠外沿。"萨拉戴上防风围巾,跳下车,先用湿毛巾将挡风玻璃上厚厚的一层沙土抹掉,又仰头看天空,可惜黄沙翻滚,将整个上空遮盖住,根本看不清太阳的位置,她又转动手表,想靠指针分辨方向。

关琥探身趴到车窗上往外看,就见风沙过后,连仅有的少数绿色植物也消失了,四个方向看上去完全一样,这种状况下想要再返回地形图指示的区域,简直如同痴人说梦。

"你很重。"耳边传来不悦声,张燕铎坐在车门旁,原本正看地图,被关琥压住,他的图纸也被压得变了形,关琥讪讪地退回自己的座位上,小声嘟囔:"这不是后窗什么都看不到嘛。"

谢凌云跟随萨拉下了车,两人在车外交谈了一会儿后,萨拉又在附近蹲下拨沙,找到了一小株植物,她绕着车辆转了一圈返回,说:"现在有两条路,我带大家出去,或是继续去寻遗址。"

"可以出去吗?"叶菲菲问。

"照我的经验,应该没问题,但如果大家要寻找遗址的话,之后我们会在这里徘徊多久就不知道了。"

谢凌云的眼神有些飘忽,看表情她是决意继续前进的,但顾及其他人的安危,便没把想法说出来。叶菲菲看出了她的顾虑,故作轻松地说:"都走到这里了,就算想退缩也不一定退得出去,我赞成前进。"

关琥跟叶菲菲的想法一样,是以直接看向张燕铎,张燕铎表情冷淡:"我不会持跟你相反的意见。"

话说得暧昧，被其他三个人用古怪的目光盯着，关琥呵呵干笑："这种话如果用在付钱上，那我就太感动了。"

"所以现在的问题是怎么走？"

"那里。"关琥随手指了个方位，"如果我的直觉没错，那边是我昨晚看到飞天的方向，也许冥冥中神明在指引我们过去。"

谢凌云跟叶菲菲都没意见，反正现在毫无线索，往哪里走都一样，萨拉却稍有犹豫，没有马上启动车辆。张燕铎没有忽视她稍纵即逝的不安，拿起地图拍在了关琥的脑门上："神明？你改行当神棍得了。"

"我明明昨晚看到了……"打断关琥的辩解，张燕铎说："往右走。"

"为什么？"

"直觉。"

这次萨拉没犹豫，照张燕铎说的，往右打方向盘将车开了出去，看着车冲向相反的方向，关琥很无语——为什么同样是出于直觉的提议，他的却被驳回呢？

车笔直地往前开了很久，沿途出现了类似雅丹地貌的山丘，这些山丘耸立在风沙当中，截面嶙峋纵横，遗留着岁月刻刀在上面雕琢后的痕迹。越往前开，这类石头越多起来，有的足有十几米那么高，萨拉放慢了车速，眼神惊疑不定地游离着，喃喃地说："我们到魔鬼城了吗？可是从距离来算，不可能跑到这么远……"

张燕铎无视了她的自语，闭着眼，脑海里浮现出整幅的地图，谢凌云的地图其实画得很笼统，许多地方还加了自己的想象，他将那些不必要的图形去掉，把自己到目前为止看到的字符图片一块块提出来，再将那些字符依次嵌入地图当中，就像拼图那样，把空白部位一点点填满，于是一张完整的路线图就完全呈现在了他的脑海中。

尚永清跟谢凌云说的都不对，那些图形既不是什么祈福咒语，也不是飞天图，而是指引他们去往遗址的路线图。只要他们有耐心将字块嵌进相应的地方，全部拼凑出来，路线就明晰了，而那些字符构成的模样跟雅丹土丘的形状相对应，也就是说那些形状各异的石块其实就是路标！

张燕铎睁开眼睛，耸立在右方的小山落入他的眼底，受风蚀的影响，那石块像是回首的人像，山壁上布满了没有规则的横纹垄脊，山形跟他脑海中已有的图像成功地叠合到了一起，他冷静地说："往左拐。"

声音冰冷淡漠，还带着一丝隐忍的痛楚，大家都发现了张燕铎的不对劲，关琥担忧地看着他，就见他脸色苍白，虽然极力克制情绪，但蹙起的眉峰暴露了他的不适，这种情况跟之前他们去王教授家时很像，当时他说是贫血症犯了，现在看来不是那么回事……

叶菲菲张嘴想询问张燕铎的状况，被关琥用眼神制止了，虽然他还不清楚张燕铎的状况，但看得出他的不适跟指点路线有关，眼眸扫过外面各种奇形怪状的山丘，心底不由充满疑问。

萨拉脸色古怪，她观察着张燕铎的反应，却什么都没说，照他的指示将车一路开下去。关琥掐着时间，在午后时分，他们的车终于停下了——眼前耸立的高峰挡住了他们的去路。

黄沙随风在半空飞旋，夕阳余晖从众人身后射来，照亮了他们眼前的山壁，山壁从上至下连绵着形态各异的图形，随着流光翩跹拂动，似是岁月洗礼后的风光，又似人工雕琢刻下的图腾，谢凌云看呆了，喃喃道："这到底是哪里？怎么会这么美……"

"这是哪里不知道，我只知道这应该就是我们的目的地了。"

关琭话音刚落,谢凌云就跳下了车,随即又返回来,抄起脚下的背包,掏出里面的照相机朝山洞跑去。

萨拉紧跟在后面,接下来是叶菲菲,关琭不像她们那样性急,而是转头看张燕铎,此时张燕铎的脸色更难看了,头靠在椅背上双目微闭,光线斜照过来,可以清楚地看到他额上因为不适渗出的汗珠。

"你不要去了,留在这里休息。"

听了关琭的话,张燕铎没睁眼,只是微微点点头,这反应让关琭更担心了,到目前为止张燕铎的态度一直是跟他共进退的,他会选择留下,表示他现在一定相当不舒服。

关琭在背包里胡乱翻了一通,找到备餐的巧克力豆,可惜在高温下巧克力豆化成一团,关琭把盒子递给张燕铎,说:"你可以喝点它。"

"这一定是我吃过的最难吃的巧克力。"张燕铎皱起眉,一副厌恶的表情,不过还是接了过来,"记得多拍些照片。"

"放心,我会很快回来的。"关琭拍拍张燕铎的肩膀,以示安慰。

关琭下车后看到叶菲菲没像谢凌云跟萨拉那样靠近山壁,而是站在前方眺望,关琭走过去,小声对她说:"你不要进去了,在车里照顾张燕铎。"

"走到门口不进门,你当我是大禹吗?"叶菲菲冲他翻了个白眼。

见谢凌云跟萨拉已经进了前面的山洞,关琭没时间多解释,继续说:"这里会有危险,你要是想进去,等事情解决了,随你逛。"

叶菲菲虽然有点大小姐脾气,但很机灵,听了他的话,目光转向洞窟,又瞄向车里,给他做了个OK的手势,关琭小声交代:"把车开远一点。"

等叶菲菲回去后,关琭背着他的背包快步跟进山洞里,谢凌云跟萨拉站在离他不远的地方仰头观望,他也被带动着抬起头,就见山洞里的高度远远高出洞口,石壁上朱红、靛青、土黄等颜色相互勾勒,构成一幅幅神奇的画卷,自山壁上倾泻而下,画中人物或起舞或弹奏,姿态曼妙生辉,神情庄严瑰丽,长袖衣袂当风,飘飘然如跃云端。

关琥不懂壁画的神奇,更不知道这样的壁画作于何种年代,但置身于其中,也不由得被这巧夺天工的杰作吸引住,只看得心荡神摇,顿觉昨晚见到的幻象固然绚丽,却不如眼前美景来得震撼。

他一个外行尚且如此,何况是研究敦煌文化已久的谢凌云跟萨拉,在两人看来,这里犹如尚未开发的宝藏,谢凌云激动得双手颤抖,拿着相机面对壁画准备拍照,但犹豫再三又忍住,喃喃道:"这应该是西魏时的遗址,你看这飞天戴着道冠,这是道教羽化飞仙时最常见的形象……不能拍,不能损害这么古老的文化……"

关琥完全不知道她在说什么,他对遗址的震撼没有谢凌云强烈,因此很快就调整好心情,把目光转向洞窟的其他地方。

洞窟很深,随着光线的迁移变化,原本延伸至内部的壁画浮出影像,仿佛路标,指引着他们前进的方向;关琥往里走去,随着逐渐深入,洞窟里面的光线逐渐减弱,他从背包里掏出手电筒照亮了前路。

谢凌云回过神,也紧跟了上来,看到洞窟两侧山壁跟头顶上方的飞天壁画,又是一阵赞叹。不知从哪里折射进来的光点在山壁间跳跃着,狂风穿过山洞罅隙,化作类似野兽的吼叫跟诡异的大笑声,炎夏天气,洞里却透着冷意,关琥走着走着,突然打了个寒战,本能地仰头四下张望,总感觉有无数双眼睛在黑暗中注视着他们这些外来者。

谢凌云似有同感,小声问:"这里是不是还有其他人?"

"就算有,也是死人。"萨拉冷静地将手电筒照到地上,除了沙土碎块外还散落了一些打火机、水笔等现代社会的物品,甚至不乏人骨,

"看来有很多人在我们之前来过这里了。"

"但这座遗址的消息一直没有流到外界,也就是说来的人没一个能活着走出去。"谢凌云说得很淡然,关琥却听得背后发凉,他想以谢凌云对敦煌飞天的执着跟热爱,她根本不介意留下,相反她很期待留下,跟这些神奇的历史传说一起归于尘土。可是作为普通人,关琥来这里只是想找到他需要的情报,历史再神奇也只是历史,比起这个,他更在意凌展鹏的失踪是否也跟这个有关。

"看这里!"

前方豁然开朗起来,微光从上方晃过,使得壁画影像透出立体的层次感,在重获光明后,大家首先被圆顶洞窟的存在吸引住了,再看到遍布在山石上的壁画,三人同时倒吸了口冷气,谢凌云更是大叫出声。

"十二身飞天!"

相比外间石窟上的壁画,这里的飞天神韵更为饱满,四处祥云笼罩,天花飘旋,围绕在众位飞天身边,众仙眉骨清秀端庄,容颜含笑,发髻高绾,璎珞环镯点缀在项间腕上,穿梭于云海之间,或持腰鼓,或握长笛,或竖箜篌,整个墙壁之上共有十二位神态各异的飞仙,这就是所谓的十二身飞天。

"说起十二身飞天,当属莫高第282窟最为著名,为什么这里也有?"谢凌云喃喃说着向前走去,却被萨拉及时拉住,指着面前落满一地的书籍跟竹简给她看,看到古书,谢凌云很惊讶,从背包里翻出手套戴上,小心翼翼地将书拿起来,看她郑重其事的样子,关琥放弃了翻书的念头。

书籍纸张破碎泛黄,上面的字迹更是模糊不清,看不出是什么年代的物品,但绝不可能是西魏,随着翻阅,破碎的纸片整个脱落下来,谢凌云不敢再乱动，轻轻放了回去，又转去看附近的竹简，上面刻满了文字，她看了一会儿，激动得手发颤，叫道："这是经文啊，跟王圆箓发现的经卷一样！"

关琥不知道王圆箓就是当年发现了藏经洞让敦煌文化闻名世界的人物，不过看谢凌云的反应就知道这个洞窟的存在有多令人震撼了，光是堆放在地的经卷就多达几百册，旁边还不乏佛幡铜像，以及不少斑驳腐蚀的木箱，他开玩笑说："里面不会有金条元宝吧？真有的话，那就发大财了。"

三人合力将其中一个木箱盖子打开，里面半空，既没有所谓的金条元宝，也没有古玩字画，只放了些泛黄的古书绢本，上面压着些刻刀跟墨块，关琥伸手想取出来看，却发现墨块之间还有一截白骨，像是人类的手骨，骨头泛黑，不知在这木箱里待了多少年。

"看来大家都很想来这里寻宝，可惜宝没寻到，却把命丢下了。"关琥对翻动尸体没兴趣，是以将手缩了回来，又向前走，发现前面书籍堆砌得更为混乱，看上去很像是被推倒的状态，他感到奇怪，用手电筒来回照了照，不由倒吸了口凉气——透过书籍缝隙，他隐约看到了歪倒在里面的尸骨。

谢凌云也在同一时间看到了，发出轻呼，萨拉闻声赶来，这时也顾不得书籍了，三人一齐动手将古书拿开，露出了藏在书后的尸首。

或许称它干尸更为恰当，由于气候极度炎热干燥，尸身已经萎缩成干瘪的状态，骨骼被包裹在皱巴巴的皮下，呈现扭曲的形状，头颅略微上仰，随着搬动，露出碎裂的颅骨，关琥看看尸骨身后尖锐的石块，猜想这人有可能是跌倒导致后脑骨被撞伤，但也不排除被人用利器从后面攻击而致死。

"是我父亲的剑！"

谢凌云发出尖叫，她无视面前的众多文物，将那些竹简古书胡乱推到一边，捡起落在干尸脚下的一柄兵器，激动地说，"这是我父亲的好友赠给他的，不管去哪里他都会带着。"

那是柄只有十多厘米长的短剑，剑身扁平，剑柄处缠着银丝，包银剑鞘上泛着暗黑，雕镂缝隙里还有一丝丝红线状的波纹，像是某种刻花，看起来似乎很普通，关琥问："你确定这是你父亲的？基本上探险的人都喜欢配这类藏刀的。"

"这不是藏刀，是剑，我记得剑刃上还有条划痕。"

为了证明自己没认错，谢凌云将剑拔了出来，下一秒她的表情僵住了，接着又对着光迅速反转剑柄，急切地说，"不会啊，怎么会消失的……"

"也许你认错了。"

关琥看向干尸，整天跟着法医混，他多少懂一些尸检的知识，从干尸的体型大小跟盆骨状态来看，只能看出是具男尸，但再深入的细节他就不确定了，不由后悔没带舒清滟来，有法医在，尸检是件再简单不过的事了。

"你再想想，你父亲平时有没有佩戴项链、手链的习惯？"他边检查干尸边问。

谢凌云茫然摇头："他好像没有特别喜欢的饰物，我不清楚……"

他们父女没有住在一起，只凭偶尔聚一次很难了解对方的习性跟喜好，这一点关琥很理解，见干尸身上没有佩戴装饰物，这更增大了确认身份的难度，现在唯一的办法是将干尸带出去做精密检查。

萨拉也走上前翻动干尸旁的书籍，见干尸的右手握着半本撕碎的古书，她伸手想拿过来，却没想干尸抓得很紧，拽了两下都纹丝不动，她有些急躁，掏出腰后的短刀准备撬开那手骨，被谢凌云拦住，问：

"你干什么?"

"你不是想确认这是不是你父亲吗?也许这本书可以帮到你。"

"你在意的不是尸首,而是它拿的书吧?"关琥在旁边冷冷道。

萨拉脸色变了,一把推开谢凌云,再次将刀抵在尸首的手上,谢凌云被她推了个趔趄,萨拉趁机攥住了古书,但下一秒清脆的枪支上膛声响起,不知何时关琥将手电筒插在上衣口袋里,扳下手枪的保险栓,将枪口指向她。"退开!"他冷冷喝道。

萨拉起先没动,但是在觉察到关琥的杀气后,她恋恋不舍地松开了抓住古书的手,向后退开,谢凌云被关琥的举动搞得莫名其妙,说:"你先把枪放下,萨拉姐只是要检查尸体。"

"不,她想要这本书,"关琥用手枪示意萨拉退到离他们稍远的地方,"如果我没猜错,干尸手里拿的书的另一半在尚永清那里。"

他去拜访尚永清的时候,曾看到尚永清桌上那些藏书,其中有本是撕破的,尚永清说那是好友的遗物,不能外借,虽然他还不能确定这两册撕成一半的书是否可以合为一本,但他相信所谓的遗物应该就是从这里带出去的。

"你跟尚永清是一伙的吧?"他质问萨拉。

萨拉冷眼看着枪口不说话,反而是谢凌云大为惊讶,连连摇头解释:"不是的,萨拉姐是父亲的好友,她帮了父亲很多忙,也多亏她,我才能查到尚永清的许多事……"

"醒醒吧,她那样做只是利用你们父女对敦煌的知识为自己牟利而已,为了取得你的信任,适当地将一些可有可无的情报丢给你,你想想,为什么你的ID跟其他资料被盗,却唯独路线图完好无损?那是因为他们找不到来路,需要你来当向导,但人算不如天算,最后你没找到路,反而是张燕铎帮上了忙。"

听着关琥一席话，谢凌云震惊地看向萨拉，很难相信这个事实，萨拉见状，急忙对她说："不要信他的话，他只是想独占这里的财富，所以离间我们。"

谢凌云犹豫着点头，对她来说，萨拉跟她认识了三年，其间还给她提供了无数帮助，而关琥只不过才刚接触，在她看来只是个上不了台面的小警察，所以感情上她比较倾向于信任萨拉。

看到她的反应，关琥嘲讽一笑，一手持枪，一手掏出手机打开，调出相片丢给谢凌云，说："看右下角。"

那是张很模糊的夜景，通过着越野车车窗玻璃的反光，可以看出背景是昨晚他们搭的帐篷，打眼一看没什么突兀的地方，但谢凌云照他说的注意右下角，不由"啊"地叫出来，她看到映在车窗上模糊的身影轮廓，画面令人毛骨悚然。

"那不是灵异照，是昨晚我在拍飞天时无意中拍到的，往后翻，你还能看清那人的脸，这张脸我有印象，我在机场曾见过，当时萨拉你就跟这个人在一起，所以说你们是同党，没冤枉你吧？"

谢凌云飞快地往后翻看照片，果然如关琥所说，车窗上映出了模糊的人脸，虽然看不清容貌，但可以肯定当时他就站在关琥身后——深夜里，陌生人悄无声息地站在身后，那画面光是想想就让人心里发毛，她抬头看关琥，问："你没认错人吗？"

"绝对没有！"敢这么肯定，是因为能认出这个人还多亏了张燕铎，张燕铎的记忆力跟判断力高出常人，关琥相信他不会出错。而且就算不是跟萨拉一伙的，这个人在深夜如此巧合地出现在帐篷外，其动机就足以令人起疑了。想想当时，如果他不是专注于拍照没有发现这个人，说不定对方早就偷袭他了，由此可见这些人的目的不是伤人，而是跟踪他们到这里，他居然无意中在鬼门关转了一圈，后怕之余也不由暗叹侥幸。

知道并且决定整个行程的只有谢凌云跟萨拉,所以一开始他怀疑两人是一伙的,但通过刚才的试探,看谢凌云的反应像是不知情——现在这里只有他们三人,如果谢凌云是同伙,根本不需要再继续做戏。

"你给我们的对讲机根本就没用。"

他将对讲机拿在手里晃了晃,见萨拉脸上露出悻悻之色,他冷笑。

"哦不对,应该说它的作用是干扰信号,所以我们所有人的手机都用不了,你还担心做得不够彻底,让你的同伙半夜来破坏车里的通信设备,而你不照我指的方向开,是因为我指的方向离你的同伙很近吧?"

关琥说得有证有据,再加上照片,谢凌云不得不选择相信,但还是不死心地问萨拉:"是这样吗?是不是有什么误会?萨拉姐,你告诉我你不是在利用我们,你这样做是有苦衷的……"

"别搞笑了,你当是在看电视剧啊,要说苦衷,那只有一个——钱,他们想通过敦煌赚到更多的钱而已,那个空姐栾青也是,最后被她成功地灭口,顺便嫁祸给你。"

"可是……"

"有谁能轻易拿到你的网络ID,在聊天室里散播谣言?又有谁能用你的名义买手机卡,跟那些死者联络?混淆警方的判断?至于那个莫高,可能是她,也可能是尚永清,反正他们是一伙的,谁做都一样,她的目的是走私赚钱,而尚永清是想要飞天,萨拉,我说的有哪里不对吗?"

一席话讲完,洞窟里沉寂了下来,连谢凌云也找不到辩解的借口,她只是难以相信，喃喃说："如果一个朋友交往了三年都无法看清她的心思，那岂不是太可怕了？"

"就算是亲人，也未必完全了解，更何况是朋友，"吐槽归吐槽，关琥的注意力却一刻都没从萨拉身上移开，"现在，容我说句经典台词——你可以保持沉默，但你说的……"

"你比我想的要聪明得多，而且还是个喜欢死缠烂打的奇葩，"打断关琥的话，萨拉表情平静，完全没把指向自己的枪口当回事，"当初你开始接触到飞天的秘密，我就说放任比较好，偏偏豹哥沉不住气，当晚就派人袭击你，结果适得其反；栾青是我杀的没错，不过不是为了灭口，而是她想勾引豹哥，死有余辜。"

关琥面对这种称赞，既无法否认也不想道谢，深吸一口气，说："我来得太匆忙，没带录音笔，你能等到了警局再坦白吗？"

"这不是坦白，是让你们做个明白鬼，你不会认为进了这里，还有机会出去吧？"

"当然会，我小时候算过命，活到九十多没问题，我想接下来的七十年应该不是在这里陪伴飞天。"

"死到临头还有心情开玩笑，真让我不得不佩服你的豁达。"

"因为有句话不是说——一枪在手，天下我有吗？"关琥打着哈哈，心里却越来越紧张，常年从事刑侦工作的直觉告诉他，萨拉的反应很不正常，她的笃定透露出了有恃无恐，关琥暗暗担心洞外那两个人的安危，同时给谢凌云使眼色，让她站到自己身后来。

但暗示被谢凌云忽略了，她还没从真相的冲击下反应过来，父亲失踪了三年，对于他的死亡，她其实已经有了心理准备，反而是萨拉的背叛给她的打击更大，忍不住连声喝问："为什么你要这样做？你难道不知道为了钱背叛信仰的后果吗？"

"我们信的是真主,不是这里的佛教、道教,再说,就算信也不能不生活啊,"面对谢凌云的愤慨,萨拉表现得很淡定,"我们要养活很多人,所以为此牺牲几个也是没办法的事,我并不想利用你,如果你可以再圆滑机灵点,我们还是朋友。"

"圆滑不等于为了钱不择手段,你杀了我父亲,还跟我说什么朋友!"

"不择手段又有什么不好?这个蠢货说这里没宝,却不知道这里处处都是宝藏,这里随便一本破书拿出去都价值连城!"萨拉转头看向周围的壁画,眼神闪烁出异样的光彩,兴奋地说,"因为我的发现,这些死物有了存在的价值,它们能重见天日都是拜我所赐!"

"你……你简直不可理喻!"

谢凌云气愤之下,反而说不出话来,冲过去想阻止萨拉碰触经书,被关琥拦住。现在已经真相大白,他不想再跟萨拉废话,正想将她制住,谁知脚刚抬起就有枪声传来,他慌忙拉着谢凌云躲避,子弹射到了对面墙上,发出一声闷响。

"蠢货,这些东西都是要拿去卖钱的,不要乱开枪!"昏黄的光线闪过萨拉的脸庞,听到她气愤的吼叫,关琥先汗颜了一下,刚才他只顾着捉贼,完全没想到周围古物的重要性。

接下来光线闪得更快,几个壮实的大汉从外面进来,其中一个是关琥在机场看到的男人,应该就是萨拉口中的豹哥,他的模样很普通,但拿枪的胳膊上刺了很深的文身,其他几个则押着叶菲菲。

看到叶菲菲在他们手里,关琥暗自懊恼自己的大意——如果他当时让叶菲菲直接开车离开的话,也许就不会被卷进这些是非中来了。

"张燕铎呢?"没发现张燕铎,他急忙问道。

"老板说不舒服,要去周围转转,把我一个人丢在车里,我就被他们绑架了。"叶菲菲一边说一边用力挣扎，可惜她的力气在那些大汉看来实在太微弱，她只好问，"关王虎，这到底是怎么回事？"

"我，她，是好的，"关琥指指自己跟谢凌云，又指向萨拉跟其他的男人，"这些是坏的。"

"那老板呢？"

这个问题比较难答，关琥耸耸肩："姑且算他是好的吧。"

打断他们的对话，萨拉走向同伙，说："把这些人都干掉，利索点，别弄脏了经书。"

豹哥听了命令，马上将手枪指向叶菲菲，其他人则向关琥跟谢凌云逼近，不等他们动手，关琥抢先挑起地上堆放的竹简踢了出去。

竹简拍在豹哥的手上，竹简间的束绳在重击下散开了，灰尘和碎屑迷漫开来，趁他们忙着揉眼，叶菲菲快速猫腰跑到了墙边一尊铜像后躲避。

"这是千年前的古物，你怎么能这样糟蹋！"谢凌云在旁边看得心疼，忍不住用力跺脚，关琥的回应是挥拳将凑过来的男人打飞，说："要是你在这里没命的话，一千年后也是古董。"

"你！"

其他人欺负谢凌云是女人，联手对付她，她没时间再跟关琥置辩，反手从背包里掏出弩弓，但彼此距离太近了，再加上对方的攻击让她根本没时间搭箭，只好一手持弓一手握短剑跟他们搏斗。

这边关琥已将对手踹倒了，看到其中一人去追叶菲菲，他直接冲对方腿上开了一枪，就听谢凌云跟萨拉同时叫道："不许开枪！"

靠，都拼命了还不让开枪，古物是很重要，但重过人命吗？对立的双方居然在这上面保持统一战线，气得关琥想骂娘，但随即飞来的一拳头将他打到了一边，挂在上衣口袋里的手电筒飞上了半空，接着又是几声枪响，萨拉再次骂道："蠢猪，我说了不要开枪！"

"这次不是我。"

揉着被打痛的脸，关琥觉得很委屈，看到手电筒落地后骨碌碌地往前滚着，他过去伸手想捡，冷不防灰尘迎面扑来，原来对方学他将周围的竹筒当武器来用，竹筒打人倒是不痛，但架不住飞扬的尘土太多，他被呛得连连咳嗽，还好叶菲菲及时将防风沙的面纱递给他，他手忙脚乱地套到了头上，匆忙中还不忘吐槽。

"她给的东西里总算还有一样是真货。"

混乱中他的手电筒不知被踢去了哪里，对方带的多数是荧光棒，对照明起不了什么作用，豹哥那里倒有个手电筒，但搏斗中光线不时乱晃，还不如没有。关琥护着叶菲菲准备向外跑，但耳边又传来枪响，紧接着是子弹击中铜像的颤音跟惨叫声，不知是谁被打伤了，痛得破口大骂。

"是谁开枪？"喊叫的是萨拉，关琥想如果谢凌云不是被攻击得无暇开口，一定也会如此。萨拉的叫声换来又一记枪声，一个男人恶狠狠地骂道："臭娘们，我忍你很久了，老子被打伤了，你还在乎一堵破墙，你去死吧！"

说话的是最早被关琥打伤的大汉，虽然只是擦伤，却把他给惹火了，竟无视上头的警告连续开枪，还好空间够大，光线又阴暗，准头很难把握，只苦了里面珍贵的飞天壁画跟铜像佛幡，在子弹的射击下，不时绽开一块块裂痕。

黑暗中大家都不知道是谁在开枪，只好也举枪射击，萨拉跟豹哥想阻拦，但哪里阻拦得住！顿时枪声响成一片，谢凌云听得心疼，却在这种情势下无可奈何，隐约看到关琥跟叶菲菲的身影，她拉弓搭箭，朝枪响的方向射去，就听惨叫传来，有人的手腕被弩箭射中，无法再开枪。

谢凌云趁机给关琥做了个离开的手势，正要再搭箭，尖刀向她刺来，却是萨拉平时佩戴的腰刀，谢凌云想到以往种种，不由得慢了一步，等她想躲避时已经晚了，只能举起弩弓架住短刀，萨拉见刀被挡，直接向她挥拳，谢凌云被打得向后摔去，眼看着尖刀紧跟着刺下来，她赶忙就地翻滚，躲到一边。

大家都怕误伤自己人，一阵火并后又转为近身搏斗。关琥本想趁乱先把叶菲菲送出去，但两人没走几步，就被豹哥及其同伙缠住了，那些人出拳狠辣，个个都像是打黑拳出身的，关琥的格斗术勉强算好，但架不住以一敌十，还要顾及其他两个女生的安危，很快就被打得没有了还手之力。

一不小心额头挨了一拳，对方手上戴了指套，鲜血从额头飚了出来，人也栽倒在地。

看到关琥的手枪被打飞，叶菲菲急忙跑过去捡枪，但还没拿稳，手枪就被踢开了，攻击她的大汉毫无怜香惜玉之心，紧跟着又一拳向她打去。

见势不妙，关琥抄起随手摸到的竹简甩向大汉，竹简正砸在他的颧骨上，顿时灰尘迷漫，他用力摇头，叶菲菲趁机拿起一旁木箱上的陶罐，直接拍在了大汉的脸上。

那东西有些重量，大汉被敲得鼻血直流，陶罐也碎成了数片，叶菲菲看着手里的碎片愣了愣，随即丢开，边跑边嘟囔："这应该是古董吧，不知道砸掉了几万块……"

关琥及时救了叶菲菲，自己却陷入了险境，他被豹哥朝着胸腹连踹几脚，只能就地翻滚，匆忙中想拔另一支枪，手腕却被踩住了，豹哥单膝下蹲，右手紧握成拳，将指套尖锐的部位对准关琥的脸狠狠砸下！

银色光芒随着指套的挥下逼近关琥，他刚才吃过一次亏，知道这一拳下来，外伤是小事，只怕眼睛不保，生死关头顾不得掏枪，另一只手在地上飞快摸索，希望找到可以抵挡的东西，却失望地发现手掌触摸到的只是冰冷的地面。

刹那间那拳头已到了关琥眼前，紧急关头一道黑影突然冲向他俩，一把按住豹哥的肩肘将他推开，同时将手中握的东西刺了过去，就听豹哥发出惨叫，被推得撞到了墙壁上动弹不得。

与凶险擦肩而过，关琥轻嘘了口气，就地一滚，在拿到备用警枪的同时一跃而起，此时不知是谁的手电筒落在地上，刚好对着墙壁，关琥看到豹哥肩头插了一支断箭，原本应是谢凌云射出的箭羽却被黑影临时捡来当武器用，他下手很狠，断箭几乎戳穿了豹哥的肩膀，豹哥哀号不止，却怎么都抬不起胳膊来。这种情况只有一种解释：他的筋腱被刺断了。

关琥惊异地看向那个突然出现的人，一时间无法判断他的攻击是凑巧还是故意。

手电筒随即就被踢开了，光亮在对面忽闪了几下，关琥只看到那是人一身黑衣，头上脸上都围着严实的白布，他身形飘忽，甚至无法辨明性别，将豹哥按在墙上后，又抬腿以膝盖猛撞，听到豹哥的惨叫，关琥本能地弯了下腰，对豹哥的疼痛感同身受。

那边，萨拉跟谢凌云正打得激烈，看到豹哥受伤，她放开谢凌云，大叫着握住短刀冲黑衣人刺过去，黑衣人向后躲闪，却被其他歹徒围住，他抬脚踹飞了近前的一个，又一甩手，将左手握的甩棍甩出，冷眼看向围过来的众人。

周围光线模糊，靠着隐约晃动的光亮，关琥看到了黑衣人拿的甩棍，不由暗叹高明，在这种近距离的攻击中，甩棍威力是最大的，也不会对古文物造成伤害，看来这人不管是敌是友，都是有备而来。

他刚赞叹完，就见黑衣人将某个歹徒打了出去，那人抽搐着往后跌，经幡被他扯着刺啦一声撕下了一大片，关琥眨眨眼，确定黑衣人的目的不是这里的经文跟飞天壁画了，他一点文物保护意识都没有。

黑衣人将甩棍舞得飞快，歹徒们很快就被他打倒在地，有人又举起了枪，这次萨拉没有阻止，反而将枪抢过来对准黑衣人，关琥看不清状况，只本能地感觉到了危险，叫道："快趴下！"

不知道黑衣人是否有顺利避开，关琥只听到随着枪响，有人在痛苦哀号，光线在大家身边飞快闪烁，在敌我不明的情况下，他下意识地站在了黑衣人这边，看到有人向黑衣人射击，他抢先开枪打中了那人的手腕，又冲过去拽住妄图在后面偷袭黑衣人的歹徒，一记枪托砸在歹徒脸上，把他砸昏后踢了出去。

萨拉仍像发了疯似的连续向他们开枪，关琥将歹徒踢飞后，一转头就看到她的枪口对准了自己，但紧接着他被黑衣人推开了，子弹射在黑衣人的左肩上，黑衣人捂着肩膀向后晃了晃。

关琥见了大怒，他这辈子最见不得的就是受人恩惠，看到有人为他受伤比他自己吃枪子更难受，冲动之下，他直接将手枪朝萨拉甩了过去，枪柄重重击在她的鼻梁上，顿时鼻血急流，她还想再开枪，被谢凌云从后面抱住一甩，在撞到墙上后又顺着墙壁滑到了地上。

黑暗中传来一连串叽里呱啦的叫声，听声音是豹哥，虽然不知道他在骂什么，但想来不是好话，他不知什么时候悄悄摸到了关琥背后，突然挥刀向关琥砍去。

关琥闪身勉强避开，黑衣人的反应更快，撑地跃起的同时，顺手抄起了关琥扔出去的那支枪，便向豹哥所在的方位射去，这次没有叫

193

声,只有重物的倒地声,关琥大口喘着气,直觉告诉他——豹哥被击毙了。

在生死关头,任何行为都是被允许的,但是看到黑衣人狠辣的手段,关琥还是很吃惊,刚好不知是谁在晃动荧光棒,绿色光芒闪过黑衣人被白布包住的脸庞,在他眼眸上投下诡异的色彩。

那是种难以言说的颜色,类似琉璃,但又比琉璃暗淡,关琥不知道那是不是光芒折射导致的错觉,总觉得那不该是人类的眼睛,里面没有光彩没有感情,甚至可以说那不该是生物应有的眼睛。

数名歹徒在他们的联手攻击下已伤得七七八八,周围呻吟声不止,却没人再敢往前一步——黑衣人是个很奇怪的存在,他整个人几乎都隐匿在黑暗中,却可以让人轻易感到来自他身上的杀气,这些人纵然都是亡命之徒,却仍不敢去挑战他的狠辣。

不远处传来窸窸窣窣的响声,随即众人眼前一亮,光芒自上方掠下,虽然微弱,却足以让他们看到附近的状况,关琥发现窸窣声是萨拉跟谢凌云弄出来的,两人在地上一阵滚打,很快萨拉将谢凌云踢开,伸手去摸关琥最初掉落的手枪,却随即又被谢凌云拽住腿拖去一边,她仰起身给了谢凌云一拳,同时也挨了谢凌云一记剑鞘,谢凌云的弩弓在厮打中掉落了,这会手上用的是刚捡到的那柄短剑。

剑鞘边缘锋利,将萨拉的脸割破了,她正要反击,忽然感到一阵晃眼,就听上空传来乐器鸣奏之声,原本微弱的光芒逐渐加强,随着光线变化,他们前方的画壁变得亮堂起来,壁上人影凸显摇曳,像是活了一般。

空气中传来轻声惊呼,突如其来的光亮影响了众人的思维,大家忘了恶斗,都不由自主地随着光芒看向壁画,就听声乐愈加恢宏响亮,在山洞罅隙间穿梭。

很快，壁上身姿百样的人物也逐渐动了起来，摇曳腰肢，随着仙乐摆出相应的舞姿，或弹唱或歌舞或在云端飘摇，长裙肩纱斜垂，项饰璎珞缤纷，弹奏出令人沉醉的异族乐曲，只见上方光芒更亮，更有仙人手捧花盘下飞，将百花投下，但闻歌舞不绝，花香飘洒，将整个天地都覆盖住了。

关琥看得怔住了，很想说这就是他昨晚在沙漠里看到的异景，就连仙人的衣着佩饰都一样，但场景太美了，让他说不出话来，只听周围不时有人发出惊叹，又连连磕头，叫道："飞天，飞天显灵了！"

"什么飞天，这只是幻觉！"

萨拉的叫声刚落，前方变得更亮了，光华在整个山壁上摇晃，然后向四周散去，形成彩虹般的七彩光圈，光芒中就见人影身姿摇曳，歌喉愈加婉转，有人被美景迷惑了，直接向画壁冲去，伸手去抓飞天，却探了个空，飞天的影子消失在七彩之间，那个不死心，又去抓其他仙人，却屡屡扑空，最后一脚绊倒摔在地上。

谢凌云也看呆了，下意识地想拿相机拍照，却被萨拉推了个趔趄，头部撞到墙上，晕了过去——萨拉趁众人出神时成功地拿到了枪，将枪口对准关琥，几乎与此同时，黑衣人也抬枪指向萨拉，他是除了萨拉之外唯一没被幻境蛊惑的人。

"开枪啊！"萨拉的长发在混战中散乱了，脸上身上布满灰尘跟血渍，看着黑衣人，她的表情既疯狂又充满恶毒，无视飞天美景，冲他大吼，"要不要一起开枪？"

被枪指着头，关琥很配合地举起双手："可以的话，请大家都不要开枪。"见没人理他，关琥呵呵干笑了两声，又建议道："大家要么求财要么求名，不需要搞得你死我活吧……"

"你杀了我老公！"萨拉恶狠狠地瞪他，犹如在看仇敌，这让关琥更觉得冤枉，豹哥不是他杀的，虽然黑衣人杀人的起因是为了救他。

"人死不能复生，我们不如想个两全其美的办法来解决怎么样？你看飞天也找到了，靠着它们，你可能获得源源不断的财富，这不就是你来这里的目的吗？"

萨拉会将飞天古董用在什么地方，关琥完全没兴趣，他现在只想说服对方放弃继续厮杀的想法，谁知他刚说完，就被萨拉啐了一口，冷笑道："醒醒吧，什么飞天？这都是幻境，进了魔鬼城，这种幻影到处都是！"

关琥正想反驳，地面突然一阵摇晃，他急忙看向四壁，就见飞天舞姿身影随着霞光摇动渐渐变浅，盘桓在周围的乐声变了腔调，转为诡异的轰隆鸣叫，他急忙说："这里要塌了，还是快离开吧，有话出去慢慢说！"

萨拉不为所动，枪口依旧指向关琥，她在考虑如何全身而退，因为黑衣人的枪口对准她的头，鲁莽行动只会两败俱伤。

只须臾工夫，地面波动得更猛烈了，好像有东西落下，却不是先前仙人抛下的花瓣，依稀是些细小沙砾，光线随着彩虹转移而变弱，也许不一会儿这里就会回归完全黑暗的状态，到时想逃命都来不及了。

关键时刻关琥反而不说话了，他知道现在一旦自己轻举妄动，就会被萨拉瞅准机会击毙，但他不动就代表其他人都处于危险中，到时谁都别想走。

"要同归于尽吗？"身旁响起接近金属质感的嘶哑嗓音，那个黑衣人终于说话了，关琥很想转头看他，却奈何现在无法动弹，只能说："别管我，你带她们走。"

如果萨拉的目标只是他一个人，以黑衣人的身手带两个女生离开绰绰有余，谁知听了他的话，对方稍加沉默后，说："那就同归于尽吧。"

要不是被枪指着，关琥一定冲过去揪住对方的衣领大吼——既然没打算接受他的建议，那何必特意问他，生死关头还玩这种问答游戏，很有趣吗？

"那就一起死吧！"前面传来萨拉的哈哈大笑声，不知她做了什么暗号，在旁边伺机待发的同伙突然同时向黑衣人扑去，黑衣人的双臂被他们一起按住，仓促之下，他及时抽回甩棍，将棍子击在其中一人的颈部，同时手肘拐出，撞在另一人的肋骨上。

黑衣人下手狠毒，就听骨头咔嚓一声响，那人的肋骨已被撞断了数根，但对方甚为彪悍，硬是咬牙不松手，听到身后传来几声枪响，黑衣人心急如焚，用力挥舞甩棍，将那几人甩开，等回过头，就见萨拉跟关琥缠斗在一起。

萨拉已经趋于疯狂，为了杀人完全不躲避关琥的攻击，关琥反而被她弄得手忙脚乱，手枪在搏斗中落到了地上，黑衣人急忙冲萨拉开枪，但连扣几下扳机，听到的只是空响。

搏斗中，关琥被萨拉用一记蒙古摔跤的招式绊倒。她压在关琥的胸口上，顺手抄起身边的手枪指向他，周围晃动得更厉害了，已有幸存的歹徒往外跑，她却视若不见，冲关琥冷笑道："去死吧！"

此时石窟里的光亮所存无几，霞光余晖刚好照在萨拉的脸上，映亮了她因为憎恶而扭曲的脸庞，感到她的杀意，黑衣人吼道："不关他的事，来杀我！"

吼声被无视了，萨拉的手指按住扳机扣下，枪响中关琥看到了在自己眼前炸开的血花，他正疑惑自己的脑部被击中，居然还有意识，就见萨拉的身体猛地向后一晃，拿着枪仰头倒下。

下一秒黑衣人冲到了他的面前，关琥感觉自己的手被握住，对方的掌心冰冷，却将他抓得很紧，紧到让他感觉痛的程度。关琥在黑衣人的帮助下站了起来，看到萨拉仰面倒地、满脸是血的样子后，他才终于明白刚才中枪的不是他。

转头看向黑衣人，他起初以为再次将自己从死亡边缘救回来的是他，但很快发现黑衣人的目光看向自己的后方，透过隐约的光线，竟然看到叶菲菲站在某个歪倒的铜像旁，双手保持平举的姿势握着枪。

不会是她吧？

叶菲菲脸色苍白，肩头抖个不停，不知是恐惧还是空间震荡造成的，关琥急忙过去伸手握住她手里的枪，轻声安慰道："别怕，没事了。"

他不说话还好，听到他的声音，叶菲菲的眼泪一下子涌了出来，任由他将枪拿走，抽泣着说："这是我从酒店那个警察手上拿来的，我以为会用到，可是我十几年没握枪了，我好害怕，担心伤到你……"

"干得很漂亮，美女。"关琥将枪收好，为了不让她紧张，他故作轻松地说，"亏你还是我女朋友呢，我都不知道你还留了一手。"

"前女友，"叶菲菲抽抽搭搭地纠正，又问，"我没跟你说我外公是上将吗？"

"你只说过他是德国人。"

"他还是军官上将，我小时候跟他学过枪法，可是我从来没杀过人……"

那是自然，拿枪杀人这种事普通人是没机会体验到的。

周围的光线越来越弱，空间渐趋黑暗，刚才如惊鸿一瞥的飞天神祇早已消失得干干净净，只留斑驳墙壁冷漠地矗立在他们面前，砂砾掉落声愈发响亮。

"先离开再说！"

对面传来黑衣人不悦的话语。

谢凌云已经醒了过来，还不明白发生了什么事，茫然地坐起来，关琥赶忙上前把她扶起来，喝道："这里要塌了，快走！"

她下意识地左右环顾，但仅有的一束光芒就在这刹那间消散了，她的眼睛暂时无法适应黑暗，想要去取干尸，但耳旁轰隆声迫近，已经没有犹豫的时间了，听到关琥的催促声，她只好跌跌撞撞地跟上。

一番激战后，手电筒、荧光棒都不知掉去了哪里，关琥只能凭直觉往外跑，没跑几步，手就被拽住了，冰冷的触感传来，让他马上明白那是黑衣人的手，黑衣人什么话都没说，但那份冷静轻易地传达了过来，抓着他快步向前跑去，仿佛黑暗对他来说完全不具备任何障碍，一路带领他们在洞窟的通道之间穿梭。

如果是张燕铎的话，要做到这一步应该很简单吧？这样想着，关琥试探着叫："张燕铎，是你吗？"

对方不知是没听到还是置若罔闻，脚步踏得飞快，关琥担心两个女生跟不上，转头冲后面叫："你们俩没事吧？"

"没事。"

"暂时……没事。"

后一句是叶菲菲说的，听那气喘吁吁的声音就知道她的状况不佳，果然再往前没跑多久，叶菲菲就哎哟一声摔倒了，谢凌云为了扶她，也停了下来。

关琥转身要回去帮忙，手却被黑衣人抓得很紧，他甩了两下没甩开，叫道："我马上就回来。"

"危险。"硬邦邦的回答让那带着金属磁性的嗓音更突兀了。

周围的奇声怪响更大了，在发现黑衣人完全没有松手的意图后，关琥只好一拳头挥过去,黑衣人没有防备,被打倒在地,手也随之松开了。

关琥转身冲回了洞窟,很快就听到两个女生的叫声,叶菲菲的脚踝崴了,在谢凌云的搀扶下慢慢往前挪,关琥弯腰将她背起,谢凌云在旁边帮忙扶着,关琥顺着通道跑出来,在经过刚才他打到黑衣人的地方时,他大声叫:"在不在?我回来了!"

没人回应,关琥心下一紧,担心那人出事,急忙放开喉咙再喊:"喂,你在吗?刚才对不住了,赶紧应一声!"

前方传来低微的呻吟声,关琥顺着声音跑过去,发现有人倒在地上,他忙让谢凌云帮忙把那人扶起来,没时间问他伤在哪里,在谢凌云的帮助下,他扶着那人向前跑,还好这里离洞口已经很近了,几个人顺着通道没跑多久,就见微光射进来,他们终于跑到了洞口。

外面已是傍晚落日时分,远处还可以隐隐看到一抹残阳,关琥出了洞口又向前跑了几步,在确认安全后才放慢步伐,将叶菲菲放下来,又转头去问旁边人的伤势,谁知看到的是个胡子拉碴脸上沾了不少血迹的陌生脸孔——虽然他没见过黑衣人的模样,但直觉这一定不是那位蒙面大侠。

"你是谁啊?"他吃惊地问。

男人腿部中了枪,小腿上一片血迹,被关琥问到,他挥拳就打:"操,就是你打伤老子的!"

男人受了伤,出拳没什么力度,关琥闪身轻易躲过了,这才想到这家伙多半是最早被自己开枪打伤的人,见他还要出拳,干脆先一拳头挥过去,正中那人的面门,那人"嗷呜"一声捂着脸倒下,直接晕了过去。

"还歹徒呢,这么不禁打。"

关琥嘟囔着转头往后看，许是光线问题，洞窟里面黑乎乎的一片，什么都看不到，更听不到刚才震耳欲聋的塌陷声，让他不免怀疑石窟是否真的要坍方了；再看洞窟外，也没有豹哥他们的车，不知道是不是被最初跑出来的那些人驾车开走了。

"大侠也不见了。"叶菲菲左右看看，担心地说，"他好像也受了伤，会不会还没出来？"

"你们在这等着，我去看看。"

关琥转身就要冲进去，被谢凌云拦住了，两人站在洞窟口前，就听里面震天啸声不断传来，连带着他们脚下的地面也震颤个不停，关琥看不清里面的光景，只能隐约看到薄雾在画壁前盘桓，让洞口附近的飞天影像显得更加缥缈诡谲。

"不要鲁莽，现在进去太危险了。"

"那人可能还在里面！"

"也可能出来了，"谢凌云严肃地说，"我比你还想进去，我父亲的尸骨，还有那些飞天经文都在里面！"

那些东西再珍贵也是死物，难道比得过一个人的生命吗？

关琥懒得跟她争执，正要冲进去，就听叶菲菲惊喜的叫声传来："老板，老板，我们在这里。"

他闻声回头，就见张燕铎驾驶着萨拉的越野车冲了过来，车轮卷起一道道尘土，停在了他们面前。冥冥中有种直觉告诉关琥，也许不需要进去找人了。

"你去哪里了？"关琥扯下脸上的面纱，冲过去质问，顺便打量张燕铎的穿着。

张燕铎从车上跳下来，穿着来时的衬衣跟牛仔裤，看看他的眼镜，关琥想起了刚才那个黑衣人没有戴，再看他的肩头，上面没血，衣服也完好无损，呵呵，如果对方就是黑衣人，那换衣服的速度还挺快的。

关琥故意伸手去拍张燕铎的左肩，对方的表情毫无变化，完全不像受过伤的样子，说："我刚才没事做，在附近转了一圈，回来后就发现叶菲菲不见了，我想她可能是进去找你们了，就开着车在周围兜风。"

"哈，老板，你太过分了，在我们拼命的时候你居然去兜风！"

"拼命？"张燕铎奇怪地看他们，"出了什么事，你们怎么都受伤了？萨拉呢？"

关琥觉得如果不是自己判断错误，那就是张燕铎的演技非常精湛，他的反应完全不像是跟他们共同经历过生死的样子，忍不住又去拍张燕铎的肩膀，这次张燕铎躲开了，转去看谢凌云："看来你们没什么收获。"

"不，收获很多，我们找到了西魏之后的经文洞窟，还有我父亲的遗骨，我准备等震动停下后再去看一下。"

"我建议我们还是先离开，龙卷风快来了。"张燕铎指向某处，大家看过去，就见一条暗黄色的圆柱体在天空下方旋动，原本感觉还很远，但眨眼就变粗了许多，紧接着旋转的风速越来越强，即使相隔甚远，也能让他们感到那份压迫性的震撼力。

谢凌云的脸色变了，低声说了句"糟糕"，关琥却没在意："跟我们早上遇到的风差不多吧？"

"差多了，看样子它不会低于F3级。"看着迅速向他们逼近的黄色柱体，张燕铎的表情阴沉下来，扶着叶菲菲迅速上了车，喝道，"快离开这里！"

见谢凌云二话不说照做了，关琥发现了事情的严重性，扯着那个晕倒的歹徒上了车，车门刚关上，张燕铎就踩紧油门将车飞快地开了出去，关琥问："你知道出去的路吗？"

"先躲开龙卷风再说。"

"F3很厉害吗？我只听说过F1。"

玩笑没引起共鸣，谢凌云看着车后窗，紧张地说："F3是强龙卷风的等级，它可以轻易将车卷到几公里之外。"

"那老板快点开，快点开，我不想死！"不用叶菲菲提醒，张燕铎也将车速提到了最快，越野车在凹凸不平的地面上飞驰，像坐过山车似的不停弹起来。关琥用手绢捂住额头上的伤口，以避免跟车篷的碰撞，顺便交代："这位大哥，珍爱生命，请记得安全行驶。"

"关王虎你闭嘴！"

"我只是不想好不容易躲过了龙卷风，却翻车而死。"

"闭上你的乌鸦嘴，"叶菲菲转头看着瞬间逼到了他们车尾的暗黄风沙，她哭叫道，"我不要分手了还跟你死一起！"

"是是是，小的会努力去跟别人一起死的。"

叶菲菲的担心没成为现实，在张燕铎娴熟的驾驶下，虽然越野车中途有数次被黄沙包围，但幸好都不是龙卷风的中心。

车窗外到处都是黄沙，看不到景物更看不到前路，只能凭运气一直向前冲，不知道冲了多久，笼罩在车外的沙土逐渐变少，隐约露出了前面的道路，大家都松了口气，不知龙卷风卷去了哪里，但至少他们暂时脱离了死亡的追击。

张燕铎也放慢了车速，一直绷紧的表情稍微缓和下来，关琥正要提议换自己来开，车里突然爆发出叶菲菲的惊叫声。

关琥还以为她被歹徒攻击了，伸手一拳，将刚苏醒的家伙揍晕后，才听叶菲菲叫道："我一张照片都没照啊，我人生第一次的冒险经历，连一张照片都没留下来就结束了,我怎么去跟朋友炫耀!"

接下来的三秒里,关琥对倒霉得被自己误伤的歹徒感到了抱歉。旁边传来谢凌云的叹气声,关琥想比起叶菲菲那些用来炫耀纪念照,什么都没带出来对谢凌云来说打击更大吧?

"炫耀这种事,等我们真正脱险后再说吧。"

第九章

　　之后的脱困过程比想象中要简单，丢掉了萨拉给他们的那些干扰信号的装置，关琥通过手机和车里的通信器跟外界顺利联络上了，萧白夜听了他的汇报，迅速跟当地的警方上层联络，派了警察来支援。

　　那个被他们带出来的歹徒在洞窟里看到了飞天，又见同伴都没有出来，以为受到了诅咒，审讯时表现得很配合，不用警方多问，就将他们从事的走私活动老老实实地交代了，从而挖出了一大串犯罪成员名单，其中甚至有不少警方跟海关内部的高层工作人员。

　　破获走私案是好事，但要如何完美地结案却令人头痛，不过关琥不属于这里管辖，他比较在意尚永清那边的情况，可惜歹徒不了解飞天密码的事，更不知道萨拉跟尚永清的关系，而了解真相的几个人都没有再出现过——先他们一步逃出洞窟的歹徒连同他们的车辆就这样消失在了沙漠里。

　　这是关琥最感到不解的地方，那天出现在洞窟里的人，除了他们几个外都人间蒸发了，事后警方曾多次派人寻找，既找不到踪迹，也没有发现他们提到的洞窟位置，最后认定洞窟是他们在体力极度衰竭下看到的幻象，将重点放在走私案的调查上。

除了那柄短剑，他们手中没有任何踏足过飞天洞窟的证明，谢凌云也担心多提，那柄剑反而会被当作证物收走，便选择了沉默。关琥配合完当地警方的工作，他的假期也随之结束了，三人连在当地游玩的时间都没有，就直接坐上了返程的班机。

事情算是顺利解决了，但关琥还是感觉心里闷闷的，除了飞天系列的自杀案没有结果外，他好像还有其他事没做，但怎么都想不起那是什么事，直到飞机冲上云霄，空乘人员开始提供机舱服务时，他才猛然惊觉——"糟糕，我忘了给上司买特产了！"

没有特产孝敬不说，关琥还把两把警枪的子弹都用光了，次日他心惊胆战地去销假，萧白夜倒是没责怪他，斜眼看看他额头上很夸张的包扎，笑眯眯地递给他一份报告书，让他自己去跟上面解释有关子弹丢失的问题。

那份报告回头就被关琥丢进了抽屉里，还没到下班时间，他就找了个借口出了警局，按约定跟张燕铎和谢凌云会合，一起去拜访尚永清。

在经历了飞天风波后，关琥知道谢凌云一定会找尚永清，他担心谢凌云一个人会有危险，再加上他也想确认一些事情，便提议同去，至于张燕铎，完全是他自己主动要求的，关琥找不到拒绝的借口，只能随他。

跟上次一样，女佣给他们开了门，看到尚家门口放了三个旅行箱，谢凌云哼道："这是发现不妙，要出逃吗？"

女佣不知道她跟尚永清之间的恩怨，解释说："先生说要回以前的公寓住一阵子，那里很适合远眺。"

三人来到二楼，看到电梯门上的飞天图，关琥感觉很微妙，之前他看到的是飞天的神秘跟美好，现在只觉得它的冷漠——如果一个人的梦想需要通过牺牲其他人的生命来达成，那未免过于残忍。

尚永清坐在相同的地方招待了他们，他的书桌依旧放了很多古书，但关琥没看到那个残缺本，他将之前自己借的书籍还给了尚永清，尚永清很惊讶，问："这么快就都看完了？"

"没有，因为没必要了。"

"我听说了，你靠那些不成形的密码抓获了走私团伙，真是年少可畏啊。"尚永清请他们落座，"遗憾的是我没帮上什么忙，你带来的密码我到现在还没有参透。"

谢凌云没有坐，而是很气愤地说："那些并不是不成形的密码，是可以通往洞窟的地形图，你早就知道，只是故意不说罢了！"

尚永清没在意她的唐突，点点头做思索状。

"哦哦，我记得你这个小姑娘，你曾冒充说是展鹏的女儿，想抢走他的遗稿……"

"我不是冒名，我就是凌展鹏的女儿！"

"就算是又怎样呢？你们母女不是为了更好的生活而背叛他了吗？"

谢凌云被尚永清轻描淡写的一席话挤对得哑口无言，气得从包里掏出短剑冲到他面前，关琥一把扯住她："有话慢慢说，武力解决不了任何问题。"

"我不是要杀人，我是要让他看这把剑，一定是他们在发现文物后因为处理问题发生了争执，我父亲受了伤，这剑也在争执中掉落了，他抢走了有关飞天的书札，但另一半留在了我父亲的手里。"

尚永清笑吟吟地听着她的讲述，然后对关琥跟张燕铎笑道："说得很有趣，她当编剧的话，一定会很成功。"

"我说的都是事实！"

"那证明事实的依据是什么?"

谢凌云再次沉默了,尚永清又淡定地说:"我只知道任何事实都需要证据来支撑,你们做警察的应该最明白吧?"他把目光转向关琥跟张燕铎,看来到现在他都以为张燕铎也是警察,关琥没有戳破,笑嘻嘻地说:"说得对极了,那我们就说些有证据的事吧。"

"是什么?"尚永清很惬意地往椅背上一靠,作出聆听的姿势。

"有关你跟萨拉的事。"

关琥说,"你是通过凌展鹏跟萨拉认识的,但很快你就发现了萨拉的真正身份,但你并没有点破,你也很喜欢敦煌的飞天文化,但你的喜欢跟凌展鹏不同,你只是想通过这些古物遗址达到自己的目的。

刚才谢凌云有个地方说错了,你的确不知道图形密码的含意,因为当初是凌展鹏带你进去的,在争执中你误杀了他,你惊慌失措下拿着抢到的半本书逃走,你很幸运地逃出了沙漠,可是出于精神状态不稳的原因,在途中出了车祸。车祸加上萨拉的周旋,便没有人怀疑你跟凌展鹏的失踪有关,你为了专心探索飞天的秘密,索性以腿伤的借口辞了职,拿着他发现的古书跟他留下的所有资料在这里研究。"

"哈哈,你的版本更有趣,那然后呢?"

"可是你没想到凌展鹏还有个女儿,并且他女儿为了他的死因四处寻访真相。于是你让萨拉接近谢凌云,陆续给她透露一些消息以取得她的信任,萨拉这样做是为了利用谢凌云的敦煌知识,而你,则是期待她帮你找到飞天的秘密。

因为那条通往神秘洞窟的路你再也找不到了,而且你参不透飞天的含意,于是在聊天室里寻找目标帮忙,为了达成梦想,你不介意花一点旅费,而萨拉需要帮他们走私的成员,于是你们一拍即合,联手将网上钓到的鱼送去敦煌。

那些人在不知情中将各种经文古本带了出来，一个人带几页，回来后重新装订起来就行了，没人会发现其中的奥妙，虽然重装会让经本价值大打折扣，但利欲熏心的人根本不在意。"

关琥将歹徒的供词完整复述给尚永清听，接着又说："光是这个还远远不够，萨拉还给了他们各种图形的影印本，说可以借此赚钱甚至求得美貌永福，但那些都是你在飞天洞窟里拿到的图片，你参不透精髓，就让那些人当替死鬼，用生命帮你寻求真正飞天永生的秘诀，这几年来为此自杀的人不少，要不是这次的连续自杀案太不寻常，也不会引起警方的关注。"

"我记得有一句话说——一个人如果没有私欲，是绝对不会被骗的，"冷静地听着关琥的讲述，尚永清说，"所以客观一点讲，这是生命发展的必经之路。"

"但那些人里还是有些有头脑的，王可就从谢凌云的警告中发现了你们的秘密，他来威胁你，却反被你杀了。你做贼心虚，以为作为王可女朋友的陈小萍也知道真相，索性继续上演飞天的游戏，让萨拉以小云的ID跟陈小萍联络，你利用他们对飞天的痴迷跟信仰诱惑他们，导致连续自杀案的出现，并且将警方的怀疑方向转到谢凌云身上，逼她不得不提前计划进沙漠。

至于那些偷袭我的打手也是你让他们安排的，其实我当时完全没有对你起疑心，是你自己做贼心虚罢了。"

关琥讲完后，传来啪啪啪的鼓掌声，尚永清微笑点头："说得真精彩，那证据呢？"

"犯罪集团的成员已经全部落网，下次我来逮捕你的时候，会给你看证据的。"

"也就是说现在没有？"话说到一半，尚永清的表情突然一变，厉声喝道,"没有证据,你现在说的一切就都是诽谤!你知道诽谤罪的轻重吗?"

关琥没被他恐吓住,笑道:"嘿嘿,我只是在讲一个故事,看来这个故事尚先生你不喜欢。"

"如果是故事,那我要告诉你们——它不会有结局的,那所谓的证据曾经没有,现在没有,之后也不会有,因为做这些事的人是萨拉。我是通过展鹏认识了一个叫萨拉的女人,但那又怎样?我只是个半身瘫痪的老人,怎么会知道萨拉是犯罪分子呢?"这个老奸巨猾的狐狸!看着尚永清得意洋洋的脸庞,要不是考虑到自己的前途,关琥很想直接揍他一拳。

萨拉跟尚永清是互利互惠的关系,她帮尚永清做了那么多事,相应的尚永清也帮了她很多忙,但是从他这种有恃无恐的态度可以看出,一切不利于他的证据早都被他销毁了,他是鉴证大家,在怎么处理证据方面无人能敌。

"那就继续看下去吧,也许接下来才是故事的真正结局。"

关琥这次来并不是要指证尚永清的罪行,他只是想确认自己的推断是否正确,现在情况已经明朗,他没有继续浪费时间,跟尚永清道别,用眼神示意两位同伴离开。

谢凌云很不甘心,走到门口又转头冲尚永清恨恨地说:"你一定会有报应的!"

尚永清耸耸肩,微笑回应了她:"那就拭目以待吧。"

谢凌云气呼呼地快步走出去,关琥跟在她后面,半天不见张燕铎跟上,他转头去看,见张燕铎还站在楼梯口,不知在想些什么,他三步并作两步跑过去,顺着张燕铎的眼神看向对面的飞天图,然后拍拍他的肩膀,道:"别再看这些飞天了,你再怎么看,也成不了仙的。"

张燕铎回过神，朝他莞尔一笑，抬步下了楼。

跟尚永清的见面很不顺利，虽然一早就料到了这个结果，但关琥心里还是很不舒服，谢凌云更不用说了，路上一直沉默不语，关琥开车将她送回了报社，等她下车后，特别叮嘱道："我知道无法将凶手定罪，你很难受，但许多事不能勉强，不管你怎么恨他，都不值得把自己的命搭上，你明白吗？"

"我懂，放心吧，我不会做复仇杀人那类事的。"

谢凌云点头道了谢，看着她进了报社，关琥将车开出去，这时一直没说话的张燕铎才开了口："你很想将尚永清绳之以法吗？"

"一个人做错了事却没有受到惩罚，那还要法律做什么？"关琥说。

"其实要将他定罪，也不是件很难的事。"

张燕铎说得平静，却让关琥不由得看向他，但他没有继续往下说，将头靠在椅背上，作出休息的样子。

这家伙不会做什么傻事吧？

一瞬间奇怪的念头闯入关琥的脑海，但他马上就哑然失笑了，要说谢凌云会拼命他可以理解，但张燕铎跟尚永清毫无利害冲突，而且他也不是个古道热肠的人，怎么会跟尚永清过不去？

比起这个来，他更想知道那天在洞窟里屡次救自己的到底是不是这个人。不过看看张燕铎疲倦的样子，直到回家，关琥还是没将疑问提出来。

夜幕降临后，处于郊外的别墅愈发显得孤寂，夏风静静地吹过田野，再擦着别墅离开，这么荒凉的区域，就算晚间散步也没人会选择这里，别墅的几个窗户里透出灯光，跟玄关外的灯一起点缀着周围的黑暗。

男人就站在附近的一棵树后目不转睛地注视着别墅，据他的调查，每到这个时间段，尚永清就会坐着轮椅出去透透气，或许是忌讳腿的缺陷，他特意选择傍晚出门，这从某种意义上来说，他是个自尊心相当强的人。

时间到了，玄关大门准时打开，尚永清出现在门口，转身锁门对他来说有点麻烦，所以他出来后就直接转着轮椅下了门外的滑坡，任由大门自动关上。

目送尚永清走远，男人从树后出来，迅速跑到了别墅门前，这栋别墅没有安装任何报警设备，他原本的打算是破窗而入，但很快发现大门不是自动上锁的那种，随着他转动把手，门被轻易推开了。

在这种重要的地方不上心，若非尚永清不在乎家里的物件，那就是他是特意这样做的，希望是后者，在推门进去的时候，男人嘴角上翘，从容淡定的举止，像是走进自己的家。

按照计划，他快步上了二楼进入书房，书房里亮着灯，给他的翻找提供了方便——第一次来时，他就觉察到了这栋别墅设计上的怪异，从建筑物整体的面积目测，走廊的长度跟书房不成比例，那时他就想书房的隔壁应该还有个很大的空间。

男人站在落地书架前翻了一会儿，很快就发现某一处几乎不染一点灰尘，再试着搬动上面的书，书籍果然是装饰物，在他的碰触下向前倾倒，露出了里面的按钮。

好像有密室的地方都喜欢用书架做遮掩，连那个养大他的变态老家伙也不例外。想起往事，男人不屑地哼了一声，不过这里的构造没有他以前见过的那么复杂，连密码都没设，随着按钮被按下，沉闷响声中，书架向后移开，露出刚好一个人可以进入的空间。

根据他的推算,这个房间呈四壁密封的状态,他伸手在两旁摸了摸,按亮开关走了进去。

里面没有想象中那么大,或许是东西放得太多,导致视觉上的拥挤,各类不同装订的书籍散乱地放在地上,书籍旁还堆砌了不少塑胶玩具跟积木,电车轨道模型绕着玩具圈成两道"∞",两把摇椅放在房间正中,乍看上去,这里像是主人跟孩子们玩乐休息的秘密基地,假如忽略摇椅上摆放的那具完整的骷髅的话。

轨道模型对面也坐着一具幼小的人体骨架,另一具同样小的骨架则躺在一旁几个洋娃娃玩具之间,骷髅骨架灰白且有光泽,猛然之间很难辨认那是真的骨骼还是模型,男人心里唯一的感觉是它们的存在令人毛骨悚然。

他走过去,看到躺在摇椅上的骨架头上还有些稀疏的发丝,一条小毛毯搭在它的膝上,摇椅旁的茶几上放着茶杯,里面还有没喝完的红茶,假如将骷髅换作人类,这个画面该是很温馨的——年轻的母亲坐在摇椅上品茶,偶尔转头看看在旁边玩洋娃娃和电车模型的孩子。

男人的眉头皱了起来,他看到了骷髅颅骨上凹陷的地方,眼前闪过一个画面——发生激烈争吵的两人,为了阻止拖着旅行箱要离开的妻子,男人举起重物不止一次地击打在她的头上……

"被发现了啊……"笑谑声在身后响起,男人回过头,看到了去而复返的尚永清,对方的双手很熟练地转着轮椅靠近自己,脸上没有半点秘密被发现的恐惧,反而带了某种得意的神情,仿佛古董收藏家展现自己珍藏时自得而兴奋的模样。

"第一次看到你时,我就知道我们是同一类人,因为你的眼神不一样。"

尚永清指指自己的眼睛,用充满玩味的口气说,"你应该那时就发现这个秘密了吧,从那时起我就一直期待着这一幕的发生——以你的智慧,一定可以找到这里来的。"

"你说错了,我跟你并非同类人。"男人同样也没有被发现的狼狈感,随意地扶了扶滑下鼻梁的眼镜,冷冷反驳。

"假如不是,那你为什么可以找到这里来呢?因为你了解我,就像你了解自己一样,张燕铎。"

"王教授会连续砍上数刀,不是痛恨,而是因为太爱,所以才想把妻子留在身边。"脑海里闪过第一次来拜访时尚永清曾说过的话,张燕铎垂下眼帘,不得不承认,不管自己怎么否定,常年的熏陶下他的心里染上了变态的感情——只那一句话,他就明白了尚永清的为人,温和、儒雅、冷静的背后隐藏着极为凶残自私的性格,那时他便断定尚永清的妻子儿女早已不在人世了。

尚永清还在侃侃而谈:"很高兴遇到像你这样的同类,这世上可以利用的人很多,但同类太难找了,我本来以为我找到了,结果在我最需要她的时候,她竟然要带着孩子离开我,就像展鹏的妻子那样,还有王教授的妻子,所以我一定要让她看到飞天,让她明白我的选择是对的!"

"你这样说是承认你杀了凌展鹏吗?"

"那是个意外,我并没想杀他,我只是推了他一把——如果你进过那个洞窟就知道里面的摆放有多乱,是他脚底打了滑,"尚永清耸耸肩,"真令人遗憾。"

"我知道你没想杀他,因为没有人比你更想知道飞天的秘密,他的死对你的打击很大,之后你的辞职跟闭门不出不是做戏,而是真的在颓丧,你在懊恼因为他的死让你跟飞天永生的秘密擦肩而过。"

尚永清笑着向张燕铎摊手,那表情像是在说:还说我们不是同类,你看，你多了解我的心态。

"真的有飞天吗？"张燕铎问。

"我亲眼见过的，在我遭遇那场车祸陷入昏迷时，我手里还攥着那半本藏书，我听到仙乐在耳边萦绕，无数仙人围在我身边为我祈福祷告，那样的景观是用语言无法描述的，后来我醒了。

在那么惨烈的车祸中我居然只是瘫痪，连医生都说是奇迹，但我知道，那是飞天在帮我。"

尚永清说着话，脸上露出痴迷憧憬的神色，喃喃道，"如果可以再一睹飞天的神迹，我不介意再遭遇车祸，可是很遗憾，那之后我无缘再看到，所以那天我看到的飞天是在指点我借由经书找出飞天的秘密，我是幸运的，因为没有几个人会有幸被飞天选中，哪怕研究敦煌多年的凌展鹏都没有那个资格。"

"你是疯子，"张燕铎冷冷打断了尚永清的自说自话，"只有疯子才会为了不切实际的梦想去不断伤害别人。"

尚永清没介意张燕铎的评判，而是微笑看向他，问："你杀过人吧？而且杀过不止一个，为了自己的目的跟利益，可以毫不犹豫地牺牲他人，这就是我们这类人的存在方式，我说没说错？"

"我会让自己不再犯相同的错误。"

"你错了，一旦你做过一次，就无法再回头了，因为凶恶已经渗入了你的骨子里，否则为什么你知道了这里的秘密，却没有对那个警察说，你不敢说，不敢让他知道你恐怖的那一面！"

突如其来的喝声震得张燕铎心房一颤，眼前晃过那天即将逃出洞窟的画面——他制止关琥回去救人，他不介意顺手相助，但不代表他愿意豁出自己的性命去搭救别人，这是面对危险时他的本能反应，但关琥没有听，所以本质上他们是不同的，在那一刻他有了切身体会。

"所以要跟我合作吗？"耳边传来恶魔般的低语，尚永清转着轮椅靠近张燕铎，将一张怪异的图形递到了他面前，图形由身姿各异的十二身飞天组成，中间写满了他无法读懂的字符，这种复杂的图形超越了他的理解范畴，他疑惑地看向尚永清。

后者微笑对他说："看，我已经拼出了真正的飞天密码，有了它，我就可以顺利地飞天化仙了，你要跟我一起达成梦想吗？"

所以这张图是在生命的奠基下绘成的，张燕铎也杀过很多人，但没有一次像现在这样对杀人感到厌恶，冷冷道："对不起，永生不是我的梦想。"

下一刻，熟悉的电击感传向张燕铎的全身，尚永清将事先准备好的电击器顶在了他的腰间，失去意识前，他听到了对方充满恶意的笑声："那你就去做第十三个飞天吧！"

不知为什么，这几天关琥心里很烦躁，在练习场练枪也没得到纾解，烟抽了好几包，除了加重肝脏的负担外，好像也没什么变化，他起初把这股烦躁归结于案子告一段落后的无聊感，以往他也有类似情绪出现，只是这次特别严重。

但在相同状况持续了三天后，关琥终于弄清了一件事，让他烦躁的不是案子，而是张燕铎——试问一个人突然出现跟你形影不离又突然人间蒸发，要做到无动于衷是件很困难的事吧。

确切地说，张燕铎并没有人间蒸发，恰恰相反，他就住在关琥的隔壁，偶尔关琥上下班时还能看到他，但奇怪的是两人携手共渡难关的密切感随同案件的告结突然之间消失了，张燕铎恢复了温雅淡漠的待人风格，遇见时跟关琥点头寒暄，仅此而已。

在弄清了自己烦躁的根源后，关琥愤愤不平地想，他还没问张燕铎究竟是不是那个黑衣人,以及扮演黑衣人的目的又是什么呢?

偏偏这些天很忙,关琥抽不出时间去找张燕铎,有几次下班回家,他顺路去酒吧,接待他的都是小魏,问起张燕铎的行踪,小魏都说老板这两天有事来不了,再问是什么事,小魏就连连摇头表示自己也不清楚。

这让关琥除了对张燕铎的行踪感到好奇外,还有些担心,想起那晚拜访尚永清后对方的表现,心里总有种莫名的不安感,这天他早早下了班,直接去了酒吧,照例是小魏看店,店里没客人,小魏坐在靠近吧台的桌前玩电脑。

"老板没来,你要打他手机吗?我告诉你号码。"

关琥挠挠头,发现虽然张燕铎经常玩自己的手机,但对方的手机号,自己并不知道。他转身想离开,目光扫过小魏面前的电脑屏幕,顿时定住了,小魏正在看的网页上居然有尚永清的照片,他急忙靠近去看,发现是尚永清出车祸时的新闻报道。

"你为什么看这个?"

"不是我,应该是老板之前搜的,我不小心点开了,觉得还挺有趣的,刚好适合写文,对了,我好像没跟你说,我还有个兼职是作家,出版过几本书,可惜不是很热销……"

后面的话关琥压根没听到,他的脑海里不断回放着那天张燕铎说过的话,再结合这几天张燕铎的失联,直觉不妙。

关琥抢过小魏的电脑,点开这几天的浏览记录,里面有几条有关尚永清的鉴证学术研究的话题,除此之外,张燕铎一定还通过其他办法去了解尚永清,虽然他跟张燕铎还不是太熟,但此刻他敢肯定——张燕铎并未放弃对尚永清的调查。

他为什么要调查尚永清？他想做什么？他的目的又是什么？一个个疑问蹿上心头，关琥沉不住气了，跟小魏要了张燕铎的手机号，边拨打着号码边往外跑，但铃声响了很久都没通，他只好收了线，飞奔着跑回公寓的停车场。

关琥的车胎爆了后一直没时间修，还好他有辆备用的摩托车，他把摩托车拖出来骑上，朝着尚永清的家一路奔去。路上他又继续给张燕铎打电话，就在数次打不通他几乎想放弃时，电话通了，不过接电话的不是张燕铎，而是个苍老的声音。

"我刚才一直在犹豫要不要接，仔细想想后，觉得还是跟你说一声比较好，免得你为你的朋友担心。"那是属于尚永清温和又嚣张的嗓音，关琥的心提了起来，叫道："张燕铎呢？他的手机为什么在你这里？你想做什么？"

"我最想做的事你应该比任何人都清楚，"尚永清呵呵笑道，"至于张燕铎，我用手铐铐住了他，他应该也跑不了，放心吧，我们是朋友，我不会伤害他的，只是难得一见的飞天盛景，我希望他能一起看到。"

"你在哪里？我告诉你，他不是警察，跟这件事没关系，你想做什么冲我来！"

"以你的智商还不够资格，不过……"稍微停顿后，尚永清说，"我可以给你一点提示——我不在别墅，希望你能找到我，我也希望多一些人来领略飞天的神奇……我要丢手机了，别想走捷径用GPS来搜寻我，记得多用脑子……"

挑衅的话讲完，后面传来一阵嘈杂声，偶尔响起的喇叭声让关琥猜想那是在公路上，他不死心地又冲着手机大叫，就听咔嚓一声响，信号断掉了——许是扔到车外的手机被后面跟上的车辆碾了过去，打断了他的希望。

关琥被尚永清的一番话说得心烦意乱,将车停到路边,努力让自己静下心来思索尚永清有没有骗自己。如果属实,对方会去哪里?除了手机外,自己还有什么方法能追到尚永清的行踪。

抬手看看表,时间已经很晚了,他不太抱期待地把电话打去鉴证科,电话居然第一时间接通了,舒清漉在那头说:"我下班了,不要跟我说哪里发现了尸体。"

"小柯在吗?"

"三小时前他就消失了,关先生,今天是周末。"

关琥现在没心情理会周末的问题,说:"帮我查下尚永清有没有车,有车的话,车牌是多少,再跟交警那边联络,通过车牌锁定他的位置。"

"我是法医,检查的是死尸,不是活人。"

"我知道,但美女你要是不帮忙的话,明天你的解剖台上会多出两具很新鲜的尸体的。"

"关王虎我现在最想解剖的人是你,我爸给我介绍了相亲对象,就约了今晚!"舒清漉气愤地说完,迅速将嗓音转为冷静的声频上,"给我几分钟,回头联络你。"

"等等!等等!再顺便帮我查查尚永清的宅电,他最近有跟谁常来往,常去哪些地方,还有……"

"有关尚永清的所有资料我在五分钟后发送到你的邮箱。"

关琥还要再说,电话已经被挂断了,他抱歉地想起之前听小柯说过舒爸爸对嫁女儿很心急,隔三岔五地给她介绍相亲对象,也许她今晚的相亲会因为自己的介入而泡汤。

身后传来声响,一个穿着很卡通的女生拖了个小行李箱从他旁边经过,最近时常见到这种画面,据说箱子里放的都是阿宅们喜欢的漫画跟 cos 装。

关琥起先没在意,但转过头,他突然想起不久前拜访尚永清时女佣说过的话。

"先生说要回以前的公寓住一阵子,那里很适合远眺。"

也很适合跳楼!想到这个可能性后,关琥从摩托车上弹了起来,马上打电话给谢凌云,问她是否知道尚永清其他的住址。

谢凌云还在报社,听关琥突然问起尚永清,她很奇怪,报了尚永清以前住的高层双子公寓的地址后,问:"出了什么事?尚永清是不是又要用飞天害人?"

"张燕铎可能被他绑架了,我怀疑他回了以前的家。"

时间紧促,关琥没多说,挂了电话后就骑车飞奔。

很快舒清滟的邮件也传了过来,她查到了尚永清的车牌号,交警那边的同事正在帮忙追踪,但暂时没有消息,她怀疑尚永清用了假车牌或是利用租车的方式,不过她提供了其他让关琥感兴趣的资料,他们通过查看尚永清公寓附近的交通监控发现,这几天尚永清曾回过两次以前的家,还带了几个旅行箱。

看来自己的推想没错,尚永清正在为飞天仪式做准备,关琥加快了车速,向着尚永清的公寓冲去。

到达尚永清的公寓是半小时后的事,关琥冲进公寓大门,刚好看到谢凌云正在跟保安争执,听他们的对话像是谢凌云想上去找尚永清,却被拦住了,他急忙过去亮出警证,说:"我们正在追踪一起凶杀案的凶手,请协助调查,这个人有没有进来过?"

他将尚永清的照片调出来。

保安看了他的证件,没敢再阻拦,确认了照片后,说:"这是尚先生嘛，十分钟前他刚来，还推了一个病号。"

"推病号？"

"是啊，用他以前用的轮椅，我还想问他的腿什么时候好了呢，不过看他很急的样子，就没讨人嫌。"

腿好了？不需要轮椅？那他推的人十有八九就是张燕铎了！

关琥看向谢凌云，谢凌云立刻摇头："我不知道他的腿是什么时候好的，说不定他的瘫痪根本就是假的。"

如果是假的话，不可能骗过那么多医生，也许是之后慢慢恢复的。关琥对尚永清的身体状况不感兴趣，跟保安说："请把监控录像调出来。"

保安不知道出了什么事，见关琥表情严峻，飞快地跑进保安室，将十分钟前的录像倒回给他看，谢凌云却等不及了，直接跑上了楼。

关琥看着眼前的大屏幕，就见公寓的自动门打开，一个衣着齐整、带着绅士气质的男人走进来，他推的轮椅上坐了个戴帽子的人，帽檐压得太低，看不到那人的长相，但从身形来看，确定是张燕铎无疑，就见尚永清无视保安的招呼，推着轮椅走进了电梯，脚步快得哪像是高度瘫痪的人！

妈的，被那头老狐狸耍了！关琥在心里恨恨地骂了一句，就见镜头切换到电梯里，尚永清按了二十楼的键钮，看到这里，保安咦了一声："他住十八层，怎么会去顶楼？"

"顶楼有什么？"

"除了大天台外什么都没有，不过为了避免危险事件发生，天台都是锁着的……"

"你们有钥匙吗？"

保安点点头，带关琥来到衣架柜的另一侧，木架上挂了各个服区的备用钥匙,上面都编了编号,一目了然,关琥看傻了眼,没想到高级公寓的安保措施做得这么差,钥匙放得这么明显,只要有心偷偷配一把,并不是件很困难的事。

他没好气地从保安手里夺过钥匙,跑了出去,预感到有事发生的保安们跟在他身后,一群人跑向电梯,在快进电梯时谢凌云的电话打进来,告诉关琥尚永清的家里没人。

"他可能想在顶楼玩飞天,你马上过来。"

关琥挂掉电话,等到达顶楼,谢凌云已经先他们一步赶到了天台的大门前,关琥用钥匙开了门,两人冲进去,就见顶楼居然没有想象中的阴暗——那是对面双子楼的灯光反射的效果,借着光芒,他们看到了天台边上的两个人。

尚永清站在围栏前,而张燕铎则被双手反铐着蜷在围栏上方,尚永清的手搭在他身上,只要稍微用力,他就会从二十层高的楼上跌下去了。

看到关琥跟谢凌云的到来,尚永清的眉头微挑,像跟老朋友打招呼似的微笑道:"你没辜负我的期望,真的找到这里了。"

"我还没那么蠢。"

看到张燕铎暂时没事,关琥松了口气,正要往前走,被尚永清一声大吼喝止住:"停下,除了你们两个,其他人不能进来,否则……"他抓住张燕铎的衣服,作出威胁的动作,谢凌云急忙制止跟在他们身后想进来的几名保安,关琥反手关上门,尚永清又喝道:"锁上!"

关琥左右看看,见脚旁有个弯曲的铁棍,不知道是原本就有的还是尚永清带来的,不过从对方进来后没有反扣住门的行为可以看出,对方并不怕被发现,也许反而期待有人来观摩。关琥用脚尖挑起铁棍,将它插进把手跟门旁的栏杆上,将门别住了,问:"这样可以了吧?把张燕铎放了。"

"放？"尚永清嘿嘿笑起来，冲想走过来的两个人喝道，"不许动，站在那里！"

看看趴在围栏上被铐住的张燕铎，关琥没再刺激尚永清，说："我说过了，张燕铎跟这件事一点关系都没有，你不要拖无辜的人下水，你要是想找飞天的试验品，我来奉陪。"

"他是无辜的？"尚永清看向张燕铎，玩味地发笑。

张燕铎早已醒了，在了解自己目前的处境后，他除了活动了几下手腕外没做任何反抗，在现场的四个人中，反而是他这个人质表现得最镇定，看向对面两个人，微笑打招呼："你们来得正好，可以看到最后一次飞天。"

张燕铎活动手腕的动作很轻微，尚永清没注意，听了他的发言，赞同地点头："的确是最后一次，如果你们要一起的话，我将会很欢迎。"

所谓飞天，在关琥看来，根本就是跳楼自杀行为，傻子才会跟随。他忍住了刺激对方的冲动，故意将口袋都翻开来给尚永清看，又将手机烟盒等小物品扔到地上，说："我没带枪，所以能不能让我们再往前走几步，这样也方便聊天。"

"我对聊天没兴趣。"虽是这样说，但在发现关琥没有带攻击性武器后，尚永清摆手示意他们可以靠近，不过没走几步就禁止他们继续向前，看看相隔的距离跟之前没太大变化，关琥在心里暗骂了声老狐狸，又迅速看向周围，寻思解救人质的办法。

谢凌云却手指前方地面叫了起来："你看！"

关琥随之看去，第一眼看到的是他们跟尚永清之间的地上画的一个很大的圆圈，上面填满了各种扭曲的图形，如果套上飞天的外形，也许图画是妩媚的,但单纯就线路来看,那只是一些不成形的曲线罢了。

关琥想起了王教授临死前用粉笔画下的图,它们在许多地方都出奇的相似,拼在地上的图线聚到一起,杂乱得让人感觉不适,就像尚永清的思维已经陷入疯狂状态,无法回归正轨了。

不过让谢凌云震惊的并非圆圈,而是并排放在圆圈外的三具骷髅骨架,其中两具骨架看大小是幼童的,她吃惊之余用力抓住关琥的胳膊,关琥故意顺着她的力道向前趔趄了几步,试图拉近跟尚永清之间的距离,同时不动声色地问:"它们也是……来观摩飞天的?"

尚永清完全没听出关琥在嘲讽自己,他看着圆圈内的图形以及圈外的骷髅骨架,眼中闪烁出执着跟疯狂的光彩,用略带激动的语调说:"那是我的妻子跟孩子,他们不是观摩,而是他们的灵魂即将跟我一起飞天。"

没想到这几具白骨居然是尚永清的妻儿,谢凌云不由自主地捂住嘴巴,关琥也怔住了,他终于开始明白深藏在尚永清骨子里的疯狂,谢凌云跟他感同身受,在旁边轻声说:"难道不是下地狱吗?"

怕她的发言刺激到尚永清,关琥提高嗓门叫道:"我来飞天,把张燕铎换下来。"

张燕铎本来表情淡然,听到关琥重复了同样的话,他的眉头不禁皱起,目光扫过尚永清,见对方完全没注意自己,他暗中加快了动作,同时大声说道:"不必了,我也想见识一下真正的飞天神迹。"

"别傻了,没见过的东西,谁会相信它的存在?"关琥冲尚永清拍拍胸膛,叫道,"我不信,所以让我来做祭品,如果真看到了飞天,我就第一个支持你!"

他边说边装作激动地往前走,尚永清变得紧张,转为双手抓住张燕铎的衣服，喝道："停下！快停下！否则我马上推他下去！"

这时关琥已经走到了圆圈中心的位置，离尚永清只有几步的距离，但就是这几步的距离无法再拉近了，担心尚永清会伤害到张燕铎，他只好停下来，面带诚恳地说："我只是想亲眼看到而已，你刚才不是也说希望我们参加吗？要是你担心我反抗，大不了也把我铐起来，这总行了吧？"

"不，你根本不相信，你这种人就算是飞天真正出现在眼前，你也会选择视而不见，你只相信对你有利的东西，像你这种杂念太多的人，是无法被飞天认可的。"

尚永清脸上露出狡猾的笑，那笑容表示他所谓的欢迎之词只是在逗弄他们，关琥被他的无赖行为激怒了，给谢凌云使了个眼色，同时更大幅度地挥舞双手，用来吸引尚永清的注意力，故意叫道："说来说去，你还不是一样没见过飞天？否则你折腾了这么久，密码图画了这么多，为什么还升不了天，还要借助一个外人来实行？"

尚永清果然被他说得恼了，是以没注意到谢凌云在悄悄往旁边移动并迂回地向张燕铎的位置靠近，他缩回抓着张燕铎衣服的手，用力拍打自己的双腿，叫道："你们没有接触过的东西，有什么资格去否定它？谁说我没见过飞天？我能活着站在这里，全都拜飞天所赐，否则你怎么解释我可以从车祸里活下来？怎么解释被医生判定终身瘫痪的我为什么可以重新站起来？"

关琥没被他的激动感染，冷淡地说："每个人的一生中总会遇到几次幸运的事。"

"那不是幸运，是奇迹，但奇迹只发生在相信它的人身上……"尚永清说到一半，突然看到谢凌云挪到了自己面前，他尖声叫道："站住！站住！"

225

嗓音嘶哑急促，谢凌云被他吓得定住了，尚永清迅速爬上平台，揪住张燕铎站起来，这样一来关琥更不敢再往前了，尚永清的眼珠转得飞快，不断看向四周，全身颤抖，看他这样子就知道他的精神状态已经接近癫狂，偏偏他的手紧抓住张燕铎，让关琥想救人都不敢冒这个险。

焦急之下，关琥的脑门上渗出了一层汗珠。那平台比较宽，但只要身体稍微失去平衡，就算只有几步距离他也来不及救人，一时间心跳超出了正常的范围，极度紧张下他的手指不由自主地颤抖。

夏风吹来，将站在高处的两个人的衣服吹得哗哗作响，这一刻时间像是停摆了，只听到寂寞回旋的风声。

脑海里有短暂的空白，关琥正紧张思索着自己该如何解决眼前的麻烦，原本沉寂的顶楼突然闪过几束光，光线折射在附近的高楼上，起先是淡淡的光晕，但随着光亮渐强，光晕向四面散开，化作浅淡的类似人形的影像，张燕铎第一个看到了，叫道："你们看！"

尚永清抬头看去，随即身体颤抖得更厉害，大声叫道："飞天！那是飞天！"

声音嘶哑癫狂，包含着极尽喜悦的感情；关琥看呆了，就见人影起初只是一道，逐渐化作无数道，身影飘逸轻盈，在光芒中且舞且动，长裙玉带随风飘摇，作出迎风飞舞之姿态，如飞仙亦如飞天。

紧接着众仙作出跃身腾空之式，一时间天台上万道光芒凝聚在仙人身影之间，祥云花瓣从广袤星空中飘洒而下，随仙姿翩翩飞舞，其间更有美乐弹奏，各式乐器持于仙人手中，在飞舞中摇曳弹奏。

光芒迷惑了尚永清的视线，他恍惚着回头，看向张燕铎，问："这里有没有很美？"

张燕铎皱皱眉，没有出声，尚永清呆了几秒，突然仰天发出长笑，跟仙人那样作出双手平举的动作，大声叫了起来，嗓音扭曲怪异，发出大家听不懂的音符，像是佛偈，又像是道家符咒，抑或是曾经西域传来的经文，叫声如痴如狂，超出了正常的音量。

关琥看到尚永清的手离开张燕铎，瞅准机会猛地冲上前去抓张燕铎，谁知尚永清竟然比他快了一步，拉着张燕铎纵身跃下了高楼。

关琥的手堪堪搭在了平台的外沿上，眼睁睁地看着张燕铎坠下，他向前纵身一跃，用脚勾住平台的边缘，上半身整个探了出去，双手齐上，硬是抓住了张燕铎的一只胳膊，就在这千钧一发之际，尚永清的力量便从张燕铎的身上脱离了，伴着一声大叫，尚永清的身体以一种诡异的弧形状态弹向远处的夜空，随着那一片片在风中飞舞的花瓣落下，瞬间便不见了踪影。

谢凌云急忙上前抱住关琥的腰，以避免他被重力带下去，关琥则低头看向身体悬在半空中的张燕铎，对方也仰头看他，类似霓虹灯的光芒在顶楼的上空来回闪动，导致两人的脸色时明时暗，随即张燕铎的唇角向上勾起，笑了起来。

关琥可笑不出来，借着谢凌云的力量努力将身体往平台内侧移动，咬牙道："我操，你好重！"

"慢慢来，不用着急，下面有安全网的。"

即使身悬半空，张燕铎也没有失去平时的冷静，好整以暇地安慰关琥。

关琥往下一看，借着来回闪动的灯光，他看到了在离平台两米多远的位置上拉着一层安全网，可能是建筑公司出于安全考量特意设计的防护设施，但可惜的是尚永清不是垂直坠落，而是弹到了超出安全网以外的地方，导致他们救人乏术。

"每个人的一生中总会遇到几次幸运的事，但不可能每次都那么幸运。"

关琥说完了刚才他没来得及对尚永清说的话后，很快又回到了现实世界里，龇牙咧嘴地冲张燕铎叫，"既然有安全网，那我放手可以吗？我快脱臼了，大哥……"

"我不想被人像网鱼似的网上来，"张燕铎仰着头，笑着欣赏关琥痛苦的表情，"所以请继续努力，弟弟。"

第十章

在关琥跟谢凌云的联手帮助下，张燕铎终于被成功地拉回到了天台上，在确定他的脚落了地，不会再有危险后，关琥跟谢凌云一齐坐到了地上大声喘气，这时光芒渐散，飞天的身姿消失在夜空中，却没人去理会，谢凌云拍着心口说："以后别这样了，对心脏不好。"

"岂止对心脏不好，对肩关节也会造成损伤吧。"关琥转着他的一只胳膊吐槽，又转头看张燕铎，之前的一番撞击下张燕铎的眼镜歪了，他扶正眼镜，又仔细整理头发，完全没把刚才的恐怖经历当回事。

"咦，你的手铐呢？"关琥的目光落在张燕铎的双腕上，狐疑地问。

"手铐没铐紧，我刚才挣扎中甩掉了。"张燕铎面不改色地说，趁关琥不注意，他将之前插在袖口里用来解锁的铁丝扔到了一边。

此时三个人都坐在地上，面前正对着三具骷髅，场面有点滑稽，却没人笑得出来，谢凌云叹道："真不知道尚永清是聪明还是愚蠢，把尸骨带来带去，就不怕被警察查到他杀人的证据？"

"他一门心思只想着飞天，怎么会在意这种小事情。"

关琥缓了过来后，站起身趴在围栏平台上往外看，楼层太高，他看不清下面的状况,但不断有人围过来的情景表明——尚永清并没如他期待成为飞天,而是变成了一具尸体。

谢凌云跟他一起俯身去看,说道:"你们知道吗?从理论上讲,他应该可以成功的。"

两个男人同时转头看她,谢凌云眼望前方夜色下的繁华灯火,解释道:"我们发现的洞窟大约是西魏后筑成的,从西魏到隋朝的这八十多年中,敦煌里既有西域佛教传来的飞天,又有中原道教的飞仙,所有的经文教义百川归海,相互融合,那些经文里也许真的记录了羽化飞仙的秘密。"

听了她的解说,张燕铎一哂:"就算记录了羽化飞仙的秘密又怎样——人们把永生形容为飞天,但别忘了,飞天还有一个同义词是死亡。"

关琥打了个响指表示赞同:"尚永清是否真窥到了飞天的奥秘,他的灵魂是否真被飞天选中没人知道,我只知道有人跳楼自杀,并且死得很惨烈,明天舒大美女一定会解剖了我的。"

"明天的烦恼明天再去想吧。"

"我要说的不是这个,而是……"

关琥转头看向张燕铎,突然揪住对方的衣领将其猛地顶在墙上,喝道,"我问你——为什么你要暗中调查尚永清?你是不是早知道尚永清的妻子跟孩子都变成骷髅了?"

"只是碰巧,"张燕铎去拽关琥揪自己衣领的手,"别激动,有话慢慢说。"

关琥无视他的微笑,揪得更紧:"碰巧?他怎么没碰巧把我捉来……"

不远处的地上传来手机的震动声,关琥没理,又继续骂,张燕铎只好说:"说不定有急事,你最好接听一下。"

"不用你教我怎么做事!"

"也许是你上司打来的,你看又出自杀案了。"

"难道这个自杀案不是你搞出来的吗?"

"别这样说,我也是受害者。"张燕铎回了他一个超级无辜的笑,关琥还要再骂,谢凌云过去,把响个不停的手机拿过来递给关琥,他气哼哼地松开了手,接过来也没看来电显示,直接接通了。

"关王虎,是我。"

听到叶菲菲清脆的嗓音,关琥下一个动作就要切断通话,叶菲菲急忙大叫,"别挂别挂,你觉得我刚才跳得怎么样?有没有翩翩飞仙的感觉?"

"不知道你在说什么。"

"就飞天啊,我跳得那么卖力,你不要说你都没看到。"

眼前晃过光亮,关琥转过头,很快注意到光亮是从对面双子楼的天台照来的,一道白色人影在对面晃动,隐约是叶菲菲的身影,关琥心里升起不好的感觉,立刻问:"你怎么会在那边?"

"为了舞飞天。"

不知叶菲菲做了什么设置,对面的天台整个亮了起来,这下关琥他们清楚地看到了她的存在———一身纯白纱裙,肩上披着长长的彩带,原本的卷发换成垂到腰间的长直黑发,随着夏风飘动,再配合她精致的五官跟修长的身形,真如飞天下凡一般。

见大家都在看自己,她还特意摆了几个婀娜的舞姿,问:"怎么样?有帮到你们吗?"

联想到刚才出现在上空的飞天幻影,关琥这会儿完全明白了,尚永清看到的根本不是飞天,而是叶菲菲在对面利用幻灯作出的假象而已,不过叶菲菲怎么可能事先知道尚永清将会在这里举行飞天的仪式……不,她当然不会知道,除非有人告诉她,让她配合去这样做,以混淆尚永清的视觉跟心智。

能做到这一点的只有一个人。关琥将目光落到了张燕铎的身上,故意提高声量问叶菲菲:"是谁让你帮忙的?"

"老板啊,本来还以为挺简单的,没想到又要借地方又要借衣服借灯光,不过如果能将凶手绳之以法,也算物有所值了。"

关琥看着张燕铎的眼睛,对方的眼眸澄净淡定,完全没有遭遇死亡后的恐惧跟慌乱,甚至不介意他的注视,堂堂正正地跟他对视,像是在挑衅,关琥心头的火苗又忍不住噌噌噌地往上蹿,再问:"是什么时候的事?"

"两天前,东西都布置好后,老板说有消息就跟我联络,今晚我接到他的来电就跑过来了……怎么了,有什么问题吗?"

明知叶菲菲是无辜的,关琥还是没忍住,喝道:"问题很大!你什么都不清楚,为什么要去帮外人的忙?你知不知道尚永清死了?我们是很想抓住凶手,但不是以这种方式!"

一番话吼下来,连谢凌云也听出不对劲了,眼神在关琥跟张燕铎之间游离,又转去看对面的叶菲菲;叶菲菲被关琥骂得很委屈,说:"我也是想帮凌云啊,尚永清又是谁啊?什么死了?"

看来刚才叶菲菲完全投入在舞蹈里,根本不知道这边发生的事情,她甚至连尚永清的身份都不知道,却在被张燕铎拜托后就答应帮忙,说好听点她是义气,难听点就是少根筋,完全不懂得怎么看人。

不过看看张燕铎,关琥不得不承认这个男人有让人信任的资本,就连自己,不也是跟他认识没多久,就被他一直牵着走吗?越想越生气,关琥连手机都没关,再次冲上前揪住了张燕铎的衣服用力一推,质问:"还说是碰巧?两天前你就布置好这一切了吧?"

"我只是猜测……"

"不,你是肯定,"怒视张燕铎,关琥大声说道,"你在尚永清家里看到旅行箱时,就想到他要做什么了对吧?所以你跟踪他来到这里,从中猜想他下一步的行动,然后安排叶菲菲布置了飞天的假象,你说你是不是故意让尚永清捉住的?因为法律无法定他的罪,所以你想到了这个办法除掉他!"

张燕铎没被关琥激动的情绪影响,将关琥的手冷静地移开,说:"警官,看来你的妄想症比尚永清的还要厉害,试问我为什么要这样做?这世上每天都有穷凶极恶的罪犯出现,难道都要我豁出命去维护正义吗?我既不是警察又不是侦探,我找不到要这样做的理由。"

关琥被他轻描淡写的一席话镇住了,想了想,然后气鼓鼓地说:"我要是知道原因,就不是骂人,而是揍人了。"

"如果你不怕被投诉,现在也可以揍。"

这简直就是活脱脱的挑衅,再加上那抹玩世不恭的微笑,比之前的尚永清更挑战人的底线,关琥握紧的拳头传来咯吱吱的关节脆响,谢凌云在旁边感觉出气氛的紧张,又听到远处传来的警笛声,她往后退了两步,选择避开战火。

"你们慢聊,我到下面追新闻。"

谢凌云跑开后,关琥还在气呼呼地瞪张燕铎,张燕铎被他瞪得哭笑不得,叹了口气。

"算了,看在你是我救命恩人的份儿上,你要打就打吧,我不会投诉你的。"

"你以为我不揍你是担心被投诉吗,张燕铎?"

见张燕铎挑眉,关琥气道,"我是怕你不禁打,贫血贫到随时会昏厌的家伙,我要是打坏了你,这辈子被你赖上怎么办!看尚永清的下场就知道了,你这人不仅报复心强,还绝对属于死缠烂打型的。"

"看来你不笨嘛。"夏风里回荡着张燕铎的轻笑声。

关琥不爽地把头转去一边,哼道:"没你想得那么笨。"他就是弄懂了张燕铎的想法,所以才会这么生气,目的什么的暂且不论,光是刚才那惊险一幕就让人受不了,就算底下有安全网又怎样?尚永清还不是一样掉下去了。

生气的连锁反应是烦躁,关琥的烟瘾又上来了,随手摸烟没摸到,才想起自己刚才将烟盒扔掉了,他转身想去捡烟,手机那头传来叶菲菲的叫声——他只顾着质问张燕铎,忘了挂电话。

"关王虎,我帮你你还骂我,你给我记住,这次你不先跟我道歉,我绝对不会原谅你的!"少自作多情好吧,谁让她帮忙了!关琥翻了个白眼,他现在很累,懒得跟叶菲菲计较,"嗯嗯"随口应和着,叶菲菲又问,"你问下老板,这边的东西可以撤了吗?"

关琥看向张燕铎,见张燕铎点点头,便说:"撤了撤了……啊对了,你的那些朋友口风紧吗?这件事不要出去乱说。"

"什么朋友?"

"就拿着那些琵琶、二胡跳舞的人,那不会是你雇来的临时演员吧?"

"关王虎你眼花了吗?这里就我一个人,刚才跳舞的也就我一个,老板说这是机密,我谁都没敢说。"

"那……"看着偶尔晃过眼前的光束,关琥的大脑混乱了,急忙问,"那你有没有拿什么乐器?有没有多准备些大镜子?"

"我不会乐器的,这里也没镜子,关琥你到底在说什么啊?"

关琥也不知道自己在说什么了,想起刚才那一幕幕绚烂华丽的飞天美景,他的脑袋越来越混乱,随口敷衍着挂了电话,把目光转向张燕铎。

"你是不是还另做了什么安排?"

"没有。"

"说实话!"

"我没有必要在这种地方骗你吧?"发觉事态的不寻常,张燕铎收敛了微笑,问,"出了什么事?"

"尚永清跳楼时我看到了很多飞天,歌舞的洒花的演奏各种仙乐的,就像那晚我在沙漠看到的那样。"

"那一定是你的幻觉,我只看到一道影子,就是叶菲菲的,谢凌云应该也没看到,否则她不会那么冷静。"

是啊,从谢凌云在洞窟时见到飞天的反应来看,她先前的状态的确很正常,顶多是有点吃惊,大概她的内心深处,对于飞天是否存在也是抱怀疑态度的吧。

想通这个问题后,关琥更加迷惑了,茫然地看向张燕铎:"那我刚才看到的到底是什么?"

张燕铎没骗他,为了弄清真相,之后关琥特意跑去对面的双子楼天台上查看,正如叶菲菲所说的,那里除了她之外,只有些简单的幻灯跟照明器具,他接着又去了尚永清坠地的地方,那里围满了行人跟记者,救护人员跟警察也都赶到了,在做现场勘查跟笔录。

尚永清的死状很惨,四肢扭曲成弓形,跟前几名死者的死状类似,但他的整个头颅都摔得面目全非,连是否有笑容都难以辨认,关琥仰头看向高楼顶层,无法想象他的坠落点怎么会是离楼房有一丈多远的地方。

"也许刚才他跟你一样真的看到了飞天,但可惜飞天没有选中他。"张燕铎很冷淡地解释,"人类的愚蠢之处就在于他们喜欢高估自己的能力。"

"我没有跟他一样,我那只是幻觉,幻觉!"关琥大声强调,他才不想被认为是尚永清的同类,张燕铎也不反驳,只是在一旁微笑。

尸体很快被抬走了,谢凌云忙着追新闻,跟他们打了声招呼后也跑掉了,看着眼前那一摊还没来得及清理的血迹,关琥合掌拜了拜:"希望这是我最后一次见到飞天。"

跟之前每晚一样,涅槃酒吧里依旧很冷清,张燕铎换上白色制服,从里面的休息室出来,就听到一串欢快的乐曲声——

"我的热情,好像一把火,燃烧了整个沙漠,太阳见了我,也会躲着我,它也会怕我这把爱情的火……"

乐曲从音响里传出来,酒吧原有的古典风格一扫而空,张燕铎走过去,对正盯着电脑屏幕快速敲字的小魏说:"是我穿越了?还是你放错CD了?"

"是在培养感情,老板,我正在努力描绘你们的传奇故事,等回头出版了,我请你吃饭。"

小魏除了课余打工外,还兼职写一些恐怖小说,在圈子里也算是个小有名气的作家,是以当他从叶菲菲那里听说了他们的冒险经历后,就将点子要了来,自作主张地写进了自己的书里。

张燕铎不介意店员在工作时间摸鱼,反正店里只有一个客人,他向前看去,谢凌云就坐在此前关琥坐过的位子上发呆,桌上放了甜酒跟点心,但她几乎没动,偶尔回过神,拿起笔在笔记本上写写画画。

张燕铎走过去,问:"还在为消失的飞天洞窟烦恼?"

"没有，是有些事情我想不通。"谢凌云笑了笑说，回来之后她曾数次跟敦煌当地的警方联系询问有关经文洞窟的事，但都一无所有，所以她已经基本上放弃了，"从壁画画风来看，我敢肯定那是西魏时期最常见的绘制方式，但雅丹地形怎么会成为去往洞窟的路标？"

张燕铎无法解答，反问："有关这一点，你父亲有提到过吗？"

"没有，嗯，或许有提到一些，但我没注意，所以我不知道是谁用飞天的形式绘制了路线图，又是以怎样的心态将它流传下来的，甚至于那个洞窟究竟是为了什么而建造的，这一切的一切，我都解释不了。"

"现在连洞窟的所在方位都找不到了，想这些还有什么用吗？"

谢凌云歪歪头，然后俏皮地笑了。

"也许我只是想更了解飞天而已。那天在洞窟里，我们三个人以及萨拉跟她的同伙都看到飞天了，那么多人一起看到，总不能说是幻视吧？我不相信尚永清仅仅利用飞天的传说就能引诱陈小萍等人自杀，那些自杀者可以轻易相信尚永清的话，会不会是因为他们也曾在哪里见过飞天，所以才会坚信自杀是成仙的唯一途径？"

"不排除这个可能，人总是相信自己亲眼见过的东西，并且深信那是真相，从而产生敬畏景仰的心态，一旦有了这种先入为主的想法，那之后不管周围的人怎么解释，都很难让他们改变思想，那些恶意传销或非法的宗教组织就是运用这样的手法来蛊惑人心，改写他们的思维让他们中毒，所以许多在我们外人看来很荒诞的思维跟行为，对中毒的人来说却是极其正常的。"

"简直无法想象，不过我自己也亲眼见过飞天，假如有人利用这方面的知识来蛊惑我，我说不定也会相信。"

"虽然我没见过飞天，但我听关琥提到过你们在洞窟里的历险，从科学的角度来解释，我想你们眼中所看到的飞天其实只是布罗肯现象，洞窟上方或是某一侧缝隙或小洞有光芒射进来，随着光线的转移跟大家的投影再加上水汽的折射，就变成了飞天，相关例子有很多，比如德国的布罗肯山，以及峨眉佛光。"

"也许是吧，但那样的画面，哪怕只看一次，这辈子也不会再忘记了，"谢凌云自嘲地笑笑，"我一直很信科学，但这一次我希望飞天是真的存在的，至少关琥就看到过三次。"

"但也许那都是他的幻觉，因为除了他没人见过，他的手机除了拍出歹徒外，再没有任何飞天的踪影。"

"那洞窟地震又怎么解释？事后我一直在想，那天洞窟里真的震过吗？"

张燕铎一怔，随即微笑道："我没有进去，无从知道。"

谢凌云不说话，闭上眼努力回忆当时的情景——飞天出现后洞窟里就有各种怪声此起彼伏，不断有石子落下，他们只能被迫逃走，可是后来她跟关琥还有菲菲确认过，虽然一直有落石声在他们耳边响起，但三个人都没有真正碰到过石子，这让她忍不住怀疑那是不是先人在警告他们不要再去探索洞窟的秘密？

"也可能那些杂音是风穿过罅隙造成的，就跟玉门关外的魔鬼城一样，只是处于极度慌乱状态中的你们没有仔细去查看。"

张燕铎冷静地解释道，"我只知道，一件事的存在总有它的理由，同样的事，你可以用迷信的眼光去看，也可以用科学的角度去分析，端看你的感情偏向于哪一方。"

"虽然理智上我明白你的意思，但从感情上而言，又是另一回事了。"谢凌云从提包里拿出在洞窟里带出来的短剑，也是他们此次历险唯一的纪念品，她将剑拔出一小截，就见剑身扁平直长，剑刃以中间浅槽为轴，向两旁延伸出弯弯曲曲的花纹，寒光四射，晃过张燕铎的眼眸，让他不由自主地眯起眼睛。

这是柄杀过人的武器，直觉这样告诉他。

"我父亲常跟我说喜欢这刀，不过我一直觉得它该是短剑，这样的剑刃不太多见吧？"

谢凌云用手抚摸着靠近剑柄部位的地方，"我小时候曾偷摸过它，我记得这里有道划痕，贯穿了剑刃上一部分花纹，但这柄没有，所以我还抱了期待，也许我父亲没有死，我们在洞窟里见到的那具枯骨是别人。"

看到剑刃上曲折如波流般的纹络，张燕铎扶了下眼镜，花纹太乱了，再加上那是谢凌云幼年的记忆，很难断定她有没有记错，或许她自身也期待自己记错了吧，毕竟那样才有继续寻找的希望。

尚永清曾说过是因为他的推搡导致凌展鹏受伤，他在慌乱之下逃走，而那之后凌展鹏究竟是死了还是一时昏厥没人知道。张燕铎注视着短剑，虽说剑的做工诡异精巧，但要说独一无二，倒也未必，所以不能否认短剑是别人留在洞窟里的。

"我同意你的猜想，如果你想再去一趟沙漠的话，我可以试试找出那条路。"他提议道。

"为什么要帮我？"谢凌云奇怪地看他，"你并不是个热心肠的人。"

的确如此，但或许是相似的身世经历引起了共鸣，他才会这样提议，因为那种不知生离还是死别的感觉他比任何人都清楚。

张燕铎转头避开了谢凌云的注视，随口说："反正闲着也是闲着。"

谢凌云笑了，将短剑跟笔记本放回提包里，说："谢谢你的好意，不过不用了,我想那么巧夺天工的壁画,也许更合适留存在大漠之中,如果那具尸首真是我的父亲,他会很高兴陪伴在他的梦想左右;假若不是,那将来也许有一天我们父女会在某一时间某个地点偶遇,那样岂不是更传奇吗?所以就让飞天永生这个秘密随着事件的解决结束吧。"

尚永清死后,他手中的那半本经文古书也消失了,或许是私心作祟,他在做飞天仪式之前将所有与之相关的古书都销毁了,抑或是他偷偷藏在了某个地方,但不管怎么说,另外半本古书仍旧留在洞窟里,只要没人踏入,那个秘密就将永远被封印在沙漠之中。

"谢谢你的酒。"

谢凌云将桌上的甜酒一口气喝完,站起来跟张燕铎告辞,"我要回报社赶稿子了,最近一直旷工,希望上司不会开除我。"

张燕铎微笑点头,等谢凌云离开后,他感到音乐声很吵,转过头看小魏,奇怪在这么吵的环境下他怎么能安得下心来写文?

看看表,时间已经很晚了,张燕铎过去将音乐关掉,对小魏说:"今晚不会有客人了,你下班回去慢慢写。"

"可以在这里写吗老板?回家写没薪水拿的。"

小魏随口说完,就感觉到周围温度顿时降了几度,他抬起头,看到张燕铎投来的笑眯眯的目光,不由打了个寒战,不敢多说废话,迅速合上电脑,赔笑道:"我走,我马上就走。"

铜铃声就在这时响了起来,小魏转过头,正想说欢迎光临,那人已经跑到了他们面前,居然是在隔街警局工作的关琥,见是他,小魏脸上露出暧昧的笑,对张燕铎小声说:"小羊来了,老板,你今晚要怎么宰他?"

看到关琥绷着脸的样子,张燕铎眉头微挑,然后脸上堆起笑容,问:"关警官,你今天来是吃饭还是喝酒?"

"来找碴。"关琥嘴里蹦出硬邦邦的两个字后,冲小魏打了个响指,"我跟你们老板有事要谈,你回避一下。"

"马上回避,立刻回避,你们慢慢秉烛夜谈哈。"小魏的废话说到一半,就看到两束不悦的目光同时射来,他聪明地收起嬉皮笑脸,将自己的东西放进包里,跑了出去。

随着铜铃声的清脆颤音响起,店里只剩下他们二人,张燕铎拿起吧台上的葡萄酒瓶跟高脚杯,问:"要来一杯吗?这杯我请。"

关琥不说话,双手按住吧台,纵身跳了上来,然后翻身进了吧台里面,张燕铎转头看看一边打开的吧台门,明明稍微绕一圈就可以进来,某人偏偏喜欢玩些自认为很酷的动作。

这让他起了逗弄的心思,无视关琥紧绷的脸,张燕铎将身子斜靠在吧台上,好整以暇地问:"大侠,你是劫财还是劫色?"

玩笑完全没传达过去,关琥绷着脸上下打量了他一番,说:"把上衣脱了。"

沉默三秒后,张燕铎主动将吧台里侧的抽屉打开,两沓厚厚的纸钞呈现在两人面前,他说:"你要不要考虑一下劫财?"

"脱衣服。"

回答他的是硬邦邦的三个字,张燕铎没办法,伸手拿起座机话筒。

"那我还是报警好了。"

下一秒他的手被按住,关琥抢过话筒砰地放回去,叫道:"报个屁,老子就是警察!"

"关警官你今天心情很糟糕啊,被上司骂了?"

被上司骂也不至于让他心情不好,看着眼前笑眯眯的男人,关琥不爽地将眉头皱了起来:"让你脱你就脱,一个大男人,怎么这么多废话?"

"就算你想收黑钱,也要先给我个理由吧,更何况是让我脱衣服。"

两人对视了数秒,在发现张燕铎没有妥协的意思后,关琥选择解释:"我想了几天,最后确定你就是在飞天洞窟里蒙面出现的那个人,那人左肩受了伤,如果你想证明自己的清白,就把衣服脱下来。"

"虽然不明白你在说什么,但想了好几天就想到这些无关紧要的事,请恕我直言,关警官你的大脑硬盘配置该升级一下了。"

"呵,看你的反应,是被我说中了不敢脱喽?"

"因为你的理由不够充分,"张燕铎慢悠悠地说,"试问我跟尚永清的案子有关吗?"

摇头。

"我是凶手或是嫌疑人吗?"

摇头。

"所以你连基本的司法程序都没有,单凭个人的怀疑就强迫一个公民做他不想做的事,这好像是违法行为吧?"

关琥被顶得一句话都说不出来,半晌抬起头,看到张燕铎玩味的表情,他突然灵机一动,出其不意地将拳头挥了过去——以他对黑衣人的了解,对方一定可以躲得过去的,到时就算张燕铎要否认也找不到理由。

可惜事情没按照关琥预料中的发展,张燕铎动都没动,等关琥想收手时已经来不及了,他的拳头打在了对方的嘴角上,张燕铎被打得向后倒去,等他重新站稳,关琥发现他的唇角被自己打破了。

关琥顿时变了脸色,结结巴巴地问:"你……为什么你不躲?"

"警官，你打人还怪人家不躲，是不是太无理了？"张燕铎苦笑着回他。

关琥无话可说，挠挠头嗫嚅道："我只是想逼你出手。"

"我觉得任何问题如果需要通过武力来解决，那是低级动物的本能。"

"好，低级动物就低级动物。"论口舌之争，关琥自认不是张燕铎的对手，他自暴自弃道，"那你怎么解释你偷偷接近我的行为？"

"碰巧而已，别忘了最开始是你主动来酒吧的，怎么反而说是我在接近你呢？"

"你不是黑客，破解不了其他的密码，却开得了我的手机，你是怎么知道我大哥生日的？"

"可能是你当时解锁后忘了关掉。"

"你认为我会相信这种烂借口吗？"

"信不信是你的事，反正我给答案了。"

关琥被这不负责任的说辞气笑了，要不是对方不抗打，他一定会再来一拳，就见张燕铎摸摸唇角，痛得嘶了口气说："算了，既然你不信，让我脱衣服也不是不行，不过如果结果不是你预料的，那又该怎么办？"

"你可以去投诉我。"

"我讨厌麻烦。"

"打回来。"

"打人的话，我的手也会痛，得不偿失啊。"

"那你到底要怎样？"

"这样好了，"张燕铎扶正微微歪掉的眼镜，向关琥靠近，微笑道，"如果你判断错了，那今后要认我做大哥，每个星期至少要来这里打工两晚。"

"认你当大哥，你以为你是黑社会啊？"

"不，我没想让你做犯法的事，当然，做事是没有薪水的，毕竟你是公务员，做兼职这种事传出去也不好。"

关琥再次领教到了某人的恶毒。明明是想请不花钱的佣工，还把话说得像是为他着想似的，但他偏偏上钩了，困惑一天不弄清，他的心就一直没着落，索性一咬牙应了张燕铎的要求："没问题，但如果我的怀疑是正确的，你要将你的目的老老实实地交代出来。"

张燕铎笑而不语，在得到承诺后，他很爽快地将外面的制服脱掉，接着是底下的白衬衣，关琥站在一边目不转睛地盯着他的肩膀看，一直到张燕铎将衣服全脱掉，还特意将左肩转到他面前方便检查，关琥惊讶地发现张燕铎的肩头白皙平滑，上面没有一丝伤痕。

"不可能！"关琥大声叫道。

从沙漠中逃出来后，他就百分百地确定张燕铎是救他们的黑衣人，但之后忙着办案，他一直没机会戳破这个人的伪装，直到今天飞天一案告破，他将所有调查报告做好呈交上去后，就第一时间跑来找张燕铎，谁知等了这么久，却没等到他想要的答案，这让他如何接受得了！

"绝对不可能！"

他再次肯定地重复道，又上前抓住张燕铎的胳膊仔细看，张燕铎在他的压制下不得不靠在了吧台上，形成了一个很暧昧的姿势，关琥毫无觉察，为了看得更清楚，他继续往下压，就在这时，不远处传来铜铃声——有人进来了。

"来客人了。"张燕铎推推关琥，提醒道。

关琥现在一门心思在寻找破绽上，就算鬼登门都引不起他的兴趣，谁知随着脚步声的靠近，一个清脆的女声道："你们……你们在干什么？"

关琥回过头，见是叶菲菲，她今天打扮得很漂亮，原来就高挑的身材再穿上高跟鞋，外加一条垂至脚踝的长裙，愈发显得窈窕秀丽，发型妆容也精心打理过，艳丽得像是站在T台上的名模，但是在看到关琥跟张燕铎目前的状态后，她脸上的微笑垮了。

见状，关琥这才注意到他跟张燕铎此时举止之暧昧，尤其是他将张燕铎压在吧台上很像是在欲行不轨，更别说张燕铎此刻还光着上身，他慌慌张张地退开，解释道："我只是……"

话没说完就被张燕铎推开了，走到叶菲菲面前，一脸沉痛地说："是关琥逼我的，没想到他身为警察，却这么暴力，先是打我，接着又让我脱衣服。"

叶菲菲从震惊中回过了神，看到张燕铎嘴角上的血渍，她立刻说："老板你不用说了，我知道你是好人，人渣是那个家伙！"

"菲菲你不要听他乱说……"

关琥话没说完就被小提包拍到了一边，他捂脸的同时，叶菲菲又一脚踹到他的小腿上，骂道："你这混蛋，还说想跟我道歉，约我出来，结果却在这里欺负人！"

叶菲菲打得起劲，张燕铎及时将放在吧台上的红酒递到了她面前，她道了声谢，接过来往前一泼，酒水便整个泼到了关琥脸上，再顺着他的脸流到衬衣。

眼睛里被溅了酒，火辣辣的疼，关琥的眼泪一下子流了出来，一边抹眼睛一边强调："我在查案，叶菲菲你这样做是袭警行为……"

"关王虎你闭嘴！"

叶菲菲哪管他什么袭警不袭警，又踹了他一脚，这才气呼呼地离开，关琥有心要去追，但眼睛疼得厉害，勉强往前走了两步就被拽住了，一块湿毛巾塞进他手里，他听到张燕铎清亮的声音说："先擦擦吧。"

用温热毛巾擦拭过后，关琥终于可以再睁开眼了，同样的场景让他想起了跟张燕铎的第一次见面，这其实是个很冷漠的人，但偶尔会让他感到温暖……

感激之情在看到沾满了暗红液体的衬衣后荡然无存，关琥也想起了自己会这么狼狈是拜谁所赐。

"靠，我刚买的新衬衣，今天才第一次穿。"

"洗一下，你可以穿第二次。"张燕铎的话声中不乏笑意。

关琥不爽地抬起头，就见对方正用毛巾裹着冰块放在嘴角上，他气不打一处来："你这人！你怎么可以凭空造谣？"

"咦，我刚才哪一句说错了？"

关琥再次闭上了嘴。

笑吟吟地看着他吃了瘪，张燕铎好心地提醒："她还没走远，你要不要去追？再晚点就真的追不上了。"

"追不上就追不上，反正都分手了。"

"真不去？"

关琥想了想，终于还是跑了出去，但很快就转回来，面对张燕铎，认真地说："不管你是不是那个人，我都要告诉你——我只是想跟你道声谢，还有一句抱歉，那天我不该打你的，但如果当时是你陷入险境，我也同样会回去救你，因为我是警察。"

张燕铎的笑容顿住了，等他回过神，关琥已经跑走了，只留一串铜铃轻响声在空气里悠悠回荡。

他伸手搭到左肩上，轻轻一撕，黏在上面的跟肌肤几乎相同颜色的胶皮被撕了下来，露出里面浅显的伤痕。叶菲菲其实是他打电话叫来的，还好她的及时出现，否则这种伪装很难瞒过去，要是关琥发现伤口的话，再要解释清楚将会是件很麻烦的事，一切都很顺利，他唯一没想到的是关琥执着于真相的原因会这么简单。

关琥跑到外面的街道上，又一口气追上叶菲菲刚坐进去的出租车，硬是将出租车拦住了，不等司机发火，他先亮出了警证，然后迅速转去后车座将车门打开，看关琥这么紧张，再想到在沙漠时他拼命救自己的那回，叶菲菲的火气消了大半，却故意板着脸问："你这么急干什么？"

"你不要听张燕铎乱说，根本不是那么回事。"

"那是怎么回事啊，给你十秒，解释清楚。"

"解释什么？"关琥发愣。

面对他的发傻，叶菲菲有点迷惑："解释你追上来的理由啊，不过我说分手就是分手，没得商量！"

"哦，你说这事啊，那请放心，我刚才没有暴力，更没有耍流氓，一切都是误会，另外我绝对不会死缠着你不放的，我是想问你怎么知道涅槃这家酒吧的？你了不了解张燕铎？是他让你在那里跟我约见面的吗？……"

叶菲菲被一连串的问题弄晕了，然后气愤地问："你火急火燎地来追我，就是为了问老板的事？"

"是啊，怎么……"

"关王虎你去死吧！"冷不防的，小腿肚被狠狠踹了一脚，关琥抱着脚原地弹簧般地跳着，就见叶菲菲狠狠地带上车门，对司机说："开车！"

247

"喂喂，你别走，先把答案告诉我……菲菲！叶菲菲！"

回应他的是远去的油门声。

同一时间，涅槃酒吧的吧台里，张燕铎将脱下的衬衣重新穿好，然后擦干净泼酒出来的酒水。

一切整理完毕后，他给自己倒了杯红酒，靠在吧台上慢品，又顺手将钱包取出来，单手打开，钱包一侧的透明夹层里塞了一张彩纸，那是从关琥钱包里的照片复印过来的，照片里的两个小孩透过镜头看过来，像是在跟他对望。

张燕铎的手指在照片上轻轻摩挲，之前的一些经历导致他的童年记忆很模糊，所以他藏下了这张照片，希望可以通过观察它激醒那段往事。

关琥究竟是不是他的弟弟，此刻他还无从得知，但一场同生共死的经历让他对关琥多了份难以言说的感情，所以他现在的心情很矛盾，一方面期待自己的猜想是正确的，另一方面又担心过多执着于真相只会让自己更失望。

嘴角传来抽痛，关琥那一拳打得有点重，还说来跟他道谢，如果道谢是这种暴力方式的话，那还不如没有。

张燕铎不爽地想着，摘下眼镜，随手扔在一边，失去了遮掩的东西，他的眼瞳在灯光下折射出几缕交错的阴影，看起来有些诡异，同样也很真实。

温和的光彩深嵌在眼瞳深处，他仰头饮尽杯中红酒，心想，那些疑问就留到下次再说吧，反正今后的路还长着呢。

（本篇完）